LA MER
POUR LINCEUL

**Quand les circonstances font de vous
un meurtrier**

Katherine DEBELLE

LA MER
POUR LINCEUL

**Quand les circonstances font de vous
un meurtrier**

Thriller

SYLLA Éditions

Sylla éditions 19270 Ussac

ISBN : 978-2-9557726-3-8

© Publication 2016

Achevé d'imprimer en 2016

Dépôt légal : juillet 2016

Création de la mise en page et distribution du livre :

www.ebook-creation.fr

L'auto-édition facile !

Pour ebook et livre papier

Si l'argent ne fait pas le bonheur, rendez-le !

Jules Renard

*Toute ressemblance avec des personnages existants
ne serait que fortuite.*

I

La mer roulait de biais ses vagues d'écume. Laura lui ressemblait. En proie à une marée d'amertume, elle ne se sentait plus en phase avec sa vie d'épouse. L'heure tardive avait vu partir les invités et ranimé ses tourments.

Dans le jardin de la villa, elle s'imprégna de la nuit. On discernait la crique aux reflets de la lune. Elle brûlait d'envie de traverser le chemin et d'éprouver la fraîcheur du sable sous ses pieds nus. Elle s'absorba un instant dans ses pensées. L'homme en chemisette noire qui venait flâner sur la grève l'intriguait. Elle n'aurait su expliquer pourquoi il piquait sa curiosité. Ce matin, tandis qu'elle parcourait un magazine, assise au bord de l'eau, elle l'avait surpris, debout sur les rochers, les mains dans les poches arrière de son jeans, scrutant les environs, comme si ce lieu recelait un mystère qu'il cherchait à élucider. En remontant vers le chemin, il lui avait décoché un regard en coin.

Laura retomba sur terre et rentra. Pas question d'en parler à Max. Il lui dirait de rester bronzer sur la terrasse, persuadé que l'inconnu poursuivait l'unique but de la séduire.

Face au miroir de la salle de bain, elle enleva sa mini robe, noua ses cheveux et enfila un tee-shirt. La fête avait laissé le séjour sens dessus dessous. Elle se pressa d'aller mettre de l'ordre. Repousser une corvée au lendemain ne lui convenait pas. Elle ne devait compter que sur elle-même.

Laura estimait qu'elle avait épousé un macho qui se laissait vivre et lui offrait le luxe de sa jalousie. Max Santelli récusait les griefs de sa femme, les considérait sans fondement. Il pouvait faire preuve de violence, si elle évoquait son passé de mannequin. Fort de lui assurer le confort, grâce à son métier de responsable des ventes à la concession Mercedes, et de ses arrangements avec un agent immobilier de la Côte, il refusait de la voir se déhancher sur un podium. Elle avait renoncé à monnayer sa silhouette et compensait les interdictions de son époux en écrivant des contes, ce qui maintenait un semblant de paix.

Pour lui, le quotient intellectuel d'une fille avait moins d'intérêt que ses aptitudes au lit. Il n'admettait pas qu'elle puisse lui préférer son ordinateur. Laura lui en voulait de sous-estimer ses tentatives littéraires, et de condamner les échanges qui en découlaient, comme ses voyages à Paris. Elle l'avait follement aimé avant de se révolter. Mais cela ne servait à rien, sinon à compliquer son existence. Elle s'épuisait à vouloir modifier son comportement. Comment était-elle parvenue à se voiler la face, à se convaincre que sa vie ressemblait au bonheur ? Depuis quelques mois, les diatribes de Max sur sa manière de s'habiller avaient fait déborder la coupe. Pour les éviter, elle quittait la cuisine tandis qu'il filait à la cafétéria du coin par crainte d'avoir à manipuler une casserole. Participer aux tâches domestiques portait atteinte à sa dignité. Son égoïsme, ses exigences et son mépris des autres témoignaient de la faiblesse de la mère qui l'avait élevé.

Sous ses airs de bienveillance, Mathilde avait contribué à la dégradation de leur relation. À chacun de leurs conflits, elle prenait parti pour son fils. Les deux femmes se haïssaient sans mot dire. La doyenne n'avait pas accepté d'être reléguée au second plan. Avec le temps, le vent de la rancœur avait fait place à celui de la revanche qu'elle préparait en silence. Quelques heures auparavant, Laura avait eu droit à un exposé sur les bienfaits de la maternité. Elle avait contourné le sujet, maintenu l'incertitude de sa Mathilda-Hari de belle-mère dont le penchant pour l'alcool rendait détestable la personnalité. Laura avait beau se rapprocher de ses trente ans, sa projection des joies de l'enfantement perdait de sa saveur devant la perspective des couches et des biberons, comme celle de reproduire la réplique de son conjoint.

Max désirait un enfant. Cet objectif l'obsédait depuis que son épouse le fuyait, se désintéressait de ses propos, se refusait à lui, dénigrait sa mère.

Il croyait en connaître la raison : la recherche littéraire puisait toute son énergie. Il voulait y mettre bon ordre. À trente-six ans, il s'estimait en âge de procréer, d'assurer sa descendance. Il reconnaissait ses torts, mais ne voyait pas comment rattraper ses bévues. Ses excès trahissaient plus son agitation que sa méchanceté.

Il pensait avoir comblé les rêves de Laura, surtout avec cette villa dont il avait fait l'acquisition avant de passer devant le maire.

Entre Argelès et Collioure, La Mouette lui avait paru le refuge idéal pour abriter leur amour. Aucun asile mieux approprié pour des amants résolus à vieillir ensemble. Avec ses murs crépis de chaux, son toit corail surplombé d'un vieux pin et sa haie de lauriers-roses, la maison donnait l'impression d'avoir poussé au bord de l'eau. Un chemin empierré y conduisait. Il suffisait de le traverser et d'emprunter l'écharpe de sable qui descendait jusqu'au rivage et s'enroulait autour des rochers. Baignée par la lumière de l'eau, la villa offrait une certaine fraîcheur en été. L'hiver, la mer tannait en force les rochers, la mer qui, après avoir rythmé leurs ébats, scandait aujourd'hui leurs querelles. Son ressac rendait ce lieu solitaire. Un endroit sauvage où ils vivaient comme sur une île.

Ce havre de paix avait coûté à Max ses économies de célibataire, jointes à quinze ans de crédit. Il négociait, vendait, suait sang et eau pour se mettre à son compte et liquider son emprunt. Poursuivant cet objectif, il traçait, sans se soucier des états d'âme de sa femme. Elle avait beau égrener des menaces de séparation, il n'avait aucun doute sur son attachement.

Sauf que depuis quelques semaines, leur couple prenait un virage inquiétant. Au lit, Laura lui tournait le dos ou attendait qu'il dorme pour se coucher. Par sa faute, il était atteint de priapisme. Il ne voyait pas comment la mettre enceinte autrement qu'avec des doses substantielles de sexe. Son attitude avait changé. Il en refusait la responsabilité et conservait l'illusion d'être un expert en femmes, à la technique infaillible. Il lui était arrivé de la prendre sans son consentement, mais avec le temps son indifférence sapait ses moyens.

Ce soir-là au comble de l'exaspération, Max s'arracha du lit et fonça jusqu'à la cuisine où Laura achevait de remplir le lave-vaisselle. Il avait horreur de ces rituels de ménagère. Elle continua sans lui accorder d'attention. Il attrapa la manche de son pull et elle sut ce qu'il avait en tête. Il lui chuchota à l'oreille :

- Tu étais belle ce soir… Viens, j'ai envie de toi.

Il confirma en lui glissant une main entre les jambes. Laura esquiva avec agilité. Sa résolution qui avait mûri pendant la pleine lune tourbillonnait dans son esprit. Elle allait commencer par l'envoyer bouler.

- J'ai sommeil. Demain je me lève tôt. J'ai une date butoir pour remettre mon manuscrit.

Il allait lui remettre les pendules à l'heure, conquérir la forteresse dans laquelle elle se barricadait. Il revint à la charge, interceptant sa main qu'il plaça sur la preuve de son désir. Laura tenta de fuir, en vain. Il la saisit à bras le corps et l'emporta vers la chambre. Elle rua, se débattit, résolue à envoyer au néant l'élément qui devait la transporter vers les sommets, mais finit par atterrir sur le lit défait.

- Lâche-moi, je voudrais que pour une fois, tu m'écoutes !

-Tu parles trop. Boucle ta ceinture. Il va y avoir des turbulences !

- Je veux divorcer, mettre fin à notre mariage. J'ai enclenché la procédure. Rien ne me fera changer d'avis.

Plus vite que la foudre, une gifle partit en direction de sa joue.

- Enclenche déjà ça !

Il se laissa tomber sur elle avec fureur et lui emprisonna la tête dans ses mains.

- C'est quoi, ces conneries ? Tu peux engager tous les avocats de la planète, je refuserai de divorcer ! Si le courrier d'un enculé de baveux me parvient, je file chez lui, je le fracasse et je l'oblige à bouffer son papier de merde ! Je ne renoncerai pas à toi. Tu es à moi ! Je crois que depuis que tu écris tes contes de fêlés, tu ne sais plus où tu en es. Tu confonds rêve et réalité. Tu veux quoi ? Plus de fric ? Te faire des mecs pour comparer ? Tu en as trouvé un pour me remplacer ?

La joue en feu, Laura tenta de se libérer.

- Nous y voilà ! C'est surtout ça qui te turlupine.

- Un type normal est obligé de se poser des questions. Quand tu t'allonges sur la plage à gober les mouches toute la sainte journée, ensuquée jusqu'à la moelle par le soleil, je suis tenté de croire que ton image ne refoule pas les désœuvrés en mal de sexe. Ne me dis pas que tu ne parles qu'à ton dictaphone.

Laura se félicita de ne pas avoir fait allusion au mystérieux inconnu.

- Si tu oses encore lever la main sur moi, je te jure que j'irai déposer plainte à la gendarmerie.

Il mourait d'envie de lui serrer le cou, de mordre sa bouche jusqu'au sang, de la baiser à mort.

- Laura, tu es ma femme, tu entends ! Et je t'aime !

- Ne crois pas qu'en me chantant ce refrain, je vais tomber à tes pieds.

- Laura ne me pousse pas à bout ou je vais te faire très mal !

- Tu peux taper comme un forcené contre le mur.

Le mur ne bougera pas.

Les bonnes femmes ! Toutes les mêmes. On ne peut ni vivre en paix avec elles ni les tuer. Elles se montent le bourrichon, se posent en victime, coulent le navire et finissent par en attribuer la responsabilité à leurs mecs.

Si seulement une branlée pouvait rendre la raison à la sienne. Mais Max avait trop d'honneur. Jamais il ne frappait plus faible que lui, ce qu'il appelait vraiment frapper.

Il préféra libérer sa rage sous forme d'injures, aller et venir dans la pièce, écraser son poing tantôt sur le mur, tantôt sur la porte, en se fustigeant d'avoir laissé les choses aller si loin.

Laura était habituée à ses écarts de langage, à sa brutalité qu'il dosait, une chance. Les dés étaient jetés. Son intention n'était pas de faire demi-tour. Elle allait le larguer avant que ce ne soit lui qui la balance. Le mot 'toujours' n'avait plus cours. Un jour ou l'autre, il la quitterait, dès les premiers signes de pesanteur sur ses seins et ses fesses. Les hommes n'aiment pas voir leurs compagnes vieillir.

Il avait pris sa décision de divorcer au sérieux, même si son réalisme s'accommodait mal de la situation. Laura attendait l'opportunité de sortir de la chambre. Ses cheveux déployés sur l'oreiller et son tee-shirt à moitié relevé sur sa poitrine provoquaient en lui des pulsions de meurtre. Max se calma et revint se coucher contre sa femme. Curieux de connaître le fond de sa pensée, il sonda son regard de *mante* à l'eau. En ces moments-là, il avait le pouvoir de la dépouiller de sa défense, de la faire craquer. Elle maudissait sa propre faiblesse.

Réactive à son physique, elle se disait que les plis d'expression de chaque côté de sa bouche révélaient une autorité qu'il n'était pas aisé de contrer. Son port de tête, ses yeux bruns pleins d'ironie et son mètre quatre-vingt-deux, tout en muscles, constituaient ses atouts maîtres.

Il fut un temps où elle ne protestait que pour la forme. Ils copulaient jusqu'à l'extase. Il fouillait son ventre comme il explorait son sac dès qu'elle avait le dos tourné. Puis il restait en elle, à mordiller son cou jusqu'au retour de flamme qui comblait son corps au-delà de ses espérances. Ce temps était révolu. Le combat qui agitait Laura maintenait son enthousiasme au ras des coquillages. Elle lui lança :

- Ce qu'on appelle l'amour a pourri sur pied. Tout a une fin ! Je ne t'aime plus.

Elle l'avait dit d'un trait, bien qu'appréhendant sa réaction. Son poing s'abattit sur l'oreiller qu'il expédia au milieu de la pièce. Et il se laissa retomber sur le dos, les mains derrière la tête.

- Laura, c'est simple. Tu me quittes, je te flingue !

Tentée de lui répondre que son chantage ne l'impressionnait pas, elle se contenta de se lever et d'aller dormir dans la chambre de l'enfant qui ne viendrait plus

Cette fois, il lui épargna l'orage d'une explication, se gardant de la rejoindre. Il commanda à ses muscles de se détendre un à un.

Selon lui, Laura n'avait pas d'amant, elle avait besoin d'un psy. Ses chimères embrumaient son raisonnement. Les histoires qu'elle se racontait ou montait en épingle lui grimpaient au cerveau. L'amour avait été si bon avec elle, quand il la prenait au rythme de la mer, lorsque ses hanches attrapaient le roulis et qu'elle était prête à réaliser ses fantasmes, avant qu'elle ne se masturbe la cervelle avec sa paranoïa. Pouvoir la faire exploser sous l'impact de son désir sans s'entendre qualifier de macho relevait aujourd'hui de l'utopie.

Ses négociations avec le sommeil virant au fiasco, l'esprit de Laura avait glissé sept ans en arrière. Un soir de septembre où elle défilait pour le compte d'un couturier parisien au palais des rois de Majorque. Jacques Ier, roi d'Aragon, s'était fait construire cette somptueuse résidence au temps où Perpignan était la capitale du royaume de Majorque.

À la fin du spectacle, alors qu'elle rejoignait la salle du buffet, Max était venu l'aborder. Laura n'avait pas résisté à son charme latino, son regard, sa chemise ouverte. La chaleur de sa voix avait emballé son corps et son esprit. Sûr de lui, il la lui avait jouée romantique, bien qu'un peu chiche sur les préliminaires. La semaine suivante, elle avait appelé l'agence à Paris pour se désister du défilé programmé sur l'esplanade du Trocadéro. Les fantômes de son enfance s'étaient éclipsés. Elle avait troqué ses tenues fashions contre un jeans et un petit haut griffé. Max la préférait au naturel, nimbée de cette élégance qui la distinguait des autres. En ce temps-là, pour la garder, il n'avait dévoilé que ses bons côtés. Avec des fleurs et du champagne, il venait la rejoindre dans son studio à perpignan. Elle avait entretenu son désir sans penser à placer le joug sur ses épaules de mâle. Il s'était ferré seul.

Cinq mois plus tard, ils se mariaient à l'ombre du clocher donjon de l'église d'Argelès-sur-Mer. Ensuite Mathilde les avait conduits à Toulouse où ils avaient pris l'avion pour l'Italie. Septembre à Rome, à flâner le long du Tibre, à photographier les monuments, à frissonner dans les catacombes, à s'embrasser sous la bruine des fontaines.

Au retour de leur voyage de noces, le rêve s'était prolongé. Max lui portait son petit déjeuner au lit et se recouchait. Il ne savait pas doser le chocolat, les croissants étaient souvent brûlés et la cuisine sinistrée après la préparation du jus d'orange. Un matin, elle avait fait la connerie de sa vie en lui disant : « Reste au lit, je m'occupe de tout » !

Il avait pris son vœu à la lettre. Les habitudes sont plus faciles à prendre qu'à perdre.

Les hommes qui en imposaient, qui savaient jouer de leur charme et de leur biceps, attiraient Laura. Elle prétendait qu'un zeste de machisme ne gâchait en rien leur personnalité. La montée de ce courant qui tend à transformer l'homme lui déplaisait. Sur ce point, le destin l'avait comblée. Celui qui partageait son existence n'avait aucune chance de participer à la dévirilisation en cours. Une ombre au bonheur : son passé qu'elle avait cru pouvoir exorciser en épousant Max.

Le père de Laura, Gérard Cantelro, considérait le mariage comme une institution caduque. "Rien de mieux pour flinguer une relation passionnelle" disait-il. Il n'avait nullement besoin de passer devant le maire pour assurer protection et fidélité à sa compagne. Ses belles intentions étaient passées à la trappe le jour où le hasard avait placé une sirène au chant dévastateur, une tueuse de ménages qui rêvassait dans la salle d'attente d'un dentiste où son travail de délégué médical l'avait conduit.

"Les choses changent avec le temps" s'était bornée à lui expliquer sa mère, un soir où Laura attendait le retour de son père en jouant avec le chien, dans le jardin de la maison d'Argelès. Cantelro avait disparu de leur existence comme un trait de crayon que l'on gomme sur une feuille. Longtemps, la nuit, entre les bourrasques de la tramontane, elle avait guetté ses pas dans le couloir. Laura cherchait encore à comprendre comment il avait pu leur jouer ce tour.

Certaines femmes n'ont pas droit au bonheur. À trente-cinq ans, sa mère était morte de l'aimer, de se morfondre, de le maudire, de l'espérer ; car l'espoir s'entête, il est inéluctable, comme la mort.

Onze ans de vie commune, balayés comme de la poussière par un courant d'air, avaient ébranlé la santé de Sandrine. Un mal insidieux s'en était pris à ses organes. Entre les bilans sanguins et les échographies, elle avait traîné sa fatigue dans la boutique de vêtements où elle travaillait, sur le front de mer d'Argelès. Avaient déferlé les dettes et les traites du pavillon qu'elle s'était retrouvée à assumer seule. L'espoir de se mettre à son compte s'était envolé en fumée. Sandrine avait fini par sombrer. Sa mère, Jane, l'avait convaincue de revenir vivre dans les faubourgs de Perpignan, à la "Casa Bianca" où elle avait grandi. La maison n'avait rien d'un palais avec sa toiture au pan unique et ses murs blancs que la pollution obligeait à repeindre tous les trois ans, mais elle ne manquait pas d'espace. Les chambres donnaient sur un jardinet où poussait un mimosa des quatre saisons. Dès février, l'arbre irradiait une splendeur d'or et embaumait des senteurs de miel. En été, faute de ne pouvoir aller se baigner, il faisait bon lire à l'ombre de ses branches.

Laura avait regretté la proximité de l'eau. Elle ne reconnaissait plus sa mère dans cette femme encore belle, au regard cerné par la douleur. Un tel changement avait renforcé ses griefs contre ce père qui avait fait basculer leur univers et lézardait sa vie de pourquoi.

La peur de la mort avait succédé à la triste réalité. Elle avait demandé à sa grand-mère d'appeler Dieu à la rescousse. Au final, le dévouement et les prières de mamie Jane avaient échoué.

Jane Farès, issue d'une famille de commerçants originaires du Roussillon, avait consacré la plus grande partie de son existence à la prospérité de la pâtisserie que lui avaient léguée ses parents, à Perpignan. Elle s'était constitué un pactole en vue de sa retraite qui lui avait permis de vivre convenablement après le décès de son époux.

Après la mort de sa fille, mamie Jane avait protégé Laura. C'était à elle qu'elle devait son goût pour les contes, cette suite dans les idées, cette joie d'exprimer ses émotions grâce à des personnages de fiction. Déjà à sa naissance, sa grand-mère avait cherché à la préserver des esprits malins grâce à un berceau en bois de bouleau. L'arbre empêchait les sorcières de jeter des sorts aux nouveau-nés, pas à la fatalité d'user de son pouvoir maléfique.

Un soir de septembre, en revenant de son cours de danse, Laura avait découvert la vieille dame effondrée au pied de son lit, les mains agrippées à un pan de la couverture. Jane n'était jamais revenue du service de réanimation de l'hôpital.

Après ce deuil brutal, Laura avait confié sa dépression au médecin qui avait traité sa mère. Le praticien avait profité de sa vulnérabilité et tenté un geste. La réserve que lui imposait sa fonction n'avait pas résisté au charme de sa patiente qui avait filé sans lui verser d'honoraires. L'incident avait fini de crever la bulle dans laquelle vivait Laura. Restait son avenir à définir. Ce problème n'avait pas été écarté de ses préoccupations, mais sa motivation de s'engager dans un cursus universitaire comme l'aurait souhaité sa grand-mère s'était enrayée. Au lycée, les cours n'avaient jamais été prenants. Elle se réfugiait dans ses rêves avec la conviction que, de là-haut, sa mère l'aiderait à choisir la voie quand le moment serait venu.

À dix-huit ans, elle avait appris à organiser seule son existence. Jane lui avait laissé de l'argent sur son livret de Caisse d'Épargne. La somme n'avait pas réussi à couvrir la totalité des frais et des charges de la maison. Et pour extirper sa neurasthénie, Laura avait signé trop de chèques.

Puis des commerçants, amis de sa grand-mère l'avaient recommandée au propriétaire d'un hôtel de luxe, à Perpignan, où une place d'hôtesse était à pourvoir. Elle était partie s'acheter une tenue classique avant de foncer à ce rendez-vous.

Ce travail lui avait permis de progresser en anglais et en espagnol. L'année suivante, en assistant à un défilé de mode dans la salle des conférences de l'établissement, une proposition l'avait plongée dans l'expectative. Hésitante à relever le défi d'un nouveau commencement, elle avait réfléchi aux mises en garde de mamie Jane jusqu'à l'aube. Fascinée par l'enjeu de cet univers scintillant et le désir de voyager, dans la matinée, elle avait décroché le téléphone.

Elle s'était rapidement frayé un chemin dans la haute couture. Sous les lumières des projecteurs, elle se sentait exister. Le désenchantement était survenu au fil des week-ends. La solitude lui pesait dans cette grande maison qui lui rappelait des instants pénibles. Laura avait décidé finalement de se séparer de la "Casa Bianca" dont l'entretien lui prenait une partie de ses cachets.

La maison s'était vendue à perte. L'implantation des abattoirs non loin de la demeure avait découragé un bon nombre d'acheteurs. Le flot des bêtes aux plaintes lugubres dans les couloirs des bâtiments ou en attente dans les camions dérange les consciences. Les gens veulent bien goûter de la viande, mais ignorer au prix de quelles souffrances elle tombe dans leur assiette. Laura ne croyait pas qu'il s'agissait d'indifférence, persuadée qu'une majorité de personnes se gardent d'imaginer le supplice des animaux, les bourreaux qui les acheminent dans la file assassine à coups de pied, les ratages, les flots de sang, les tueurs au permis de tuer en règle, les assassins sans âme. Le végétarisme signifie entrer en religion, la motivation doit être profonde. La volonté lui manquait pour entreprendre ce sacrifice. Elle préférait fuir les reproches de sa conscience, moins récurrents que ses souvenirs. Les exhumer la déprimait.

Laura se blâmait encore de ne pas avoir pris de

revanche sur l'infortune de sa mère, sur sa mort. Comment racheter le passé ? Sur les femmes de sa famille planait une malédiction que mamie Jane, en son temps, sous la coupe, elle aussi d'un macho, n'avait pas exorcisée. L'idée de prendre le relais l'affolait, au même titre que les contradictions de ses désirs ou de ses choix. Victime de sa sensibilité, elle se disait qu'après Max, elle était capable de commettre à nouveau la même erreur.

Pour l'heure, son mari semblait avoir endigué sa fureur. Derrière la cloison qui les séparait, Laura se sentait en sécurité.

II

Les jours suivants, Max fit preuve d'un désintéressement qui aiguillonna les nerfs de sa femme. Il claquait la porte en sortant et emballait le moteur de sa voiture garée devant le portail. Laura assurait les repas, à l'exception du petit déjeuner. À chaque creux dans son estomac, il ingurgitait ce qui traînait dans le réfrigérateur, sans s'écrier que c'était immangeable, sans évoquer sa mère cordon-bleu. Le soir, dans son fauteuil, face au téléviseur, il ruminait sa vengeance jusqu'à l'assoupissement tandis qu'elle pianotait sur son clavier. Chacun son écran. L'ambiance à couper au couteau précédait la tempête.

Un matin du mois de mai, Laura conçut d'en déchaîner les éléments. Elle prit contact avec

Maître Blois qui exerçait à Perpignan. Seize ans auparavant, il avait conseillé sa mère de poursuivre son compagnon pour abandon de ses obligations parentales. Un mois plus tard, l'avocat devait apprendre à Sandrine que Gérard Cantelro avait démissionné du laboratoire qui l'employait. Il s'était envolé sans laisser de traces. Interrogée, sa famille avait affirmé ne pas avoir de nouvelles depuis qu'il était parti à l'étranger. Une société d'import-export lui aurait offert un contrat. Mamie Jane avait décrété que Roselyne Cantelro, mère du fugitif, mentait pour couvrir la lâcheté de son fils. Les démarches en étaient restées là.

Maître Blois était un homme plutôt avenant. Une chevelure clairsemée au-dessus de sa face ronde annonçait une inéluctable calvitie. Au cours de l'entretien, il s'intéressa à la vie de Laura. En énonçant son nom de jeune fille, elle crut qu'il allait remonter aux déboires de son enfance. En fait, il n'affecta de voir en elle qu'une nouvelle affaire. Elle épousseta son trouble avec une précision : au cas où son mari viendrait à contester le partage des biens, il serait judicieux de lui rappeler qu'après leur mariage, elle avait asséché son compte afin d'alléger le crédit de la maison. L'avocat rédigea la requête en divorce qu'il allait déposer au secrétariat-greffe du juge des affaires familiales. Il lui expliqua que dans deux mois environ, elle allait recevoir, ainsi que son époux, une convocation pour l'audience de conciliation. En regagnant sa voiture, Laura tenta d'obliger son esprit à évaluer la portée de sa décision, mais regretta seulement d'avoir fait allusion à l'argent.

Quelques jours à prendre son mal en patience et elle connaîtrait la réaction d'un époux mis devant le fait accompli. Comment s'orienterait-elle ensuite, c'était une autre histoire. En attendant, l'œil que Max jetait avec régularité sur le courrier la comblait.

Sur la plage de la crique, elle spécula sur les lendemains, en regardant les voiliers glisser entre la nacre des vagues. Quand la température le permettait, elle se perdait à la nage vers l'horizon, abusait de soleil à la recherche de l'inspiration, moribonde depuis l'aggravation de leur conflit.

Comme chaque printemps, elle savourait ce lieu avant l'arrivée des touristes. Même au cœur de l'été, ils ne fourmillaient pas : l'accès au rivage n'était possible qu'à pied. Les baigneurs devaient laisser leur voiture le long de la route transversale. Le chemin sans issue qui conduisait à leur villa était interdit à la circulation, réservée aux riverains. Seuls le facteur et quelques commerçants ambulants l'empruntaient.

La lumière s'acheminait vers l'été. La côte déclinait sa beauté sur les tons que lui concédait le soleil. La mer s'irisait de turquoise, scintillait à l'infini. La baie en forme de croissant accueillait des meutes d'oiseaux. Mouettes, goélands et hirondelles de mer passaient et repassaient au-dessus des soixante mètres de rivage. Cette faune ailée tournoyait en épiant tout frémissement de vie entre les flots. Parfois, un oiseau s'en détachait et piquait vers l'eau, projetant un nuage d'écume dans l'air. Les mouettes remontaient des coquillages, les laissaient tomber sur les rochers et redescendaient becquer leur contenu. Elles s'arrachaient leur pitance, leurs cris stridents effrayant quelques chevaliers des sables absorbés par leur festin sur la dentelure de débris que déposait le reflux.

Attachée à un pieu, la vieille barque de Max reposait sur la grève. C'était le deuxième hiver qu'il négligeait de la rentrer dans la cabane à bateaux, au fond du jardin. Le sel corrodait sa coque qui finirait par faire le bonheur d'un feu de camp. Quelques herbes marines pointaient à travers la dune, s'agitaient sous la brise.

Ici, le vent soufflait avec modération. Avant la côte rocheuse, la tramontane se déchaînait en début d'après-midi et balayait les plages du Haut-Roussillon. Elle persistait trois, six, voire neuf jours, délogeant les touristes, las de se faire sabler. En revanche, ce vent permettait aux Kitesurfeurs de triompher, suspendus à leurs ailes, défiant la loi de la gravité entre ciel et mer.

Durant son célibat, Max passait ses week-ends à maîtriser sa planche à voile ou explorer les grands fonds. Il avait conservé sa passion pour la pêche sous-marine. En fonction des saisons, il rapportait ses prises à la maison. Lorsque les premières neiges coiffaient le pic du Canigou, l'eau qui se refroidissait attirait les turbots vers les bancs de sable. Au printemps, les dorades venaient à leur tour se nourrir près des côtes. De ses plongées au creux des rochers, il rapportait des rougets et des poulpes. Le reste du temps, il se contentait de muges. Il vidait, écaillait les poissons et portait les déchets aux mouettes. La seule corvée dont il s'acquittait sans appeler Laura à la rescousse. À elle les prouesses aux fourneaux.

Elle n'avait pas toujours détesté les contraintes. Certaines avaient même entretenu leur passion. Avant, elle devançait les moindres désirs de son mari. Il tendait l'oreille à ses propos en contemplant le déferlement des vagues sur la grève, sans se lasser de lui répéter qu'il l'aimait. Sous la voussure du rocher, il le lui prouvait jusqu'à l'épuisement. À part s'aimer, les autres leur semblaient sans intérêt. Entre eux, un courant puissant circulait. Avant.

Trop d'orages, de tempêtes avaient entamé l'amour. Trop de fureur, de scènes et d'affrontements avaient laissé des traces. Le mal venait-il de là ?

Laura ressassait ses souvenirs, agitait ses prétextes. Ses dragons et ses princesses flottaient au-dessus des flots. Si le Chevalier Noir venait se baigner, elle ne sortirait pas son dictaphone. L'étranger la troublait. Max avait pu engager un détective pour la surveiller. L'hypothèse n'était pas si absurde. Autrefois, il n'avait pas hésité à gaspiller son argent auprès d'un blaireau qui ne possédait pas l'art de la filoche. Elle n'avait eu aucun mal à le démasquer. Avait suivi une scène au terme de réconciliation sans originalité.

L'inconnu possédait une plastique et une allure de Chippendale. Ses cheveux d'ébène aux mèches souples retombaient sur son front. Il les remettait en place avec désinvolture. La veille, il était resté une partie de l'après-midi à lire et se baigner. Quand Laura était passée près de lui, il l'avait abordée avec un sourire nuancé d'intérêt.

- Vous avez de la chance d'habiter un coin pareil. Si vous avez des enfants, ils doivent s'éclater !

- Je n'ai pas d'enfants.

- Je vous ai vu utiliser un dictaphone. Vous êtes journaliste ?

- Non. J'écris des contes pour enfants.

- Je suppose que la barcasse appartient au grand-père qui pêchait ce matin ?

- Elle appartient à mon mari. Il s'en sert rarement. Pourquoi ?

En apercevant la Mercedes qui se garait devant le portail, elle avait regagné la villa.

L'homme n'avait rien à voir avec les dragueurs de plage. Laura tentait de se persuader qu'il venait paresser et se baigner, mais ne parvenait pas à s'interdire d'évoquer d'autres raisons. C'était la première fois qu'elle voyait son visage. Son regard d'aigue-marine l'avait étrangement atteinte, il occupait ses pensées. Pendant qu'il la dévisageait, elle avait perçu au fond de ses prunelles un élément lointain, glacial.

Au cours de l'après-midi, sa silhouette apparut sur le sommet de la petite dune qu'il dévala en se débarrassant de ses vêtements. Après les avoir lancés sur le sable, il se jeta à l'eau en short de bain noir et crawla vers le large d'où Laura revenait en brasse coulée. Lorsqu'ils regagnèrent la grève, un pêcheur avait pris place sur son pliant, ses cannes bloquées dans les anfractuosités de la roche.

Laura connaissait bien Alphonse Travers, son voisin le plus proche, un retraité de la Poste. Il lui était arrivé de partager le produit de sa pêche avec Max. Plus maintenant, depuis l'histoire du chien. Il habitait la maison basse, semblable à une tortue sous sa carapace, sur la parcelle située à l'angle de leur chemin et de la route transversale. Un terrain rocailleux où poussaient des aloès et des arbrisseaux squelettiques séparait leurs clôtures. Quelques couples d'hirondelles de mer venaient y nidifier d'avril à septembre.

L'inconnu se dirigea vers le septuagénaire au crâne dégarni. Ils échangèrent quelques mots. Dans son coin, Laura s'enduisait de monoï. Elle s'étendit, luisante, les bras en croix. Le soleil brûlait la peau. Le visage à l'ombre sous son chapeau, elle s'amusa à suivre les gestes des deux hommes à travers la paille. Le plus jeune ne tarda pas à revenir vers sa serviette de bain pour lire, mais son attention se porta vers elle.

Immergée dans sa torpeur, elle finit par le perdre de vue. Un frôlement à la hauteur de ses hanches la fit sursauter alors qu'une voix susurrait à son oreille :

- Ce n'est pas très original de vous le dire, mais vous êtes très belle !

Profitant du départ du père Travers, le mystérieux baigneur avait opté pour l'approche directe. Au-dessus de sa poitrine, il lui souriait, une lueur de concupiscence au fond des yeux. Le cri de panique de Laura avait déjà atteint le ciel tandis qu'elle se redressait. D'un bond, l'homme se releva et sans lui accorder le temps de s'indigner il courut vers l'eau en lui lançant :

- Mon intention n'était pas de vous effrayer !

Quelques brasses le menèrent entre les crêtes des vagues. Et en quelques foulées, Laura se retrouva devant la villa, récupérant sa clé sous l'amphore enfouie parmi les lavandes.

Déstabilisée par l'incident, elle ne cessa de

réfléchir à la situation dans laquelle elle s'était mise en encourageant du regard le bel inconnu. Il ne paraissait pas dangereux, mais le diable était-il à court d'apparences ? Elle savait à quel point l'isolement de ce lieu pouvait faire d'elle une cible. Elle savait surtout que si une broutille lui arrivait, aussi insignifiante fut-elle, Max, qui poussait en général les choses à l'excès, mettrait en doute la véracité de son récit. Il critiquerait ses tenues et la ferait passer pour une évaporée devant le juge. Un motif de nature à servir sa défense d'époux. En préparant le dîner, l'image du visiteur continua de l'obséder et de l'étourdir de suppositions. L'irruption d'une voiture devant le portail la dissipa.

Par la fenêtre ensoleillée, Laura reconnut Francis Beauchamp, l'agent immobilier qui déposait son mari. Une bouffée de contrariété l'envahit à la pensée que cet olibrius mêlait Max à ses débordements. Il lui remettait parfois des enveloppes qui l'inquiétaient plus qu'elles ne la transportaient de joie. Un jour, il finirait par l'entraîner dans une combine.

Max vouait une reconnaissance sans bornes à Francis qui lui avait permis d'acquérir la maison en décourageant des acquéreurs. Laura excipait de sa mauvaise foi, convaincue qu'à cette époque, Beauchamp avait une raison de lui faire cette fleur. Mû uniquement par l'intérêt, ce type était capable de se faire passer pour un philanthrope. Au début de son mariage, elle avait su lui tenir la dragée haute, car le bougre avait tenté sa chance, quitte à bafouer l'amitié qui le liait à son copain. Elle s'était gardée d'en parler à Max, épargnant sa jalousie, préférant régler seule et de manière radicale le problème. Ce souvenir lui procura un sentiment de culpabilité qu'elle estima sans fondement.

Max entra et dévisagea son épouse avec une expression d'agacement contenu. Il examina le courrier et s'engouffra dans le couloir pour revenir avec une tenue décontractée. Il ingurgita une bière puis s'éclipsa. Au jardin il s'empara du drap de bain sur le fil à linge et se dirigea vers le chemin. Le nez à la fenêtre, Laura le regarda traverser, gagner la crique en sifflotant. La maison allait leur manquer. La perspective de devoir la vendre la dévastait, mais donner une leçon à son mari la dédouanerait de ses remords dès l'ouverture de la procédure.

À la fin du dîner, dans l'attente de son café, la tête entre ses mains, il parvint à articuler :

- Elle arrive quand cette assignation ?

Son regard de desperado suscita presque la compassion de Laura qui marqua une hésitation :

- Chaque chose en son temps, elle viendra.

La question ne manquerait pas de surgir à l'occasion. Le coup d'œil de résignation de Max surprit Laura, à l'inverse de son appétit qui le poussa à tendre la main vers son biscuit au yaourt. La bouche pleine, il se justifia de son retour avec Beauchamp. La Mercedes, restée en rade au garage, avait besoin d'un réglage et lui du 4x4 jusqu'au lendemain soir. Laura partit chercher les clés qu'elle jeta sur la table. Ce geste avait dépassé son intention.

Max n'envenima pas la situation, mais son silence était truffé de mines. Au seuil de l'exaspération, il se retint de lui imprimer sa main sur la joue et de lui prédire un avenir de merde. Il repoussa sa tasse sans égard pour la nappe et quitta la table en ramassant les clés du Rav qu'il fourra dans sa poche.

L'évocation du divorce le rongeait. Il la contourna à l'étage, sur le banc de musculation. Sa femme lui échappait, c'était sans doute pour cela qu'il comprenait à quel point il l'aimait. Il avait négligé les signaux d'alarme. Si elle avait osé mettre ses menaces à exécution, il ne répondrait pas de lui.

Il se souvenait de ce week-end d'automne où ils avaient repeint la pièce attenante à leur chambre. Ils s'étaient fait livrer un lit d'enfant. Laura y dormait lorsqu'elle se posait en victime.

Que valaient leurs projets ? Elle était loin de tant de promesses murmurées dans l'intimité. Elle n'avait cessé de prendre sa pilule alors qu'elle lui affirmait le contraire. Cet acharnement à détruire leur couple n'aurait jamais vu le jour si elle avait accepté d'entamer une analyse. Laura était une menteuse, doublée d'une hypocrite qui lui avait damé le pion. Elle s'enflait de vanité. Chaque fois qu'elle achevait un livre, elle en parlait comme de son bébé. Elle nageait dans l'autosatisfaction ou se révoltait pour une paille, sans avoir conscience des dégâts de ses tendances. Elle avait choisi de se venger, parce qu'il n'avait pas de dispositions pour les tâches domestiques. *No body is perfect.* Souscrire à la dissolution de leur mariage serait plus simple. Par malheur, il l'avait dans la peau. Laura émouvait ses sens, un poison dont il n'avait pas découvert l'antidote, la seule capable d'éveiller en lui un désir instantané.

Il trouverait le moyen de la dissuader de mettre fin à leur union, ensuite il lui ferait cet enfant qui remettrait tout d'aplomb. Il y croyait dur comme fer.

La lune s'enfonça dans les ténèbres. Le soir, Laura sécurisait son refuge d'un tour de clé. Elle écoutait son mari aller et venir derrière la cloison, le long de leur lit défait. La porte de l'armoire crissait chaque fois qu'il cherchait à se procurer du linge. Il ne trouvait pas sa chemise prune et jurait. Elle attendait qu'il se calme. Elle se sentait forte, la minute suivante, sans ressort. Les yeux mi-clos, elle épiait le silence, flottait, retournait sur son passé par peur de lui être infidèle. Des détails circulaient dans sa mémoire : les détours que s'imposait sa mère en lui parlant de sa maladie, et de son père. Laura ne discernait pas à quelle période, cet amas de souvenirs avait pris ces proportions, à quel moment elle avait décrété que Max devait quitter son existence. Si le tranquillisant ne parvenait pas à apaiser son anxiété, il lui permettait au moins de s'évader avec son manuscrit : sa bouée de sauvetage. Sa mémoire rembobinait jusqu'au premier chapitre. Le Chevalier Noir l'étreignait d'un pressentiment. Il s'insérait entre la virgule et le point, parmi ses pensées. Elle revivait la scène sur le sable : son souffle sur sa gorge. Regrettait-elle d'avoir rompu le charme de ses avances, d'être passée à côté d'une telle sensation ? Une nuit, au petit matin, il s'attarda dans son rêve, se fit pressant. Elle vit les lèvres de l'inconnu se retrousser sur des dents diaboliquement blanches. Quand ses mains se refermèrent sur son cou, elle hurla.

Max tâtonna avant de trouver l'interrupteur.

- Laura ? Qu'est-ce qui passe ? Ouvre ! Ouvre ou je fais sauter la serrure.

Elle se retrouva sur son séant à chercher sa respiration.

- C'est rien ! J'ai eu un cauchemar.
Par trois fois, il chercha à démanteler la porte de l'épaule, puis ses pas s'éloignèrent dans le couloir. Bercée par le bruit de l'eau, Laura finit par se rendormir.

Vers neuf heures du matin, les cris des mouettes l'arrachèrent à son sommeil. Il en était ainsi chaque fois que se tourmentait la mer. Dans la cuisine, la table et la plonge étincelaient de propreté. Max était parti sans prendre son petit déjeuner. Laura enfila son survêtement et courut respirer les embruns salés des vagues qui s'étiraient sur le rivage.

Au loin, la ligne d'horizon était insaisissable, aussi insaisissable que les intentions de l'inconnu qu'elle ne parvenait pas à écarter de son esprit. S'il revenait, elle trouverait un moyen de dissiper le malaise déposé par son cauchemar. Entre ses délires, ses routines, surveillée par un époux atrabilaire, elle finissait par douter de ses potentialités, de son charme.

Laura était changeante comme la mer, en osmose avec ses flots et ses remous. Enfant, elle n'avait jamais résisté à son attrait. Elle prenait plaisir à jouer avec le ressac, à se mettre en danger. Par une nuit tiède, elle finirait par s'y abandonner en tenue d'Ève, attirée vers les fonds où se manifestent les esprits du monde, où ses yeux verraient sa mère lui tendre les bras avant de se refermer.

Sur son lit d'hôpital, Sandrine avait déterminé les modalités de sa transition finale qui portait sur l'incinération et la dispersion de ses cendres sur les flots. La seule pensée de son corps claveté dans une boîte d'éternité lui était insupportable. Les dernières semaines de son existence, l'idée de renaître comme le phénix avait été une consolation. Mamie Jane n'avait pas réussi à la détourner de cette résolution qui convenait mal à ses principes religieux.

Après le service funèbre, Laura et sa grand-mère avaient loué une embarcation et accédé à la dernière volonté de Sandrine. Le hasard les avait conduites non loin de la crique où se situait La Mouette. Ensemble, elles avaient retourné l'urne pour laisser partir la défunte. La clarté s'était retirée des cieux. Jane avait expliqué à sa petite fille que l'esprit de Sandrine régnerait désormais sur la côte. En suivant des yeux le sillage d'argent du bateau, Laura avait refoulé son chagrin. Et son adolescence déchirée avait repris son cours.

Sa mémoire gardait intacte l'émotion de cet après-midi de cendres. Depuis, elle éprouvait le besoin d'entendre l'écho de sa révolte que lui renvoyait l'horizon. Après leur mariage, Max lui avait appris comment faire vibrer les éléments. Un soir il avait hurlé si fort que le vent s'était levé sur l'eau. Elle se souvenait de ses bras qui l'arrimaient à lui tandis qu'elle testait à son tour la portée de sa voix.

Laura se retourna sur le massif des Albères. La montagne palpitait sous son voile de brume. Son regard coula vers la route à fleur de dune, déserte. Elle pivota et déchaîna son âme dans un cri de fauve. Au sud de la crique, des mouettes s'envolèrent de leurs retraites.

Sur la partie sablonneuse du rivage, deux goélands tournoyaient au-dessus de leur oisillon en détresse. En les observant, Laura fit remonter un souvenir : son père imitant les oiseaux : leurs gazouillis, leurs pépiements, leurs trilles. Avec la meilleure volonté du monde, elle n'aurait pu dire qu'il avait la fibre familiale aussi développée.

L'esprit plus léger, elle regagna la villa et s'installa à la table de la terrasse, à l'ombre du mimosa qu'elle avait planté avec Max, en souvenir de la Casa Blanca. Elle commença à tisser l'histoire du chapitre à venir : *une montagne s'écroula dans la mer, c'est alors que Fer Caille prit son envol...* Un envol suspendu par la sonnerie de son cellulaire. Laura émergea de ses contrées. Sa belle-mère venait aux nouvelles avec son flair et son débit soûlant. Elle paraissait être au courant de leurs déboires. Elle espérait venir dans l'après-midi, évoquant comme prétexte sa terrine en grès, oubliée l'autre soir, indispensable à ses exploits culinaires. Mathilde insista, même si elle se doutait que cette visite n'enthousiasmait pas sa bru. Laura, frappée d'intuition, sut que Max avait vendu la mèche. Anticiper et dire à sa belle-mère de rester en dehors de leur désaccord la tenta une seconde. Elle se contenta de prétexter une course urgente. Le téléphone raccroché, elle songea aux branches d'ajonc qui chassaient les sorcières loin des maisons.

Elle se défendit de prévoir les prémices d'un scandale que cette fouteuse de merde ne manquerait pas d'attiser. Mathilde rêvait de voir se concrétiser ses prévisions qui lui permettraient de participer à la vie de son fils. Aucune belle-fille ne trouverait grâce à ses yeux. Aigrie par son passé, dès leur première entrevue, elle avait détesté chez Laura ce qui lui avait fait défaut dans sa jeunesse, lorsqu'elle avait épousé un homme despote et volage que l'existence lui avait repris une dizaine d'années plus tôt. Un contentieux subsistait entre Mathilde et son passé de frustrations, à l'origine de sa bassesse sournoise.

Laura se félicitait de ne pas lui accorder sa confiance. La complaisance de sa belle-mère à son égard n'était qu'une mascarade.

Max pratiquait la politique de l'autruche, se contentait de l'entente factice qui régnait entre les deux femmes. Chaque fois que Laura essayait de soulever, ne serait-ce que d'un chouïa, le masque de la mama, il lui préconisait de soigner sa paranoïa.

- Tu te fais trop de cinéma ! Ma mère n'est pas malintentionnée.

Euphémisme. Si elle lui livrait le fond de sa pensée, il la prendrait pour une persécutée bonne à interner, ou une mythomane, bien qu'elle revendiquât cette disposition indispensable à sa passion pour l'écriture, mais qui s'arrêtait là.

Mathilde avait réussi à la faire plonger dans l'expectative. L'idée que sa vie loin de cet ancrage marin restait à déterminer rebutait Laura. Un grand nombre de remises en question s'imposait. Max ne lui abandonnerait pas la maison. Après leur mariage, elle s'était séparée de son studio de Perpignan, appartement qu'elle avait acquis grâce à la vente de la Casa Blanca. La connerie du siècle. Pourquoi avait-elle agi avec tant d'inconséquence ?

Autre vie, autre lieu. Elle envisageait de partir pour Paris, ce qui lui donnerait l'occasion de sortir de l'anonymat sans rien devoir à son physique. La cité de l'agitation la tentait et l'effrayait. De nuit comme de jour, l'air de la capitale sécrétait ses poisons, mirages et tentations. Pour y échapper, elle s'engouffrerait dans ses projets littéraires de manière compulsive. Cet aperçu se faufilait dans la réalité. Il n'y avait pas que cela. La mer possédait ici une gravité, un sens du mystère comme nulle part ailleurs. Son emprise, accrue par l'empreinte de Sandrine, était puissante. Comment s'en passer, abandonner ce lien ? Née près de ses rivages, Laura s'était construite entre le sable et l'eau. La mer sublimait son imagination, cautionnait le royaume de ses fées et de ses sorcières. Sur le béton, elle ne pourrait plus déployer ses ailes.

En attendant, elle aspirait à des pensées plus

légères. Un tour en Espagne, par exemple. Elle passait rarement plus d'un mois sans s'y rendre. Les prix étant plus attractifs, elle en profitait pour faire le plein en carburant. Elle rapportait des provisions, des alcools et de la parfumerie. Max ne voulait plus s'y rendre le week-end, en raison de la foule des badauds. À contrecœur, il laissait sa femme s'y rendre seule en semaine. Ce qui ne l'empêchait pas, dès son retour, de brasser l'air de coups de gueule et de critiques. C'était devenu un rite, une règle. Les ballades de Laura pendant qu'il justifiait sa paye l'excédaient.

Il semblait s'être habitué à l'idée de divorcer. Leurs affrontements étaient moins corrosifs. Sa froideur froissait Laura, mais elle se sentait libre. Libre d'aller et d'agir comme elle l'entendait.

Une chape nuageuse avait envahi le ciel. La mer allongeait ses gris à l'infini. Un temps idéal pour le shopping. Le portail de La Mouette à peine refermé, le cellulaire vibra dans le sac de Laura. Son rayon d'optimisme fit place à l'agacement. Mathilde qui habitait à cinq kilomètres, sur la commune de Saint-André, se lamentait de ne pouvoir se rendre chez son coiffeur à Argelès. Sa Renault refusait tout service. Max ne lui enverrait un mécanicien qu'en début d'après-midi. Un drame. Sans vouloir abuser, serait-elle disposée à la conduire à son rendez-vous ?

– D'accord, alors en vitesse, car je vais à Figueras, s'entendit lui répondre Laura.

Avant de prendre le volant, elle jeta un coup d'œil vers la crique. La mer frisait à peine en surface. Tout à l'heure, alors qu'elle vérifiait la fermeture des fenêtres, elle avait aperçu une silhouette d'homme se glissait sur le sentier qui descendait sur la plage. Elle l'avait tout de suite reconnue. Elle chercha à comprendre pourquoi son pouls s'accélérait à la vue de l'étranger. Pourquoi lui inspirait-il cette crainte mêlée de fascination ? Elle repoussa son image au fond de son esprit et lança le moteur. Max lui disait souvent qu'elle se laissait emporter par son imagination.

En roulant, elle se morigéna d'avoir renseigné sa belle-mère sur ses occupations. Elle se persuada aussi que sa B.A. couplée avec la restitution de la terrine était un moyen d'avoir la paix les jours suivants.

Mathilde l'attendait au milieu de ses géraniums, vêtue d'une robe à fleurs qui dissimulait avantageusement son embonpoint, un cabas sous le bras. Laura se demanda ce qu'il y avait en elle de différent, à part le cabas.

Plus tard, retardée par la circulation, elle réalisa que Mathilde lui avait fait perdre un temps fou à vouloir remiser sa terrine et vérifier si son chat était rentré. Cette dernière l'avait chargée de lui rapporter son éternel cognac du Perthus. Atteinte de dipsomanie, elle noyait ses turpitudes en avalant de fortes quantités d'alcool. Laura s'était armée d'audace pour lui dire que tout dépendrait de la durée de ses investigations. Elle devait passer à la bibliothèque de Figueras pour consulter quelques recueils de contes afin d'étoffer son récit.

Sur place, elle y fonça, mais sa patience s'émoussa devant les innombrables ouvrages. Elle se retrouva à flâner dans les rues semées de boutiques et de touristes. Délimitée par les vestiges de ses remparts, la ville s'articulait autour de La Rembla, la promenade d'où partaient les rues piétonnes. Les galeries d'art et les commerces étaient influencés par le génie du pays, Salvador Dali. Le principal attrait culturel de la cité n'était autre que le Théâtre Musée, au crépi fuchsia, que le maître du surréalisme avait conçu et fait dresser, ainsi que la Tour Galatea ajoutée à l'édifice avant sa mort.

À la terrasse d'un café, Laura songea à ses week-ends avec Max, quand ils musardaient sur le marché de la Plaça del Gra ou descendaient sur Barcelone pour ne rentrer qu'à l'aube du jour suivant. Elle avait toujours aimé ce pays prêt à s'embraser, où les décisions arbitraires étaient rejetées, soutenues par le *hago lo que me da la gana :* 'Je fais ce que j'ai envie de faire'. Elle aurait aimé mettre en pratique cette devise. Sauf qu'elle ne savait plus ce qu'elle voulait. Sa mélancolie résista aux rayons du soleil, aux airs de flamenco, et au chanteur Shaggy qui hélait sa *sexy lady* dans la sono d'une bodéga. Son angoisse revenait par vagues depuis le coup d'envoi de son divorce. L'aventure lui semblait confuse, comme si de mauvais esprits contrariaient son rapport à la vie.

Dans la crique, l'étranger avait attendu que la voiture de Laura s'éloignât vers la départementale. Il s'était baigné, nu. Par temps couvert, il aimait nager avec la mer et le ciel pour seuls compagnons.

Une fois rhabillé, il avait sorti son portable de sa poche. Assis sur le sable, le dos calé contre la coque de la barque, il s'entretenait avec son interlocuteur.

Au bout d'un moment, il gravit la petite dune et s'achemina vers le rocher qui surplombait l'eau. Il évalua la pente escarpée sur le côté. On pouvait atteindre la partie sablonneuse du rivage sans trop de difficulté. L'homme s'imprégna de l'environnement et revint sur ses pas. Devant la villa, il demeura aux aguets une minute, puis ouvrit le portillon. À couvert de la haie de lauriers, il contourna la maison, laissant errer son regard sur les fenêtres aux rideaux tirés, aux volets clos sur l'arrière. Ce n'était pas la première fois qu'il se familiarisait avec les lieux. Il considéra les dépendances, et le terrain vague qui s'étendait jusqu'à la propriété du vieux pêcheur. À son extrémité un large fossé le séparait du bois de pins. Pousser au sud du jardin le tenta, mais il s'assura que la voie était libre et, avec une aisance naturelle, rejoignit son véhicule.

Sur le chemin du retour, un contrôle de police retarda Laura à l'entrée de la commune du Boulou. Après vérification de ses papiers, les policiers lui firent réintégrer le flot des voitures. Elle ne recouvra la quiétude qu'en posant pied devant La Mouette, lorsqu'elle sentit l'infinie protection et menace de l'eau.

La nuit commençait à dévorer le jour. La brise de mer avait rafraîchi l'air. Bien que le portillon fût entrebâillé, Max n'avait pas réintégré leur domicile. Devant la porte d'entrée, Laura spécula sur les intentions de son mari en fourrageant dans son sac. Un sondage lui avait appris qu'on passait quatre jours par an à la recherche de ses clés, une semaine pour les plus désordonnés. Elle trouva ce qu'elle cherchait et les effluves marins pénétrèrent la maison plongée dans l'obscurité. Dans la chambre, la découverte d'un capharnaüm de linge éparpillé au sol et de journaux la déstabilisa. Max n'ignorait pas que son bien-être dépendait d'un univers ordonné, conçu pour une maniaque, arguait-il lorsqu'elle pinaillait sur le rangement. Elle voulut rabattre les volets et remettre de l'ordre, mais se ravisa, persuadée que ce désordre était destiné à la faire réagir. Elle attrapa un chandail dans le tiroir de la commode, l'enfila sur son chemisier et retourna à la voiture.

L'habitacle du Rav était sombre. Elle alluma le plafonnier pour s'emparer des courses sur la banquette arrière. Sur le tapis de sol, quelque chose accrocha son regard. Noyée dans ses pensées, elle n'en détermina pas de suite la nature. Déposant ses sacs à terre, elle se pencha sur l'objet qui dépassait sous le siège. Ses doigts l'effleurèrent et s'en éloignèrent brusquement. C'était une arme à feu. Cette découverte la laissa sans réaction. Son esprit brassa une foule de suppositions dont une la ramena à Max. La veille, après avoir ramené le Rav et reconduit le mécanicien, il avait dû rejoindre son copain immobilier au Papagayo afin de fomenter quelques plans. L'endroit abritait un club de poker clandestin où il avait déjà perdu une somme d'argent. Il prétendait que cela ne lui était arrivé qu'une fois, le jour où elle s'était rendue à Paris pour rencontrer un éditeur. Tout était bon pour justifier ses égarements.

La panne de la Mercedes n'avait été certainement qu'un prétexte pour utiliser le 4x4. Dans quel bourbier se serait-elle retrouvée si les policiers avaient fouillé la voiture ? Encore une raison objective de le quitter. Si elle y mettait de la bonne volonté, elle en trouverait d'autres.

Elle allait brandir le pistolet sous ses yeux dans l'attente de sa réaction. Après réflexion, Laura décida de le ranger dans le placard des toilettes, derrière le détartrant et les rouleaux de papier.

Son mari ne mettait jamais le nez à cet endroit. Avant de s'emparer de l'arme, elle tira sur la manche de son pull et en recouvrit sa main. Le pistolet était peut-être constellé d'empreintes Prise de panique, elle entra le déposer sur l'étagère et sortit happer une bouffée d'air au jardin. Max arrivait. Elle fit mine de s'intéresser aux massifs d'hibiscus le long du mur de l'appentis tandis qu'il rentrait la Mercedes, et dans la foulée, le Rav. Les voitures passaient rarement la nuit dehors. L'humidité saline causait trop de dégâts sur les carrosseries.

Laura n'eut aucun moyen de savoir s'il avait cherché l'arme à l'arrière du 4X4. Il était d'une humeur au vitriol. Dans la cuisine, elle essaya de l'emmener sur le terrain de sa trouvaille, mais ses mots ne vinrent pas. Elle n'avait pas épuisé tous les possibles et ne possédait aucune certitude. Ses seules certitudes concernaient la mort et les impôts. Le courrier du Trésor public se tenait bien en vue sur la table. Sa façon à elle de le narguer, de déloger sa résignation qui la dépassait. Elle préférait encore s'entendre dire qu'elle n'était qu'une feignasse, incapable de gérer son ménage, raison pour laquelle ils s'étaient pris les dix pour cent fatidiques. Max se souciait de ce courrier comme d'une guigne. Sa main passa à portée de l'enveloppe, hésita, et lui apprit à voler. Il s'avança vers sa femme.

- Tu t'es barrée en Espagne aujourd'hui ?

Laura déposa son carton de bouteilles sur la table que, subitement, elle n'avait plus envie de dresser pour deux. L'heure du macho venait de sonner. Faire état de sa supériorité lui faisait prendre son pied. C'était sa prolongation phallique. Il la toisa de haut en bas, lorgna sa minijupe en cuir avant d'exprimer le fond de sa pensée avec une voix qui avait perdu son velours.

- À part faire fumer la carte bleue, et exciter les mecs surtout... C'est pour ça que tu rêves de ton divorce à la con ! Tu oublies que tu es mariée.

- Je ne risque pas de l'oublier.

Elle mesurait ses intonations pour éviter de l'exciter.

- Et le nom que l'on donne à une femme qui erre

sans but ?

- Ne te prive pas de me le rappeler !

L'échange dégénéra. Elle n'eut pas le temps de se retirer dans la chambre. Max la rattrapa et bloqua ses bras derrière son dos. Son désir mêlé de rage parcourait ses veines, mais il se retint de donner libre cours à ses instincts.

- C'est quoi ton problème, Laura ? Qu'est-ce tu me reproches ?
- Devine ! Ton machisme me fatigue. C'est trop tard, pourtant je vais te le répéter. J'aurais voulu que tu cesses de me prendre pour une bonniche en laissant traîner ton bordel de mec. Que tu cesses aussi de consulter mes Emails en douce. J'en passe… Et que tu ne te jettes pas sur moi comme un obsédé, que tu me fasses l'amour avec délicatesse. Ça n'arrivera jamais !

- Ton dernier vœu me convient. On commence ?

C'était son jour de gaffes, elle le concevait. Au lieu de faire allusion au pistolet, elle venait de formuler une suite d'inepties. D'un mouvement du bassin, Max la poussa contre le bord de la table en cherchant ses lèvres. Elle serra les dents pour l'empêcher de glisser sa langue. Par ruse, elle parvint à se dégager et empoigner la bouteille de cognac. Elle le menaça de la lui lancer à la tête. Il dressa le rempart de son avant-bras, se targuant de l'ardeur qu'elle montrait au début de leur mariage, quand il ne lui laissait pas le temps de déposer ses sacs. La sonnerie du téléphone mit fin à l'affrontement. Laura lui intima de décrocher. Le voyant grimper à l'étage elle s'en chargea. C'était Mathilde. Cette dernière brûlait de récupérer la potion magique qu'elle avait eu la faiblesse de lui rapporter. Laura l'invita à en prendre livraison.

La mère et le fils refirent le monde en buvant de la Sangria, en grignotant. Dame Santelli, qui éprouvait le besoin de s'immiscer dans la vie des autres, était ravie de constater, aux sourcils froncés de son rejeton, que leur ménage battait de l'aile. Laura avait préféré se retirer pour prendre un bain avec son mal de tête et sa barre de Turron aux noisettes rapportée du Perthus.

Immergée dans la mousse, elle se borna à tendre l'oreille vers la porte entrouverte, mais ne releva aucun indice sur ses préoccupations. Quand Mathilde prit la décision de regagner ses pénates avec sa bouteille de Cognac, elle entendit Max sur le seuil lui asséner :

- Je sais ce que j'ai à faire !

Venant de lui, cette réponse n'avait rien d'insolite. Drapée dans sa serviette, Laura glissa jusqu'à la cuisine pour se désaltérer. Le mystère de l'arme l'absorbait en conjectures. Elle partit sur celle d'un malfaiteur, sans doute dans le collimateur de la police, qui se serait débarrassé de son joujou dans le Rav. Si elle avait bonne mémoire, la vitre passager de sa voiture était restée ouverte à Figueras. À son retour, la Garde Civile contrôlait les papiers d'un groupe de jeunes sur le parking.

Max fulminait en silence et semblait ignorer l'existence de cet objet. Il gérait sa rage en zappant les chaînes d'info porteuses de désolation, qui annonçaient des attentats, alors que le printemps poussait la sève dans la moindre racine et jetait le trouble dans leurs veines. D'un côté la mort de l'autre la vie. Après de tels drames, les problèmes de couple ne devraient plus paraître insurmontables.

III

Le lendemain matin, Max fut tenté de confronter sa femme à ses mensonges et lui démontrer que son désir de mettre un terme à leur histoire ne s'était pas enraciné dans son esprit par hasard. Un après-midi, où il était revenu à l'improviste, un Rav, semblable à leur véhicule, était garé sur la route transversale, à une trentaine de mètres de l'angle du chemin. Il avait vu Laura sortir de la villa, dégringoler l'écharpe de sable, et faire ses yeux de Méduse à ce type sur la grève. S'il ne s'était pas contenu, il aurait pu les étriper. Ce qu'il avait découvert lui triturait la cervelle. Si rien dans leurs attitudes ne lui permettait de tirer des conclusions, il n'était pas certain de pouvoir se contrôler longtemps. La tension créée par l'attente de la procédure de divorce usait ses nerfs.

Avant de partir travailler, il ressentit l'envie de faire un tour sur la grève. L'air ridait à peine la surface de l'eau. Seule une mouette formait des cercles qui s'élargissaient à l'endroit où elle plongeait à la recherche d'un poisson. Sur cette avancée de terre, il avait demandé à Laura de l'épouser. En ce même lieu, leur histoire allait s'achever. C'est à la fin qu'on pense au commencement.

Face à la ligne d'horizon, son esprit tentait de dénouer les nœuds de sa déception quand il remarqua une forme sombre ballottée par les flots à l'est de la crique. Il ne s'agissait ni d'algues ni d'un tronc d'arbre. Cela ressemblait à une énorme poche en plastique. Le ressac la rejeta contre les parois rocheuses. Il s'en rapprocha, pestant contre les pollueurs. Des cannes à pêche coincées dans les failles du récif déclenchèrent en lui une sombre intuition. Ce qu'il découvrit lui arracha un juron.

Laura prenait son petit déjeuner lorsqu'il revint essoufflé, avec une expression de panique.

- Vite, il faut appeler la gendarmerie. Tu as leur numéro en mémoire dans ton portable, passe-le-moi !

- Pourquoi ?

- Le père Travers…

- Quoi le père Travers ? Il a eu une révélation ?

- Avec l'au-delà.

- Le vieux est…

- Hors circuit, affirmatif. Il a dû regarder son hameçon de trop près.

Après avoir passé des coups de fil, Max sortit attendre l'estafette des gendarmes en faisant les cent pas sur le chemin. Ces derniers finirent par arriver, suivis des pompiers.

- Que s'est-il passé ? lança d'une voix grasseyante le plus âgé des gendarmes.

Max laissa tomber :

- À vous de me le dire ! Je me serai bien passé d'une telle découverte ce matin.

Le cortège dévala la dune. Laura n'en revenait pas. Ces pressentiments qui l'avaient assaillie...

Elle n'avait pas vu débarquer la maréchaussée sur ce coin de terre depuis l'affaire des voitures volées, la nuit du troisième millénaire. À croire que cette suite d'événements avait été préméditée par la fatalité pour lui interdire de reposer son esprit. Elle s'engagea sur le chemin et descendit à son tour la dune en ajustant sa robe de chambre, en suivant des yeux les sauveteurs. L'équipe parvint à sortir le noyé sans trop d'efforts. C'était la première fois que Laura en voyait un d'aussi près. Une algue était enroulée autour de son cou, comme si elle avait voulu l'empêcher de regagner le monde des vivants. La bouche du pêcheur, ouverte sur ses dents gâtées, fit reculer Laura d'effroi. Les pompiers examinèrent le corps et le recouvrirent d'une bâche avant de le placer sur la civière.

Les gendarmes saturèrent Max de questions en prenant des notes.

De prime abord, il semblait n'y avoir aucun problème sur la cause accidentelle de cette mort.

À vue d'œil, la noyade était survenue six à sept heures plus tôt. L'adjudant s'imprégna du paysage. Le coin lui était familier. Avant l'empierrement du chemin d'accès à La Mouette, le gradé était venu taquiner le poisson avec ses enfants. De patrouilles en enquêtes, il avait beau sillonner le secteur, il n'avait gardé qu'un vague souvenir d'Alphonse Travers. En revanche, une histoire ancienne venait de réveiller sa mémoire. Une dizaine d'années auparavant, une société aux capitaux douteux avait tenté, avec la complicité de la mairie, d'acquérir les terrains dans l'environnement de la crique pour construire un complexe immobilier. La population locale, relayée par la presse, avait fait avorter le projet. Pour se dédouaner, la commune avait gelé tous les types de construction sur cette zone. Ce lieu intemporel n'en faisait pas moins saliver les promoteurs et les particuliers. L'adjudant Nicaud aimait bien envisager le pire en attendant sa retraite. La possibilité d'un meurtre accompli par un malfrat désireux d'acheter la maison, par exemple. Cette pensée ne s'éternisa pas dans sa cervelle. Soutenu par ses deux sbires, il procéda à son questionnaire en caressant subrepticement des yeux les formes de Laura.

Max lui livra ce qu'il pensait. Alphonse Travers ne savait pas nager, mais il était loin d'être sénile. Il vivait seul, approchait de sa soixante-treizième année, fumait des gauloises à la chaîne et carburait au Corbières depuis la mort de son épouse. Peut-être avait-il forcé sur la bouteille ? Nicaud rétorqua qu'on n'allait pas tarder à le savoir.

En dehors des week-ends où il se rendait à Collioure, chez son cousin, employé à la coopérative vinicole, le vieux avait pris l'habitude de pêcher en semaine, très tôt le matin. Parfois l'après-midi, et certaines nuits, selon les phases de la lune. C'est tout ce qu'il savait sur lui. En fait, il possédait peu d'éléments. Leurs relations se limitaient aux prévisions météorologiques, à la pêche, et le plus souvent à un salut de la main.

- Vous ne l'avez pas vu hier soir ? En sortant fumer une cigarette sur la grève ?

- Fichtre non, je vous l'aurais dit. Et je ne fume pas.

- N'avez-vous rien remarqué d'anormal, comme des visites chez lui par exemple ?

- Non, pas que je sache… rien. On ne s'occupe pas des voisins, *on est trop occupé à s'engueuler !*

Le gradé se tourna vers Laura qui confirma le 'rien' de son mari sans l'ombre d'une hésitation. Désireuse de s'épargner de nouvelles questions, elle les devança :

- Il y a un bail que je n'ai pas bavardé avec lui. Hier, je me suis absentée toute la journée. Et pour avoir vue sur la majeure partie des rochers, il faut aller en bout du chemin ou le traverser. De chez nous, c'est impossible. À l'exception des soirs d'été, il est rare que nous fassions un tour sur la plage après vingt-deux heures.

Laura donnait l'impression de se justifier comme une gamine en passe d'être confondue. Elle était consciente d'afficher une indifférence qui n'était pas de circonstance, une part de son esprit se focalisant sur le pistolet. Aussi dramatique que fût cet accident, elle ne s'encombrait pas de commisération envers son voisin. La cause remontait cinq ans plus tôt, un matin où elle avait demandé à Alphonse Travers pourquoi il n'emmenait pas son vieux cocker se défouler sur la plage. Le pêcheur lui avait fait part de son intention de s'en débarrasser. Pour avoir caressé le chien un jour où elle était allée restituer un courrier qui ne lui était pas destiné, elle avait proposé au vieux de l'adopter. Laura éprouvait de la compassion pour les êtres et les animaux sans défense. Mamie Jane disait que ce sentiment sublimait l'épanouissement lorsqu'il était suivi d'actions généreuses.

Alphonse Travers avait eu l'idée de lui céder l'animal moyennant mille francs. Pour le chien, qui ne respirait ni le bonheur ni la santé, elle avait accepté. Elle avait fait sa B.A sans se forcer, bien qu'un peu dégoûté de l'attitude du sexagénaire. Pendant quatre ans, Couky avait oublié ses malheurs. Il n'avait jamais essayé de rejoindre son ancien maître qui s'était soucié de lui comme de son premier vélo. La mémoire de Laura n'effaçait rien.

Une chose était certaine, le père Travers n'avait pas été tué par balle. La mer lui avait tendu ses filets. Il avait succombé aux chants des sirènes. Les nuits où la lune s'apprêtait à disparaître, les démones se montraient à fleur d'eau et noyaient les hommes comme des chatons, emportant leur vie dans le trouble des profondeurs. Comme si tout n'était pas assez compliqué. Que venait faire cette mort dans le désastre de son existence ?

Le fourgon des secours roulait vers la morgue en emportant le pêcheur et le secret de sa noyade. L'adjudant avait pris racine sur le sable. De temps à autre, il chouchoutait son nez enchifrené avec son mouchoir, reposait les mêmes questions à Max qui croisait et décroisait les bras en parlant, et en se demandant si ce vieux jeton avait prévu de camper sur place. Laura observait son mari qui affichait une expression inquiétante. La mer s'animait, étincelait sur les récifs, leur cherchait noise.

Les deux gendarmes étaient partis vers les rochers luisants d'écume. Ils revinrent avec la nasse et les lignes qu'ils déposèrent sur l'embarcation. Max proposa à l'adjudant, prêt à se retirer avec ses hommes, d'entreposer le matériel de pêche du défunt dans son garage, en attendant. Laura, contrariée par cette initiative, regagna la maison sans se retourner, sans dire au revoir.

- Monsieur Santelli, merci. J'aurai peut-être besoin de vous réentendre, dit le gradé.

- Si ça peut vous rendre service !

Plus tard, Laura entendit Max blasphémer dans le garage, probablement pour évacuer le flot d'adrénaline qui l'avait envahi au moment de sa découverte. Lorsqu'il entra se servir un verre d'eau, il avait recouvré une attitude familière.

– Tu vois Laura, la tranquillité ne tient qu'à un fil ! Des gens se sont retrouvés dans la merde pour moins que ça. Une scoumoune pareille ne s'improvise pas. Le ciel se venge de tes conneries…

Encore sous l'emprise des événements, elle le

laissa déblatérer, sa philosophie de quatre sous l'agaçait. S'insinua en elle la quasi-certitude qu'aucun lien n'existait entre lui, le pistolet et la mort du père Travers.

Cette succession d'ennuis tombait mal. Il fallait qu'elle se débarrasse de cette arme dont la présence insupportable dans la maison l'amenait à envisager toutes sortes d'alternatives. En parler à Max.

La semaine passa au point mort. Le samedi, le cousin d'Alphonse Travers se présenta. Après les condoléances, Max lui remit le matériel de pêche et rentra.

Il finissait les soirées devant la télé ou filait lire dans la chambre. À midi, en survolant le courrier, son cœur s'emballait, puis retrouvait son rythme normal. Il remettait ça à la vision du corps ondoyant de Laura qui ne lui apportait aucune perspective de soulagement. Il s'efforça de changer de stratégie. Pour la sensibiliser à sa bonne foi, il se surpassa, allant jusqu'à placer les couverts dans le lave-vaisselle à la fin des repas, ou faire son lit avant de partir. Les tirs de ses réflexions la visant se raréfièrent. S'ils lui échappaient, le ton était moins corrosif.

Quand elle passait à sa portée, il tentait une marche d'approche. Elle s'éclipsait et il n'insistait pas. Il cherchait des solutions pour l'attendrir, prenant sur lui la responsabilité de la crise qu'ils traversaient. De son bureau, il lui envoyait des textos de reddition. Il lui jurait qu'il l'avait toujours aimée, qu'il l'aimait.

Après ces aveux, son esprit se brouillait. Au garage, il n'assurait plus, il croyait devenir fou. Elle était en train de le détruire. Il se disait que les flics n'allaient pas tarder à revenir, cette fois, pour un meurtre. Laura ne faiblissait pas d'un pouce et n'avait qu'un mot à la bouche : c'est fini !

Elle parlait de se reconstruire, un baratin de femme bornée. Il lui répondait qu'elle n'était pas forcée de faire basculer leur existence. Si, car il la plaquerait un jour et elle aurait un karma de misère. Il lui faudrait une tonne de réincarnations avant d'avoir droit à la félicité.

Elle baignait dans l'incohérence. Pff ! Sa vie était trop lisse. Elle avait besoin d'un problème.

Requise par la présence de l'arme à deux pas et une crainte qui tremblait dans son corps, Laura ne croyait plus à la bienveillance de son mari. Elle refusait de constater ses efforts pour la reconquérir. La nuit, verrouillée dans sa solitude, elle écoutait les rumeurs du vent qui s'adressait à la mer. La mer au ventre agité par ses mystères, ses secrets, violents, oubliés, perdus comme le fil de son histoire qu'elle s'ingéniait à remonter. Parviendrait-elle à oublier cette rancœur contre son père ? Son souvenir fouaillait sa mémoire comme des éclats de braise. Aucune réponse ne lui venait lorsqu'elle se demandait pourquoi il ne s'était pas manifesté à la disparition de sa mère. Max n'avait pas tort. Hantée par son passé, elle sombrait dans la paranoïa. Cette suite d'imprévisibles ne l'aidait pas.

La lune, disposée à renaître, éveillait en elle d'obscurs pressentiments. L'ombre du Chevalier Noir se glissait dans ce chaos. Elle ne l'avait revu qu'une fois depuis ce brûlant après-midi. La visiteuse la plus assidue était la tramontane. Elle avait pris de l'assurance et délogé le marin dans la crique qui n'attirait que des baigneurs courageux. Laura se baignait, profitait du soleil à l'abri des rochers et rentrait poursuivre son roman à l'ombre de la maison. L'imminence d'un danger altérait sa concentration. Son intuition lui soufflait qu'il viendrait de la mer. En liaison avec la fatalité, la grande bleue réglait ses comptes en traîtresse. Laura ne la craignait pas. Au cœur de la nuit, quand ses pensées repoussaient son sommeil, il lui arrivait d'ouvrir la fenêtre, de la respirer, de la prier de retenir ses sirènes maléfiques qui avaient dû se liguer pour dévaster sa vie.

Max, profane en matière d'intuition, laissa de nouveau traîner ses affaires. Il rentrait de plus en plus tard. En sortant du travail, il passait voir sa mère, autre sirène maléfique. Ensemble, ils conspiraient son départ et sa ruine. Mathilde consultait son Tarot : *partira, partira pas* ?

Après le dîner, il s'absorbait sous le capot du cabriolet de l'année, épluchait ses prospectus, méditait ses affaires d'homme, liées sans doute à cet arriviste de Beauchamp qui attendait de le voir plonger pour l'avoir à sa merci et leur racheter la maison. On avait beau la taxer de fabulatrice, Laura percevait ces choses.

Mai touchait à sa fin. Laura égrena le chapelet de ses suppositions. Son mari prenait-il encore sa démarche de divorcer au sérieux ? Avait-elle bien agi ? Son cerveau disait oui, mais son corps se languissait au creux du lit sans âme de la chambre d'enfant. Elle se défendait de nourrir des regrets, de prévoir le manque de Max qui viendrait un jour l'assaillir. L'idée de boucler ses valises la consternait, bien que le moment fût venu pour l'un d'eux de trouver asile sous d'autres cieux.

Un matin, elle se réveilla, déterminée à aborder le sujet de leur séparation, et du pistolet. Ce dimanche, Max s'était levé tôt. Il avait pris son équipement de plongée dans le placard de l'entrée qu'il avait laissé ouvert pour ne pas faire de bruit. Son mari semblait s'accoutumer au fait qu'elle ne ferait bientôt plus partie de son existence cela la consternait, minait son moral. Elle ne savait plus ce qu'elle voulait. Sa mélancolie l'incita à se recoucher après avoir bu son café. *« Puisque le Prince charmant s'en fout, Cendrillon ne briquera pas le château »* ! Dans son lit, elle musarda dans sa mémoire, écuma ses conjectures jusqu'au sommeil.

Un peu plus tard, elle se leva et commença à traquer ses imperfections dans le miroir pendant que son bain coulait. Elle considérait la beauté comme un cadeau empoisonné de la nature, une source de tracasseries que ne connaîtraient jamais les filles sans attrait. Elle s'immergea jusqu'au cou, la face recouverte d'un masque au collagène. Elle voulait y croire, même si Max lui déclarait que c'était de la foutaise. Après ce rituel, la glace lui renvoyait une image qui l'encourageait à laisser son visage nature, comme ses yaourts.

Aux alentours de midi, Max revint bredouille, avec sa barbe du vendredi et sa mauvaise humeur. Elle le connaissait assez pour savoir qu'il n'avait aucune aptitude à la pêche lorsqu'ils étaient en guerre. Elle sortit le repas du réfrigérateur et attendit qu'il finisse de rincer son équipement pour passer à l'assaut.

- J'aimerais qu'on parle de ce que tu comptes faire, le divorce…

- Rien. C'est ton idée ce putain de divorce.

- Ce qui veut dire que je dois me casser avec mon barda ?

Il la considéra, s'imposant le calme.

- Rien ne t'y oblige. Dans ta famille vous avez la poudre d'escampette dans le sang. Elle coule dans vos veines.

Laura tenta de botter en touche.

- J'agis à titre préventif. Puisque tu fais référence à mes gènes, je te ferais remarquer que ton paternel s'est payé plusieurs fugues dont il a failli ne pas revenir, du moins la dernière. En même temps, je le comprends, avec une femme comme ta mère !

- Ouais, mais ce n'est pas comme ton père lui au moins est revenu !

- Évidemment, il était mal en point, il avait besoin

de quelqu'un pour le soigner.

- En plus d'être parano Laura, je te trouve mesquine. Tu as l'esprit tordu, comme les personnages de tes bouquins.

Elle traçait là le plan de l'épouse délaissée. Comme si c'était lui qui rêvait de se tirer ! Elle se nourrissait tant de son passé qu'elle voulait à tout prix le comparer à son connard de père. N'était-elle pas en cours de reproduire le schéma ? Elle mendiait son approbation pour mieux se victimiser, en exhibant ses atouts cuivrés de soleil. Max crevait d'envie de la saisir par les cheveux, de faire voler en éclats ce mur de continence qui le rendait marteau. Il avait faim d'elle, surtout quand il croisait ses yeux à travers les fleurs séchées, au centre de la table. Sa Laura qui avait construit son propre rythme en apprivoisant le sien pendant plus de sept ans, qui n'avait pas fait la moindre tentative pour lui échapper, avait prononcé la phrase terrible "Je ne t'aime plus", celle qui tue et emporte l'espoir de revenir en arrière. Mortel. Lui qui ne l'avait pas trompée, ou juste une fois ou deux, trahi par ses hormones. Peut-être ne l'avait-elle jamais aimé ?

Il la regarda ronger son pilon de poulet, rejeter ses cheveux dans son dos et sucer ses doigts en cherchant dans sa cervelle d'Érinyes ce qu'elle allait pouvoir lui asséner pour l'achever. Un macho, un vrai, serait-il aussi attentif à ce qui serait susceptible de déplaire à sa femme ? Préférerait-il fuir plutôt que d'arracher la nappe et céder à la bouffée de rage qu'elle déclenchait en lui ?

Il allait en finir avec cette histoire. Si elle voulait le quitter, que le diable l'emporte ! Il n'allait pas se ronger le foie. D'un bond il se leva et rejoignit son cabriolet devant le portail.

Max démarra la voiture sur les chapeaux de roues et oublia de ralentir sur la départementale. Après tout si un radar le photographiait, le procès-verbal serait pour le garage.

Rouler n'apaisa en rien sa colère, c'était comme d'imaginer Laura en monokini sur la plage, offerte au regard de quelque dragueur, comme ce type de l'autre jour. Il s'était rencardé sur le Rav aperçu près de chez lui. Les renseignements, obtenus auprès de son correspondant du bureau des immatriculations à la préfecture n'avaient donné que les coordonnées d'une agence de location à Narbonne. La suite des investigations avait débouché sur le nom d'une femme qui avait loué la voiture pour une durée de quinze jours. Il n'avait pas creusé, d'autant que l'Ostrogoth n'avait pas l'air d'être revenu. Il se sentait con comme la lune de n'avoir rien de tangible à opposer à sa moitié, de s'en laisser imposer. Le syndrome de l'extrapolation devait être contagieux. Laura avait pourtant une raison de vouloir le larguer. Au premier bar sur la route, il entra pour réfléchir à cette raison qui lui pourrissait la vie.

Lorsqu'il revint aux alentours de vingt-trois heures, il chercha sa clé, se jurant de se la faire greffer dans la main. Il crut devoir se livrer à un tintouin d'éthylique pour obliger sa femme à lui ouvrir. N'était-il pas le premier à lui seriner de verrouiller la porte quand elle était seule à la maison ? Il n'eut pas à se donner cette peine. La porte était ouverte. Il oublia même de la refermer, submergé par un courant de révolte qui l'embrasa à la vue de la malle en bois adossée au mur du vestibule. Son pied partit contre la vieille caisse et fit sursauter Laura dans son fief de chasteté.

Elle le narguait, jouait au Petit Poucet, sauf que ses miettes étaient des mines semées pour le rendre fou. Dans la salle de bain fleurant encore ses ablutions, il prit une douche sans fin, chaude, puis froide pour se calmer les nerfs. Ensuite il gagna la cuisine pour noyer les Whiskys de son amertume avec un fond de Soda. Il ne savait pas pourquoi il était revenu. Pour sortir Laura de son esprit, il redeviendrait un nuitard et se taperait des pouffiasses en mal de sexe.

Des frissons parcouraient sa chair, à cause de ses rapports compliqués avec l'alcool, et de ce que sa femme lui faisait subir. Il savait qu'elle ne dormait pas, un rai de lumière filtrait sous sa porte. Remonté à bloc, il fonça dans sa direction. La poignée n'opposa aucune résistance. Ce fut seulement en rêve qu'il entendit Laura l'incendier, celle-ci n'avait pas bronché ni prononcé un mot. La lampe de chevet éclairait ses cuisses ambrées sur le drap. En pleine confusion, il s'approcha du lit. Elle tourna vers lui un regard dépourvu d'animosité. Laura ne savait jamais ce qu'elle voulait. La lune dont elle éprouvait les marées dans son corps faisait d'elle un être insaisissable. Empli de réflexions difficiles à contenir, Max s'allongea et glissa les doigts entre les siens. Sa colère s'envola dans le silence, un tel silence dans la maison. Le vent qui sévissait par crises avait dû se calmer. En contrebas, les vagues poussées sur les rochers rythmèrent leur respiration, puis leurs gestes. Après cet instant, le temps devait se diviser en deux.

IV

Sur le parking du Papagayo un fêtard rejetait l'excès de ses beuveries sous un lampadaire. Le type soliloquait entre deux rejets d'une voix sans timbre, entrecoupée de jurons. Il n'avait pas remarqué l'homme au blouson perfecto noir qui faisait les cent pas à l'angle du parc, un sac de sport à la main. Ce dernier jeta un œil vers lui et consulta sa montre. Raphaël Sanchez avait le prénom et les traits d'un ange. Son cerveau appartenait au démon. Après son bac, il avait choisi la voie de la facilité, au grand dam de sa mère qui n'avait pas réussi à le convaincre d'embrasser la carrière médicale dont elle rêvait. Déjà condamné pour fraude et trafic de stupéfiants, il avait noué derrière les barreaux des amitiés qui lui avaient permis à sa sortie d'être recommandé auprès d'une famille mafieuse.

Après l'opération en cours, il prévoyait de décrocher et partir fêter ses trente-cinq ans au large du Venezuela, aux Îles sous le Vent. Sanchez n'était plus surveillé de près par la police. Après ce dernier coup de poker, elle serait très en peine de remonter jusqu'à lui. Les indices, rien, nada ! Et quand bien même, il serait loin.

En moins de deux semaines, il avait prospecté et étudié la côte avant de fournir à son contact les coordonnées du lieu de rencontre. Sanchez avait préparé le terrain, en travaillant au renforcement de leur sécurité. Il se jugeait assez rusé pour mener à bien son objectif.

Aucune autre éventualité ne parasita ses pensées lorsqu'il s'engouffra dans le Nissan Patrol qui s'arrêta à sa hauteur. Pourtant, une minute de plus et ses deux complices auraient été en retard. Il n'aurait pu se féliciter de les avoir contrôlés. Cette mission ne requérait pas le moindre bémol.

Le chauffeur au faciès de boxeur, à la limite de l'embonpoint, Omar Kaleb, vingt-sept ans, vivait de rapines et d'escroqueries. Quelques affaires ténébreuses avaient justifié ses trois mois d'incarcération deux ans plus tôt. Natif de Perpignan où il avait rencontré celui qui devait devenir son allié : Vincent Mabille, dit le Chacal, à cause de son tatouage sur le bras, déjà appréhendé pour pédophilie et violence sur autrui. Il travaillait dans l'entreprise d'import-export en fruits et légumes de ses parents, sa couverture.

Les trois hommes avaient choisi cette heure de la nuit pour accomplir leur mission. Acoquinés à un réseau international de trafiquants de stupéfiants, ils jouaient dans la cour des grands, bien que pour les barons de la drogue, ils ne fussent que des troisièmes couteaux, aptes à servir de fusible en cas de pépin. Pendant le trajet, les malfrats ne parlèrent que pour se confirmer leurs rôles. La livraison s'effectuerait par la mer. Ils devaient réceptionner la marchandise, la livrer, encaisser, et la nuit suivante, rapporter l'argent au bateau où leur part leur serait remise.

Sanchez avait déniché à l'écart un coin où s'abriter le temps de l'opération. Dans cette affaire, le hasard revendiquait l'emplacement de La Mouette isolée des autres constructions, et la barque. Les Santelli avaient été choisis parce que leurs habitudes, minutieusement épiées, cadraient en la circonstance.

V

La nuit ne livrait qu'un étroit passage à la nouvelle lune quand Max crut entendre une voiture s'arrêter devant le portail de la villa. Dans l'obscurité, il percevait le souffle de Laura qui s'était endormie d'un sommeil serein après l'amour. Pour s'être donnée avec une telle fougue, il était persuadé qu'elle nourrissait encore des sentiments pour lui. Il avait envie de son corps. Ces pensées furent éliminées par le grincement du portillon, et de pas sur les dalles du jardin. Il se glissa hors du lit, enfila son Lewis et sa chemise sans la boutonner, puis traversa la chambre sur la pointe des pieds. Avait-il verrouillé la porte d'entrée ? Le chambranle avait pris du jeu pendant l'hiver. Pour la fermer, il fallait la tirer d'un coup sec. Il pensait s'en être acquitté, sans certitude. Le plus stupide était qu'il ne disposait d'aucune arme de dissuasion contre un éventuel cambrioleur. Cette réflexion n'eut pas le temps de mûrir. Au moment où il actionnait l'interrupteur, faisant jaillir la lumière du plafonnier, trois hommes armés firent irruption dans le couloir et le bousculèrent. Il dressa le bouclier de ses bras, protection précaire. Un mouvement instinctif de défense et Max perdit l'équilibre, se retrouva au sol, ses réflexes réduits à néant par un coup de crosse. Malgré les papillons en folie dans ses pupilles et le sang qui se répandait sous son nez, il essaya de se remettre sur ses jambes. Sur ses gardes, un 357 à bout de bras, l'agresseur couvrait tantôt l'ouverture sur la cuisine, tantôt sur le séjour. Ses cheveux d'un blond poussin étaient coupés en brosse et une chemise à fleurs dépassait de son sweater, pendouillait sur ses hanches. Une force sadique animait ses yeux qui dévièrent vers la malle. Sa jambe droite se détendit et le bout de sa chaussure en souleva le couvercle. Il portait des baskets à grosses semelles fermées par des velcros. Après un coup d'œil à l'intérieur du coffre, son pied laissa retomber le couvercle. Max en profita pour se relever, aspirant de tout son être à rejoindre la chambre où les deux autres s'étaient engouffrés. Un calibre comprima sa tempe.

- Tu attends que je te dise de bouger, OK ? Autrement, je vais te faire encore plus mal.

Max, immobilisé, tenta de recouvrer son sang-froid.

- Qu'est ce que vous voulez ? Dites à vos collègues de laisser ma femme en dehors de ça.

- Sans blague, Ducon. Allez avance ! T'en fais pas, on a un programme à ta hauteur. Un excès de zèle et je t'éclate la cervelle.

Dans la chambre, adossée à la tête de lit, Laura maintenait le duvet sur sa poitrine. La scène lui semblait irréelle. Ses lèvres remuaient, elle essayait en vain d'émettre une protestation. Elle venait de reconnaître l'homme qui avait inondé la pièce de lumière. Elle s'efforçait d'ordonner ses pensées tandis que le second, un individu basané, agitait un poignard sous son nez. Dans l'embrasure de la porte, Max avançait les mains sur le crâne, le visage en sang, le canon d'une arme dans le dos. En le voyant, Laura hurla. Le type qui la menaçait l'agrippa par les cheveux et lui plaqua sa lame sous le menton. Son cri fit pivoter l'homme en noir. Max, dans une sorte de vision, revit l'étranger de la plage. Il croisa le regard de détresse de sa femme. Un atome de seconde, il pensa que les emmerdes étaient le tribut à payer quand on possédait une superbe épouse. La mine de Laura lui fit regretter ce raisonnement fataliste. Désireux de l'aider à surmonter sa frayeur, il tenta de minimiser la situation.

- Calme-toi, chérie. Ça va aller ! Ne tente rien, ils ne te feront aucun mal.

Il aurait aimé croire ce qu'il disait, se refusant à l'imaginer aux mains de ces tarés. Le bronzé au couteau s'adressa à Sanchez :

- Qu'est-ce qu'on fait d'eux ?

- Ils vont passer dans la cuisine. Le Chacal et moi

on les surveillera. Toi, tu t'occupes d'aller planquer le fourgon.

Kaleb hésita, une moustache à peine visible ombrageait ses lèvres. Il maintenait Laura par les cheveux. La lame de son poignard lui caressait la gorge. Il relâcha sa victime pour essayer de faire venir la couette qu'elle pressait sur sa poitrine. Le duvet résista.

- Il faut que la meuf sorte du lit ! Qu'est-ce qu'elle cache là-dessous ?

Max qui voyait rouge se précipita vers sa femme.

- Ne la touche pas ! Espèce de...

Le blond le cogna aux cervicales. Le coup de crosse le projeta sur le bord du lit où Laura, au bord de l'évanouissement, retrouva la sonorité de sa voix. Le bronzé empoigna à nouveau sa chevelure.

- Laisse tomber, Kaleb. T'es pas là pour bander ! Fonce t'acquitter de ce que je t'ai demandé ! Rugit l'homme en noir.

L'individu s'éloigna en brandissant son poignard. Il passa derrière ses complices à reculons pour atteindre la fenêtre. Il l'ouvrit, se pencha, à l'affût d'une menace, et referma. Avant de quitter la chambre, d'une détente du bras, il envoya à terre la potiche sur la commode. Au bruit de l'impact de la porcelaine sur le parquet se mêla le cri de Laura. Kaleb repoussa du pied les débris sous le meuble et fonça inspecter les pièces à l'étage : le bureau aux murs couverts des photos de Laura, la lingerie et la salle de gym. Les deux autres n'avaient pas bougé. Sur le bord du matelas, Max qui avait repris son souffle analysait leurs comportements.

Son revolver à bout de bras, l'œil féroce, le blond décocha à Sanchez :

- À toi l'honneur. Fais-leur le topo.

- Je crois qu'ils ont compris. C'est simple, si vous tentez quoi que ce soit, fini le cul sur le sable, le soleil, la bouffe, la fornication. Je ne donne pas cher de votre peau !

Raphaël Sanchez n'était pas disposé à entrer beaucoup plus dans les détails. Il brailla à Kaleb qui dévalait l'escalier de se charger du téléphone avant de sortir. Puis il s'approcha du couple :

- Où se trouvent vos portables ?

Les pensées vibrionnaient dans la cervelle de Laura. Le Chevalier Noir s'était incarné en Lucifer. Son regard flambait de malveillance. Une douleur vrillait d'une tempe à l'autre la tête de Max, perturbait sa vue par intermittence. La nécessité de s'en sortir l'emporta sur sa souffrance. Avalant sa salive il répondit d'une voix blanche :

- Le portable de ma femme est dans son sac, sur la chaise de la salle de bain.

Il appréhendait un drame en suspens. Les trois hommes ne se souciaient ni de leurs empreintes ni de leurs visages à découvert, signe avant-coureur d'un danger plus grand qu'il ne l'imaginait. Après un fracas de casse en provenance du vestibule, Sanchez revint à la charge :

- Et l'autre cellulaire, le tien ?

Max se rappela l'avoir laissé dans la Mercedes. Il affirma l'avoir oublié à son bureau où il l'avait mis en charge. La moindre bévue ou le moindre geste de révolte à l'encontre d'un des malfaiteurs pouvait mettre leur vie en péril. Il en était conscient. Trouver une stratégie et déjouer leurs plans mobilisaient ses ressources. Après un clin d'oeil tacite à son supérieur, le Chacal le somma de le suivre.

- Passe devant. Magne-toi ! Tu es sourd ? Je te dis d'avancer, connard !

L'idée de laisser sa femme avec Sanchez l'enragea. Sur le seuil de la cuisine, il lança son coude dans l'estomac du blond. Ce dernier lui planta son arme dans les côtes et en profita pour l'envoyer dinguer d'un coup de latte dans le bas des reins.

- Encore une tentative comme celle-là et je vidange mon chargeur sur ta gueule !

Pendant ce temps, les yeux perçants de Sanchez parcouraient Laura. Il savait qu'elle serait bientôt à sa merci. Il la revoyait sous le soleil, son ventre étincelant au sortir de la vague, quand elle avançait en balançant les hanches. Sa beauté était une insulte à Vénus. Il se réjouissait à l'idée de lui arracher sa morgue, de la remettre à sa place. Il la désirait avec autant de véhémence qu'elle le redoutait.

Éprouvée par ces minutes d'enfer et sa culpabilité, Laura suppliait Dieu d'épargner son mari. Elle se fustigeait d'avoir attiré le loup dans la bergerie, une erreur impardonnable. Sa haine qui enflait transcenda son effroi.

- Espèce de salaud ! Qu'est-ce que vous voulez ? Passez-moi mes frusques, là, sur le fauteuil…

Mesurant sa bravoure et son insolence, Sanchez s'approcha lentement. Avec son 45, il lissa les cheveux de la belle que la terreur rendait plus désirable.

- S'il vous plaît, tu dois dire s'il vous plaît.

Laura voulut bondir en entraînant le couvre-pied, mais le canon sous son menton l'obligea à desserrer les doigts de l'édredon. Elle croisa les bras sur ses seins et parvint à articuler :

- S'il vous plaît…

Une main glissa sous le duvet, explora son corps

pétrifié tandis qu'une voix de rogomme infectait son oreille :

- On baisera après.

L'arme pointée vers le lit, Sanchez se dirigea vers la chauffeuse. Il attrapa le déshabillé aux reflets d'ardoise et le balança sur le couvre-pied. Laura le fit suivre et s'empressa de s'enrouler dans le vêtement, de ficeler par deux fois la ceinture autour de sa taille. Ses membres tremblaient. En s'extirpant du lit, un étourdissement la saisit, puis se dissipa. Elle voulait savoir ce que devenait son mari.

Omar Kaleb avait suivi l'allée de plates-bandes sur le côté de la maison et gagné le garage et l'appentis. La lune dispensait peu de luminosité. Il s'était assuré qu'aucun obstacle n'entraverait l'entrée du fourgon dans le jardin. On entendait la mer charrier ses secrets et ses vagues fouetter les rochers. La brume fondait en gouttelettes. Au large, un bateau se rapprochait de la côte. Sanchez avait raison, le coin était sécurisant. Du portail, on avait vue sur l'intégralité du chemin et de la grève. L'affaire démarrait bien. Ils n'avaient pas été obligés de ruser pour investir la maison. À peine effleurée la porte s'était ouverte.

Une fois le Nissan à l'intérieur de la propriété, Kaleb commença à fureter dans le bâtiment aux émanations d'essence et de poisson, à passer d'un alignement d'outils à des caisses, à buter sur une bille de bois, sans trouver ni l'interrupteur ni ce qu'il cherchait. Ouvert sur la nuit, l'appentis occupé par un 4x4 et un foutoir de vide-grenier ne disposait pas d'assez de place pour dissimuler leur voiture. Il la rapprocha des pare-chocs du Rav de leurs otages. À demi enfouie dans cet antre, elle resterait discrète et accessible. Cette manœuvre accomplie, il vérifia les alentours et recensa les issues de la villa qu'il aurait pu oublier.

Sanchez avait emmené Laura dans la cuisine où elle s'était serrée contre son mari. Un moyen comme un autre d'entraver leurs calculs de fuite ou de subversion. Assis à califourchon sur une chaise, le truand lui avait demandé de préparer du café. Elle envisageait d'atteindre le papier absorbant sous la fenêtre qui donnait sur le chemin. Lorsqu'elle y parvint, les battements de son cœur couvrirent les injures du blond. Max attrapa le bout d'essuie-tout qu'elle lui tendait et moucha son nez ensanglanté. Tant de violence l'avait sonné. Laura fit glisser une chaise jusqu'à lui. Les voyous se gaussèrent de sa compassion. Le Chacal argua que s'il n'avait pas joué les fortes têtes, il serait en meilleur état. Son accent du sud nasillard n'enlevait rien à son cynisme.

- Ce n'est pas le moment de roucouler ma belle, occupe-toi du café. Et lave tes paluches maintenant que tu l'as tripoté. Je ne veux pas de sang de ce looser dans mon kawa !

Sanchez ne disait rien. Il les tenait sous la menace de son arme, mais avec plus de décontraction. Kaleb, de retour du jardin avec deux sacs à dos et une corde le contraria. Il n'avait pas trouvé le commutateur ni les rames.

- Quel gland tu fais ! Demande au rital. Il va se faire un plaisir de te le dire. S'il nous crée des problèmes, il n'aura pas une seconde chance.

La cervelle de Max ne cessait de travailler. Pour l'heure, il fallait leur donner ce qu'ils réclamaient. Il indiqua l'emplacement de l'interrupteur, et celui des rames, sous les planches à voile. Kaleb le somma de se lever, de se tourner vers le mur et de lui refiler ses bras. Sa lame entre les dents, il lui noua les poignets. Sanchez le couvrit pendant que le Chacal surveillait Laura le dos contre le plan de travail de la cuisine. La digue de ses nerfs se fissurait. Sa voix s'étouffa sur ses lèvres qui finirent par échapper :

- Pourquoi faites-vous ça ?

Vincent Mabille eut un rire de chasse d'eau. Sa physionomie n'avait rien d'amène. Son sobriquet lui allait comme un gant. Bassesse et cruauté sourdaient de son regard. Il se régalait de la peur de Laura comme de sa nudité sous l'étoffe qui la déshabillait plus qu'elle ne l'habillait. Ses yeux implorèrent Sanchez qui répondit d'un ton sans inflexion :

- Pourquoi ? Parce que c'est un sujet désobéissant

et qu'on n'a pas de bonnet d'âne.

- On va dire que c'est pour l'empêcher de se blesser, dit Kaleb avant de retourner au garage.

Max, sur sa chaise et privé de ses bras, enterrait sa marge de liberté. Il pensait qu'il s'agissait d'une histoire à mourir debout et cherchait à attirer l'attention de son épouse. Lui faire comprendre que rien n'était perdu. Pour l'arracher à ce guêpier, il était prêt à tout. Laura branchait la cafetière quand une lueur attira son attention derrière la vitre. Elle remercia le ciel de ne pas avoir fermé les volets de la cuisine, et d'avoir eu l'idée de placer la machine à café en bout de la paillasse, près de la porte-fenêtre. Dans l'appentis, l'éclat de l'ampoule se balançant au-dessus du 4x4 projetait des traits de lumière dans le jardin. De biais, elle discernait l'arrière du Nissan, son pare-chocs, la plaque minéralogique. Les deux derniers chiffres lui échappaient. Elle allait feindre un souci avec le bocal de la machine et se pencher vers le mur. Elle jeta un coup d'œil à Max. Une empathie s'était instaurée entre eux ces dernières minutes. Ils communiquaient par leurs regards, leurs sens alertés. Leurs non-dits étaient des "Je t'aime" porteurs de l'espoir de demeurer en vie. Elle dut s'y reprendre à plusieurs reprises pour réussir à englober l'immatriculation. En sortant les tasses du placard, elle se la repassa en boucle. Il ne restait qu'à la transmettre à la police. *Rien de plus simple* !

Kaleb, de retour avec des sacs de sport, colla son nez de boxeur sur les carreaux, flaira l'arôme qui s'infiltrait. Il rabattit les volets et gagna la porte d'entrée derrière laquelle, une fois à l'intérieur, il cala les rames. Puis il flanqua son barda sur la malle en bois et entra s'attabler avec ses acolytes qui mataient les courbes de Laura. La peur au ventre, elle servit le café. Les fripouilles se délectèrent de ses mouvements, jubilèrent en nourrissant des fantasmes, surveillant l'horloge au-dessus de l'évier, échangeant des bouts de phrases insolites, évoquant un mystérieux bateau, lapant leur café tels des chats enragés, en se balançant sur leur chaise, la main à fleur d'arme. Un seul objectif squattait l'esprit de Laura : celui de murmurer à Max où se trouvait l'objet qui pourrait, si la chance daignait leur sourire, leur sauver la vie. Il ne devait pas se rendre aux toilettes avant qu'elle n'ait eu l'opportunité de l'avertir. Max allait tomber des nues, en déduire que son stress la faisait délirer. Si seulement elle se retrouvait seule avec lui un instant, et s'ils acceptaient de dénouer ses liens. Qui pouvait prédire les suites de cette nuit ? S'ils s'en sortaient, elle n'essaierait plus de le quitter. Elle n'aurait plus jamais ce flou dans le cœur et lui ouvrirait les bras pour tout reconstruire. Mathilde pourrait truster sa cuisine le dimanche. Enfin ils auraient cet enfant…

Ses yeux allaient de son mari aux intrus, à l'artillerie sur la table. Sanchez était passé de tentateur à bourreau. Il l'invita à boire, avec une autorité dénuée de la distinction qui semblait le caractériser. La chaise heurta ses jambes. Laura s'assit et considéra ces minutes comme une possibilité de connaître le futur. À défaut d'imagination, elle sollicita une tasse de café pour son homme, et l'obtint. Elle aurait demandé de l'aspirine si le fracas de son sang n'avait pas fragilisé son assurance. Elle se leva et présenta le breuvage à Max. Il avala par petites gorgées tandis qu'elle effleurait sa peau à la barbe naissante. Il avait du mal à déglutir, mais bénissait ce réconfort qui allait relancer ses moyens de défense. Il se hasarda d'établir un écart entre ses poignets.

- Maintenant, assieds-toi ! ordonna Mabille à Laura, le doigt sur la gâchette.

Ses yeux luisaient de méchanceté. Le café avait tracé un paraphe au coin de sa bouche. Laura dont les espoirs se désintégraient déposa la tasse sur l'évier. Elle ne se souvenait plus du numéro d'immatriculation, nageait en plein cauchemar. Sauf que ces frappadingues n'étaient sortis ni d'un rêve ni d'un de ses contes. Étaient-ils pour eux des otages ou des victimes ? Ou les deux à la fois ?

Pouvoir s'enfuir, courir dans la nuit avant que l'aube ne se lève sur un drame. Préférant entendre même un mensonge, elle repartit à l'assaut :

- Pourquoi nous ? Qu'est-ce que vous voulez ? Laissez-nous partir ! Je vous jure qu'on ne dira rien à personne.

- Tu es une comique, toi. Si tu es aussi bonne dans les autres domaines, ça ne doit pas être triste.

- Je vous en prie, laissez-nous par…

- La ferme ! J'ai dit assise !

Sanchez ignora l'excès de zèle de son sbire. Il consulta sa Rolex et s'adressa à Kaleb.

- Prends le relais.

Il ajouta avec condescendance :

- Si vous respectez nos règles et nous laissez profiter de votre hospitalité, il ne vous arrivera rien, sinon vous servirez de nourriture aux poissons. À vous de voir !

Sanchez se dirigea vers la sortie, le Chacal sur ses talons. Ce dernier passa la tête dans l'entrebâillement de la porte.

- Hé ! Omar, ne commence pas la fête sans nous.

Kaleb ne répondit pas. La situation l'exaltait, au point de rendre visible sa dent en or chaque fois qu'il ouvrait la bouche. Enclin à la violence à la moindre occasion, il indiqua le séjour à ses otages, zébrant l'air de sa lame, se prenant pour Zorro.

Max ne se fit pas prier. Se retrouver seul avec lui pouvait déboucher sur une opportunité. Il se leva et rejoignit Laura qui parvint à se soustraire à sa folle inquiétude en le sentant plus proche. En traversant le couloir, elle s'efforça de contrôler ses mouvements. Son déshabillé épousait ses hanches, stimulant le processus hormonal du lascar derrière son dos. Sur le seuil du séjour, une main s'égara sur ses fesses. Elle tituba et se rattrapa au bras entravé de son mari qui fit mine de n'avoir rien remarqué. Il fallait qu'elle trouve le moment pour lui parler de l'arme dans les toilettes. Si seulement les deux autres pouvaient s'entre-tuer, cela favoriserait l'intervention de Max. En passant près de la table en chêne, elle découvrit son PC sous tension et s'incrimina de cet oubli. De tous les emmerdes, le pire était de perdre les données de son travail. Un jour, elle s'était escrimée à l'expliquer à son époux tandis qu'elle maniait le copié-collé. Cette crainte lui servit de point de comparaison avec sa terreur. La voix de Kaleb détourna sa pensée.

- Le cul sur le divan, allez fissa !

Le couple se laissa choir sur le canapé du salon où flottait un parfum de cendre de bois. Sous l'œil menaçant du truand, ils se serrèrent l'un contre l'autre. Kaleb demanda à Laura de laisser les mains sur ses genoux. Il voulait les voir.

Enfoncé dans le fauteuil, face à eux, il se curait les ongles avec sa lame. Pour leur ôter l'envie de rébellion, il avait relevé son sweat sur la crosse d'un Manurhin qu'il portait à même la peau, glissé à la taille de son pantalon.

Dans la tête de Max, le moment d'affolement s'estompait. Dans cette galère, la présence de sa femme avait déclenché en lui une peur irraisonnée. Une porte s'ouvrait au tréfonds de son être. Ses cinq premières années d'homme passées dans les Forces Spéciales ressurgissaient. En ce temps-là, il n'avait qu'une idée, se libérer du joug maternel. Mathilde qui voulait régenter sa vie avait déclenché en lui une soif de liberté et d'aventure. Le jour de ses dix-huit ans, il était parti s'engager en catimini. Il n'avait pas osé franchir le seuil du bureau de recrutement de la Légion. Sa mère en serait morte. Il avait opté pour les commandos, une existence coupée d'entraînements intensifs et de brèves missions en Afrique.

Max analysa la situation : l'armement des forces en présence, leurs points forts, leurs faiblesses. La machine n'était pas rouillée. Sa digression était pour Laura qui, à la dérive de sa frayeur, grelottait contre lui. Les reins calés sur ses poings, il cogita en rechargeant ses accus. Si seulement ces fils de pute lui avaient laissé l'usage de ses mains. En dépit de ses efforts, la corde enroulée autour de ses poignets ne s'était pas détendue d'un pouce.

VI

Les deux hommes, équipés des rames et des sacs, avaient gagné la crique. La lune révélait à peine leurs silhouettes. Ils détachèrent la barque de son piquet et la poussèrent le cul dans l'eau. Ensuite, ils fixèrent les avirons sur les dames de nage et attendirent le signal du bateau en grillant une cigarette. Sanchez réfléchissait à ce qu'il avait prévu. S'il devait exécuter les ordres de son contact à la lettre, il n'éprouverait pas autant de tension à se rapprocher de son but. L'air était visqueux, comme ce Mabille qui envoyait des crachats à terre. Il le détestait, mais bizness oblige ! Le passé du Chacal, riche en tribulations, et l'impunité dont il avait joui, avaient déterminé son recrutement. Mener à terme l'affaire qui se présentait, en évitant les erreurs d'amateurs, était tout ce qui lui demandait. Il n'avait pas été question de lui préférer un cerveau pour lui saboter son plan. La pensée de Sanchez s'enraya aux signaux lumineux du cabin-cruiser qui venait de mettre en panne à quelques encablures de la plage. Il y répondit avec la torche. Sur le sable où la mer clapotait, il roula le bas de son pantalon. Son complice l'imita. Ils firent virer en souplesse la proue de l'embarcation vers le large et montèrent à bord. Dans la nuit fraîche des profondeurs, l'un à la barre, l'autre aux rames, ils filèrent vers le falot qui flottait sur l'eau.

La barque accosta et le transvasement de la coke s'effectua en moins d'une demi-heure. Dans le carré, Sanchez confirma au patron l'horaire du prochain contact, lors de son retour avec l'argent de la transaction : deuxième partie de l'opération.

Arc-bouté sur le banc de nage, le Chacal n'en était qu'à son troisième coup de pelle que le bateau s'était déjà évanoui dans la brume, tous feux éteints, et que la barcasse avait mis le cap sur

La Mouette.

À quelques mètres de la grève, les avirons relevés, elle acheva de courir sur son erre et s'échoua. Les deux hommes commencèrent à éprouver l'urgence de l'heure. Après une inspection d'alentour, ils saisirent les sacs à dos et les remplirent. Harnachés comme des sherpas, ils entamèrent une noria entre la grève et l'appentis. Dans le jardin, pour pallier à la lueur de la lune montante, ils se munirent des lampes frontales dont le cache trafiqué par le Chacal laissait passer un rai de lumière. Celui-ci se flatta de son bricolage, se vanta de s'être inspiré des films de guerre sous l'occupation. Ce système permettait aux véhicules de circuler la nuit sans se faire repérer par l'aviation. La curiosité d'un insomniaque n'était-elle pas plus à redouter que les avions ? Mais Sanchez était prêt à parier qu'il n'y aurait pas âme qui vive de la nuit. En revanche, les dix heures qui les attendaient seraient plus risquées. Pour l'instant, il ne voulait pas voir plus loin. En d'autres circonstances, il aurait fendu d'un coup de lame l'un des emballages de la marchandise avec un enthousiasme de chien face un os. S'il avait été seul, une petite défonce n'aurait rien soustrait à sa motivation. Toutefois, il savait raidir sa volonté et refouler les démons qui venaient le provoquer.

VII

Dans son fauteuil, Kaleb se sentait en sécurité. Il promenait son regard autour de lui. Il avait replacé son surin dans la gaine passée à son ceinturon. Il ne fallait pas s'y méprendre, il épiait le couple. Ses mains croisées sur l'artillerie, il passait au crible leurs moindres mouvements. Il avait retenu sa respiration lorsqu'un de ses complices avait frappé au volet de la cuisine. De temps à autre, Laura soutenait son regard, fixait avec insolence ses yeux de fripouille. Dans le clair-obscur, elle avait l'impression de les voir se rejoindre au milieu de son front, en un seul œil, énorme, monstrueux, un œil de cyclope qu'elle aurait aimé percer de la pointe de sa rage. Dans sa tenue d'égoutier, son mari ne cessait de s'épuiser en conjectures, d'évaluer la distance entre ses pieds nus et le thorax de son adversaire. Le sang bourdonnait sous la calotte de son crâne estampillé par la crosse. Il avait demandé à se rendre aux toilettes. Laura avait désapprouvé en lui pinçant la cuisse. La voix de l'autre était devenue dure. Il lui avait craché de la fermer, de se pisser dessus si ça lui faisait plaisir, de s'estimer heureux, s'il n'en tenait qu'à lui, ses pieds seraient ficelés comme les pattes d'un poulet sur le marché. Il le ferait ramper au sol, pareil à un cancrelat. Sa tête de pugiliste au teint olivâtre paraissait encore plus plate, plus près de ses épaules, imposante par la haine qu'elle dégageait. Max qui devinait les objurgations de sa femme, serra les dents, retint ses injures.

Laura voulait lui transmettre son secret. Son cœur cognait à plein régime, lui donnait la sensation de retentir dans la pièce éclairée par le halo de la suspension de billard achetée dans une faillite. Faillite de son plan de survie dans l'immédiat. Si elle pensait avoir une chance, elle utiliserait le stratagème de son époux. Mais en revenant des toilettes, elle ne voyait pas comment dissimuler l'arme sous son peignoir. Si par miracle, elle y parvenait, elle ne saurait pas s'en servir.

Gagné par l'ennui, l'intrus dégaina la sienne. Le canon pointé sur eux, il se dirigea vers la bibliothèque qui encadrait la cheminée. De sa main libre il commença à bidouiller les curseurs de la chaîne hi-fi. Phil Collins entonna *"Its not too late"*. Laura, convaincue que la Providence venait à son secours, inclina sa tête en feu sur l'épaule de son mari et se libéra de son fardeau. Max n'aimait pas les risques qu'elle encourait. Cependant, surpris par son aveu, il ne chercha pas à l'interrompre. Ses chuchotements firent gonfler de représailles la face de Kaleb. Ses doigts s'affolèrent pour baisser l'intensité de la musique.

- Toi, la squaw, laisses tes mains sur tes genoux, ou ça va mal finir ! Qu'est-ce que tu mijotes ?

Max rétablissant son assise sur le divan répondit à sa place :

- Rien, elle n'est pas dans son élément. Elle a mal

à la gorge.

- Pas à la langue.

Suivit une réplique lubrique à propos de langue. Max fit la sourde oreille. Son cerveau ramait. Cette histoire de flingue lui paraissait insensée. Laura n'avait jamais été chiche d'extravagances, mais il était tenté de la croire. Tirant avantage des divagations de l'autre, elle se serra un peu plus contre lui et murmura encore son secret. Une kyrielle d'injures jaillit de la bouche du malfrat. Emporté par sa fureur, il coupa la chaîne et bondit l'arme au poing.

Un sentiment d'impuissance avait enrayé les intentions de fuite de Max. Une idée qui avait germé dans son esprit changea son attitude. Il joua la carte de la corruption et proposa un deal : la villa, la voiture, ses économies, ce qu'il avait acquis, pour sa liberté et celle de Laura. Malgré sa pugnacité, il échoua. La face tordue par un rictus d'orgueil, Kaleb refusa avec un assortiment de sous-entendus qui en disait long sur l'opération en cours. Même avec sa *meuf* en prime, il ne marcherait pas dans cette combine de nase. Nul besoin de posséder le QI d'Einstein pour comprendre qu'ils étaient sur une affaire en or.

Max se retrouvait devant une contrainte. Ses yeux lui brûlaient. Il avait envie de se frotter le visage. Sa dernière initiative à l'eau, il n'avait rien à faire, sinon spéculer sur la confidence de sa femme. Était-elle tendue comme un ressort vers son objectif divorce au point de se procurer une arme pour le flinguer ? Voilà que le doute le parasitait alors qu'il devait fournir des efforts pour rester en possession de ses facultés. Mathilde n'avait-elle pas décrété que Laura n'était pas claire depuis qu'elle avait décidé de le quitter, décrété aussi que le dimanche où il avait été victime d'une intoxication assez sérieuse pour terminer aux urgences, les huîtres n'avaient rien à y voir. Il n'appréciait pas les affabulations de sa mère, elle poussait le bouchon un peu loin. Ceci dit, il y avait du vrai. Depuis qu'elle taquinait la muse, Laura était devenue bizarre, imprévisible comme ce foutu pétard. Existait-il une relation entre elle et la présence de ces crapules ?

Absurdité. Laura était une sorcière échappée d'un

de ses récits afin de corser l'épisode qu'ils étaient en train de vivre. S'ils s'en tiraient, il la ferait brûler sur le bûcher de ses nuits. Sa chaleur contre sa hanche était peut-être la dernière sensation agréable qu'il connaîtrait avant que le jour ne se lève. Pour les questions, il allait devoir patienter. Sa priorité consistait à réduire sa pensée à leur défense. L'engourdissement le gagnant, il se secoua. Si ce pistolet tombé du ciel se trouvait là où Laura le prétendait, il fallait qu'il s'en empare pour les sortir de ce nid de frelons. Était-il seulement chargé ?

Pouvoir écraser la table basse contre les genoux qui lui faisaient face. Laura empoignerait la statuette en bronze sur le guéridon et se précipiterait en même temps que lui pour doubler ses chances. Mais l'exposer à un tel danger lui procurait des scrupules. Elle remâchait son angoisse, à l'affût d'une parcelle d'espoir autorisant une manœuvre, les jambes serrées face à l'autre primate qui rêvait de les lui écarter.

Les ténèbres projetèrent les deux hommes dans le

couloir, firent bondir leur complice de son fauteuil, ses pensées bloquées à la source. Un instant, ils demeurèrent campés sur leurs jambes, les manches relevées sur leurs bras velus, à reprendre leur respiration, à les traverser du regard. Ils commencèrent par se rassurer de phrases et de détails avec Kaleb. Ce dernier se rendit aux toilettes où il urina bruyamment. À son retour, il avait remplacé son pistolet par l'arme blanche qui lui était plus familière. Il manqua d'éventer leur plan, en déplorant la présence du couple dont la tension s'accroissait en les écoutant. Encore un peu et leur secret s'échappait.

Sanchez comptait sur Laura pour leur trouver à manger et refaire du café, du vrai, bien serré, non la pisse d'âne de tout à l'heure. Debout, elle cachait son effroi sous le rideau de ses cheveux. Il débloqua le cran de sécurité de son arme et propulsa sa hargne vers Max.

- Toi, le rital, tu lèves ton cul et tu t'amènes. Pas d'embrouille, sinon c'est elle qui va dérouiller en premier.

Le Chacal interpréta mal l'intention de son

supérieur. Il se jeta sur Laura et la ceintura de son avant-bras. Le canon de son arme logé au creux de son oreille, il relâcha la pression sur son abdomen pour glisser la main sur son ventre. Ses doigts la palpèrent sauvagement, s'insérèrent entre les pans de son déshabillé et se refermèrent sur son pubis.

- Non ! hurla Max.

- Tu sais comment on les dérouille les pétasses de son genre ?

L'air de la nuit avait ranimé ses instincts. Il frottait son sexe contre les fesses de Laura qui lançait des regards éperdus. La peur avait chassé l'oxygène de sa poitrine, ses membres ne lui obéissaient plus. Elle savait qu'elle ne faisait pas le poids et que ce malade se délectait de chacun de ses mouvements.

Dans le cerveau de Max l'adrénaline venait d'entrer en fusion. En dépit de l'acier glacé qui écrasait son front, il rugissait, appuyait sur chaque mot d'insulte comme un dément. À part d'assister à l'égarement de ces désaxés, il ne pouvait rien tenter. Le délire du Chacal et le renfort de la main obscène de Kaleb sur Laura excédèrent Sanchez. Il coupa à leur dérapage en vociférant :

- Arrêtez vos conneries, lâchez-la ! Ma parole, vous voulez tout faire foirer pour quelques minutes de cul !

- Ça va, je maîtrise, répondit le Chacal en poussant sa victime vers le décisionnaire.

VIII

On se serait cru le premier janvier à six heures du matin, lorsque le dernier carré d'invités épuisés par la fête attend la soupe à l'oignon de l'hôtesse de maison. Il n'était que trois heures. Laura avait les yeux rouges. Et les hommes qui occupaient les trois côtés de la table n'avaient rien à voir avec des fêtards. L'ambiance aurait été presque conviviale s'ils n'avaient eu cette lueur d'apocalypse au fond des yeux, s'ils n'avaient pas forcé Max à s'échouer comme une épave sur le carrelage, et s'ils cessaient de brandir leurs armes. Sanchez avait donné l'ordre à ses deux complices de laisser aller et venir la femme à sa guise dans la pièce de repli, close comme un mausolée.

L'incident les avait ramenés à leur objectif. Laura monnayait sa survie en surveillant la poêle. Comme un zombie, elle avait choisi la plus grande, y avait mis plus de margarine qu'à l'accoutumée, les œufs et le jambon qui restaient. Elle aurait voulu ajouter une bonne dose d'arsenic que Mathilde lui avait rapportée un jour, après avoir découvert de malheureuses souris dans l'appentis. Elle ne savait plus où se trouvait la mixture. Dommage. *Faites que ces suppôts de Satan se transforment en rats.* Trois gros rats qu'elle aiderait à filer par la porte-fenêtre avec leurs odeurs de sueur, de varech et de friture.

Depuis combien de temps durait ce cirque ? Une éternité, si elle en jugeait par la fatigue qui pesait sur son dos. L'espoir s'amenuisait, même si portée par l'alchimie qui s'était recréée entre elle et son mari, elle se découvrait forte et ne faisait pas obstruction à ce qu'on exigeait d'elle. Alors que le café filtrait, le bacon racornissait dans sa graisse et les œufs pétillaient, elle chercha à capter le regard de Max pour se donner du courage.

Il était assis le dos au mur, là où ce brave Couky

avait attendu sa pitance à heure fixe. Ses plans de fuite s'émoussaient : une débauche d'ébauches. Il brûlait d'éprouver son potentiel, de les envoyer ad patres. Pour éviter les fourmis dans les membres, il bougeait par à-coups, roulait ses épaules en arrière, suivait les déplacements de sa femme et ceux des malfrats qui ridiculisaient leurs requêtes par des quolibets. Il se rendait compte qu'il ne pouvait rien contrôler. Quelque chose lui disait que c'était grâce à elle s'ils s'embarrassaient de leur présence. Cette pensée ranimait sa jalousie. La confirmation ne se fit pas attendre. La faim au ventre, Sanchez quitta sa chaise, frôla le corps de Laura en explorant les placards. Il avait enlevé son blouson. Encore luisant de bruine, l'Espagnol désigna le reste d'une baguette de pain.

- Pas même de quoi nourrir un piaf.

Laura ne s'entendit pas répliquer :

- C'est tout ce qui reste. Je ne pouvais pas prévoir votre visite.

Sanchez lui ordonna de se dépêcher. Kaleb se

leva à son tour, inspecta le contenu du réfrigérateur. Il en sortit un camembert, un chorizo, un pain de mie et une bouteille de Coca light. Son collègue s'empara du saucisson, puis argua qu'il avait besoin d'un remontant. Il n'y avait rien de mieux que du *cassis de lutteur* pour se requinquer. Dans le cellier, qu'il indiqua en balançant son pouce par-dessus son épaule, il y avait ce qu'il fallait. Le boss désapprouva catégoriquement.

Mabille fit un effort sur lui-même pour suivre la résolution de Sanchez.

- OK, pour le Château-Lapompe et le caoua, mais j'en ai ras les couilles de voir l'autre tache épier mes faits et gestes. Qu'est-ce qu'on attend pour liquider cet empeigné de connard ? Ça devrait être une de nos priorités, non ?

La bouche pleine, sa lame au creux de la main, Kaleb approuva. Il n'en tiendrait qu'à lui, voila longtemps qu'il l'aurait saigné à blanc.

- Il faut le buter, merde ! s'écria le Chacal. Regardez-le avec sa tronche d'emplâtre, il peut encore ramper et finir par trouver un moyen de nous baiser la gueule avec sa greluche.

- Tu la boucles ! coupa le puissant.

Ce dernier avait calculé que le rital aurait pris une balle avant de bouger un doigt. Au fil des heures la tension qu'éprouvaient ses deux compères l'horripilait.

Dans son coin, Max implorait la fatalité. Si cela devait finir par une tuerie, autant que ces trois fumiers n'en réchappent pas.

Le blond n'avait pas apprécié les remontrances en public. Il était en manque de dope ou à cran, ce qui revenait au même. Un tic agitait sa paupière droite. La main sur son arme, il collait une trouille de tous les diables à Laura qui mettait le couvert. Sur le qui-vive, elle n'osait relever le menton vers Sanchez, prête à parier que parmi les pensées les plus folles qui traversaient la tête de l'Espagnol, il en nourrissait une inconvenante sur le sexe. Loin de lui faire écho, elle avait le sentiment de dériver aux confins de la terreur.

Soudain Le Chacal braqua Max, le somma de se

tourner vers le mur. Celui-ci fit mine de ne pas comprendre. Mais l'index instable sur la détente réfréna son entêtement. Après un grommellement de dépit suivi d'un juron, il obtempéra. Il put élaborer des hypothèses sur ce qui se tramait, et entrevoir Laura au cours de ses allées venues préparer le dîner des scélérats. « *Prends-en de la graine, mon ange,* à *force de minauder avec le diable, un jour on le retrouve à sa table* ».

Dans l'air chargé d'adrénaline, les malfrats s'attaquèrent au gueuleton. Le contenu de la poêle liquidé, ils éructèrent comme des soudards avant de demander à Laura ce qu'ils auraient à se mettre sous la dent à midi.

- À midi ? balbutia-t-elle.

- Ouais, à midi. Et même ce soir... On ne se quitte plus. Ça te la coupe ? Tu vas t'occuper de nous, te rendre utile, dit Kaleb.

La perspective de ces prolongations la dévasta et la soulagea à la fois. Elle se surprit à riposter avec humour que c'était carrément un C.D.I. Elle était désolée, mais il ne restait que des conserves.

Sanchez n'entra pas dans la discussion. Il exigea le café. Laura déposa le bocal brûlant sous son nez et se laissa tomber sur une chaise. Elle ne savait pas ce qui la remuait le plus : la surveillance des prédateurs ou son mari, si vulnérable sans l'usage de ses bras. Assis en tailleur, la tête courbée, il se flagellait d'avoir laissé passer sa chance quand ils étaient seuls avec Kaleb, de ne pas l'avoir pris de vitesse en lui envoyant ses pieds dans la figure. Le temps les rattrapait, leur volait leur défense. Comment retourner la situation s'il n'avait pas la possibilité de se rendre aux toilettes, de les contraindre à lui ôter cette saloperie de corde ? Sa crainte allait vers sa femme dont les larmes formaient des taches sombres sur l'étoffe qui recouvrait ses genoux. Fallait-il connaître un drame pour réhabiliter l'amour ?

Laura se refusait de paniquer, pourtant quelque chose était en train de céder dans tout son être à la pensée qu'ils avaient autant de chance de rester en vie que de voir passer la comète de Halley avant le lever du soleil. Elle ne vit pas le Chacal se camper derrière sa chaise, bien qu'il sécrétât une sueur aigrelette qui empêchait de l'oublier. En proie à une montée de testostérone, il plaqua son ventre contre sa nuque et sa main plongea dans l'échancrure de son déshabillé.

- Tu sais ce qui serait bien sûr toi, ma petite salope ?

Il gloussa la réponse en ondulant du bassin :

- Moi !

Elle étouffa un cri de répulsion, se barricadant de ses bras. Mais elle comprit rapidement que se rebeller n'était pas de circonstance, il valait mieux exploiter son sursis.

Le diable en noir était furieux des familiarités que s'octroyait son suppôt, en même temps, il jubilait de mettre leur proie à l'épreuve. Ses lèvres l'attestèrent à l'ébauche d'un sourire infernal qui fit remonter dans la mémoire de Laura son cauchemar de l'autre nuit. Les secondes qui suivirent lui parurent interminables. Il leva enfin un sourcil réprobateur vers Mabille.

- Fous-lui la paix !

- Elle a tellement la trouille qu'elle n'essaie pas de se débattre, peut-être qu'elle aime ça.

Sanchez versa le reste du café dans la tasse qu'il poussa au bord de la table.

- Tiens, bois, Chérie ! Pour ne pas devenir une chiffe molle.

Avec son arme, il fit signe au Chacal de dégager. Laura cessa de comprimer sa poitrine avec ses bras et tendit la main vers la tasse.

- Laissez-moi la donner à mon mari, déclara-t-elle se retournant vers lui.

- Mauvaise idée. Ça va lui donner envie de pisser. Regarde, il a la bougeotte. Tu veux aggraver son état. Avale, tu en as plus besoin que lui !

Le ton n'admettait pas de réticence. Laura baissa la tête et s'exécuta.

Max ne supportait plus ce qui se préparait. La sueur perlait à son front, ce n'était pas celle qui devance une appréhension, mais celle qui accompagne la peur de ce que l'avenir réserve à l'être aimé. Comment arracher Laura à ces atrophiés de la cervelle ? Il se rappelait une jeune fille lovée dans ses bras, lui révélant qu'elle n'avait que lui pour l'aimer et la protéger. Il avait rempli la première partie du contrat. Il le jurait sur leur existence. Pour ce qui était de la seconde, elle pouvait réclamer un miracle à ses entités. Dans cette posture, il n'était qu'une loque humaine en sursis. Pourtant, s'ils voulaient la violer, il n'allait pas gober les mouches et attendre que cela se produise. Ce sadique de Mabille prenait son pied en éprouvant les nerfs de sa femme, en s'excitant de la terreur qu'il lui inspirait. Galvanisé par ces pensées, Max détendit les jambes l'une après l'autre. Ses muscles s'étaient contractés en flexion, rien à voir avec ses biceps et ses doigts saturés de fourmillements par l'inaction. Il était encore capable de fendre l'air, de défoncer la tronche de ces apaches de ses membres inférieurs. Cette action ne lui semblait pas surréaliste. S'entourant de précautions, il rassembla ses forces pour prendre appui sur ses talons. Le moment propice se fit attendre. Tout n'était que danger, menace et confusion. Dans l'atmosphère bourrée d'électricité, il pivota enfin sur les fesses et bondit. Sanchez balança la chaise dans sa direction et Kaleb se rua sur lui, le bourra de coups de pieds, se gargarisant de ses avertissements. Le supprimer lui paraissait être le minimum. Ils avaient besoin d'avoir les coudées franches. Courroucé par l'incident, le décisionnaire, d'une placidité à toute épreuve, regarda son otage se tordre sur le carrelage.

- La prochaine fois, tu n'y couperas pas ! Mes collègues s'occuperont de toi…

La mélodie de son cellulaire l'interrompit. L'Espagnol l'ouvrit d'une chiquenaude et prit l'appel en s'éloignant dans le vestibule. Il réapparut en levant un pouce vers Kaleb.

- À toi de jouer. Tu as une heure. Chemin des Astéries.

Leur secret s'échappait. Omar Kaleb rengaina sa force de persuasion et sortit de la maison pour disparaître dans la nuit.

IX

Le nez de Max enflait à vue d'œil, là où il s'était pris le barreau de la chaise. Sous la violence du choc, le mur l'avait retenu lorsqu'il avait perdu l'équilibre. La volée de coups qu'il avait reçus n'avait rien arrangé. Les narines en sang, ses yeux s'étaient rouverts sur Laura. Elle n'avait pas bougé quand il lui avait hurlé de prendre la tangente. Même si la porte s'était ouverte sur la nuit, elle n'aurait pu fuir en l'abandonnant. Sous le poids des regards ennemis, elle se sentait incapable de lancer une phrase. La tentative vouée à l'échec de son mari l'avait atterrée. Qu'est-ce qui lui était passé par la tête ?

Ce qu'il savait, c'est qu'il ne voulait plus se faire tabasser. Dans sa cervelle, le puzzle finissait de se mettre en place. Il revoyait flotter le vieux retraité… Sanchez n'était pas venu sur la grève pour conter fleurette à sa femme, il se livrait à des repérages. Des trois compères, c'était lui le plus dangereux, le Chacal le plus imprévisible, Kaleb naviguait entre eux deux. Max n'avait plus d'illusions, le fracas d'une balle d'acier dans sa tête l'attendait. Des questions subsistaient, d'autres l'assaillaient en regardant Laura ébouriffée, qui reniflait en ramassant les débris de vaisselle. Un cri si perçant était monté de sa gorge lors du décollage de la chaise. Mabille lui avait plaqué sa grosse main sur les lèvres, ensuite il l'avait empoignée par les cheveux en braillant :

- Ramasse, ça fait désordre ! Tu nettoieras autour de ton mec qui dégueulasse le carrelage. Il saigne comme une gonzesse, à croire qu'il a ses coquelicots !

Assis, les jambes en appui sur la table, Sanchez matait la fille aux formes lunaires. Ses cheveux aux nuances de sable collés sur ses joues et ses yeux de chatte persane éveillaient en lui des fantasmes. S'il l'étranglait, il les verrait se brouiller, puis s'éteindre, il verrait sa bouche s'ouvrir en une ultime supplication. Même dans cet état de fatigue avancée, il ne parvenait pas à la trouver banale. Du bout de son désir, il suivait les contours de ce corps sublime qui faisait baver son complice. Sans son veto, ce peigne-cul serait passé à la vitesse supérieure. Sa paupière n'en finissait pas de cligner de lubricité. Au troisième toc, il serait l'heure de lui mettre les points sur les I. Jusqu'ici il s'était montré patient en lui laissant jouer son numéro de pervers. S'il savait ce qui l'attendait, il crânerait moins. Sa mère lui avait toujours dit " Sers-toi le premier si tu veux être le mieux servi ". Laura lui appartenait. Sanchez la voulait consciente et réactive. La voir bassiner le visage de son mari en sanglotant l'excédait. Il avait pourtant contré l'ordre de Mabille qui voulait l'en empêcher. Le Chacal n'était pas assez malin pour comprendre qu'en relâchant la pression, ils géraient mieux la situation. Cette réflexion l'amena à consulter sa montre. Il n'allait pas se fossiliser en cet espace, s'abrutir de café quand le confort d'un divan l'attendait. Il se leva de sa chaise et la replaça d'un coup de pied.

- Toi, l'infirmière, tu déposes ton chiffon et tu me suis. Passe devant !

Elle céda à l'arme qui s'agitait dans sa direction et laissa choir le torchon. Max les voyant quitter la cuisine sentit monter en lui une fureur meurtrière.

- Laissez-moi me rendre aux chiottes, bordel de merde ! Sinon je vais me pisser dessus. Vous ne risquez rien avec ma femme en otage…

Sanchez poussa Laura devant lui sans se retourner.

- Rien ! Mais retiens-toi.

Le Chacal qui buvait du Coca au goulot, renchérit :

- Lâche-nous, sac à merde ! Si tu souffres tant, on a les moyens de te soulager.

Dans le couloir ces ripostes donnèrent à Laura l'envie de courir en sens inverse. Le canon dans son dos la rappela à l'ordre. Elle manqua de tomber en syncope lorsque la lumière du séjour doucha les ténèbres. L'eau de toilette de Kaleb flottait dans la pièce. Des mains d'acier se refermèrent sur sa taille, annihilant les derniers vestiges de sa volonté.

- Laura, c'est ton prénom. Sois coopérative. Tu as tout à y gagner.

Sanchez avait replacé son arme à la ceinture. L'aube et le désir avaient alourdi sa mâchoire. Une fraction de seconde, elle crut voir se dresser les cornes de Satan sur le sommet de son front. Elle oscilla entre lui résister ou demeurer passive. Par crainte qu'il ne retourne ses foudres contre son mari, elle choisit la deuxième option. Cela reviendrait à laisser les événements décider à sa place. Elle se borna à fixer sa pomme d'Adam pendant qu'il dénudait ses seins. Leur forme pleine et leurs mamelons dressés l'aveuglèrent. Elle voulut remonter jusqu'à ses épaules son déshabillé qui avait glissé sur ses hanches. Mais Sanchez devança son geste, il tira sur la ceinture pour la dénouer, en vain. Il écarta brutalement les pans de l'étoffe. Laura se raidit, consciente de l'inanité de son refus.

Au cœur de ce drame, elle préférait encore être aux prises avec lui plutôt qu'avec les deux autres. Évidence qu'elle était hors d'état de s'expliquer. Max lui disait souvent : « Tu te sortiras des pires situations, pourvu que tu aies affaire à des mecs » . Pourtant jusqu'ici, être une femme n'avait guère fait avancer les choses en leur faveur. Quand le mal est tapi dans l'ombre et que la mort rôde, il est légitime de vouloir s'en tirer. Forte de cette déduction, elle opposa peu de résistance au malfrat lorsqu'il la renversa sur les coussins du canapé. Au moment où il chercha à happer ses lèvres, elle détourna la tête, bredouillant, transie de peur et de honte :

- Je suis séropositive.

L'Espagnol s'écarta pour la tripoter et se fendre d'une réplique :

- Moi, je suis positif de partout.

Il déposa son 45. sur la table basse et la considéra comme un butin gagné. Les voix dans la cuisine s'étaient tues. Laura serra les cuisses et fixa l'arme alors qu'il pesait déjà sur son ventre et lui broyait les fesses de ses mains. Elle crut que son sang la quittait en réalisant qu'il allait la pénétrer sans préservatif. Son désir de lutte ressuscita. Avec fureur elle se débattit, chercha à le mordre, ce qui n'était pas pour lui déplaire. Elle trouva le moyen de replier ses jambes et les détendre comme un ressort. Il intercepta ses chevilles avant que ses talons ne s'écrasent sur ses bijoux de famille. Enfin elle fut prise d'une envie de hurler à se déchirer la poitrine, sa voix poussée au paroxysme dépassant les murs et ricochant sur les rochers. Mais elle savait que personne ne l'entendrait. Le monde était sourd aux malheurs. Crier ne ferait qu'avancer l'exécution de Max qui s'exposerait au danger pour lui porter secours. Leur lutte n'en attira pas moins la curiosité et les sarcasmes du Chacal, frustré d'être tenu à l'écart. Enviant les assauts sexuels de son complice, il avait passé la tête dans le couloir.

La face distordue par un rictus Sanchez se releva et aboya à son acolyte de retourner en faction et de ne pas quitter le *spaghetti* d'une semelle.

Profitant de l'incident Laura se jeta sur le pistolet. Sanchez l'empoigna par les cheveux et la précipita sur le canapé. Il la gifla à toute volée. En un ultime réflexe, elle parvint à détendre le bras et lui labourer la face de ses ongles. Il la frappa avec tant de force qu'elle fut projetée en arrière. Avant de se sentir défaillir, elle l'entendit grommeler :

- Sale garce ! On veut jouer les héroïnes !

Il se pencha pour l'examiner. Elle était étendue sur le divan, la lèvre supérieure fendue par l'impact de la beigne. Il lui pinça la joue. Laura n'eut qu'une faible réaction. Sa nudité le troublait, mais sa lucidité et l'enjeu l'empêchèrent de se départir de ses principes de prudence. Il ne laissait jamais ses pulsions le manipuler. L'arme à la main, il se dirigea vers le bar de la bibliothèque qui jouxtait la cheminée. Parmi les bouteilles dépassait un flacon de Johnny Walker à moitié plein. Il l'ouvrit avec les dents, en avala une lampée puis revint auprès de Laura. Il glissa une main sous sa tête et fit couler le whisky dans sa bouche. Un flot d'alcool inonda ses épaules, dégoulina sur le tapis. Elle entrouvrit les yeux et laissa échapper un "non" inaudible.

- Bois ! ordonna-t-il.

En proie à une quinte de toux, elle prit appui sur les coudes en essayant de reprendre sa respiration.

- Désolé d'en arriver là, mais tu l'as bien cherché.

Elle repoussa le goulot revenu en pression sur ses lèvres. Sanchez reposa la bouteille au sol sans insister. Laura remonta instinctivement d'un cran, ramenant sur son corps les pans de son peignoir chiffonné. L'alcool lui avait brûlé le palais, mais délié la langue.

- Lâche, vous n'êtes qu'un minable ! Facile de s'attaquer à plus faible que soi.

- Pas si faible ! Je vais avoir du mal à me raser. Si tu es douce, tu auras la vie sauve. Je t'emmènerai loin d'ici, dans un lieu qui ne tient pas la comparaison avec ce coin paumé. On baisera comme des phoques et la scribouilleuse que tu es s'en donnera à cœur joie. Pour ça, il faut que tu oublies ton rital. Aucune honte à changer de cap, surtout pour sauver sa peau. Sinon…

Laura le dévisagea : ses yeux aux éclats de

couteau brillaient de cynisme. Pourquoi tous ces atermoiements s'il voulait en finir avec eux ? Avant qu'elle ne se rue sur le pistolet, il aurait pu la violer si telle avait été son intention. Mais il préférait se repaître de sa frayeur. Il prenait son pied en humiliant les êtres qu'il dominait. Elle serra les poings à l'évocation de Max qui devait bouillir, qui avait raison : le ciel se vengeait de sa stupidité. Elle buvait la lie de sa naïveté. Un élancement sous son œil droit attisa sa colère.

- Sinon quoi ?

Après un silence, Sanchez répondit :

- Quand j'en aurai fini avec toi, je te livrerai aux fauves qui m'accompagnent. Ils n'attendent que ça.

- Maître chanteur, abject. Que ferez-vous de mon mari si j'entre dans votre camp?

- Tu es dure à la comprenette. Il ne souffrira pas. À toi de voir : ta vie ou la sienne. Je suis sûr que c'est moins embrouillé qu'on pourrait le penser dans cette cervelle, railla-t-il, en tapotant son poing sur son front. Je suis persuadé que tu sais où est ton intérêt. Fais une croix sur ton ringard de macaroni, et personne ne te touchera...

- Jamais !

Les mâchoires de Sanchez ondulèrent sous l'effort de mater sa colère.

- Alors, tu vas clamser.

- Vous avez promis de nous laisser en vie !

- Tu auras mal compris. Ce que je sais, c'est que tu ne survivras pas aux assauts des deux cinglés. Un putain de gâchis ! Les gens du coin se souviendront de toi, bronzée, sexy. Comment ce couple avait pu disparaître si vite du paysage ? Mystère dans le drame de La Mouette.

- Vous êtes un grand malade.

Il consulta sa montre.

– Assez joué ! J'en ai fini avec toi. Le blondinos va me remplacer.

- Non !

Elle s'agrippa à sa chemise. On ne discute pas avec une canaille de haut vol. Laura voulait vivre, n'était-ce que pour se venger de ces trois ordures.

Entre les tirades de son geôlier, Max se concentrait pour capter la nature des bruits en provenance du séjour. Il luttait contre son déchirement de savoir Laura avec Sanchez. L'obscénité des propos de Mabille, fignolés de rhétorique sur ce qui se passait dans le salon, n'était pas faite pour calmer l'état de transe dans lequel il se trouvait. Que l'autre pût profiter de sa femme le jetait dans une sorte de perplexité sulfureuse. Il pensait à son attitude résignée. Aurait-elle vendu son âme au diable ? Après ce qu'elle lui avait raconté, il ne savait plus de quoi elle était capable. Elle avait très bien pu acheter une arme pour le liquider et partir avec ce matou qu'elle avait attiré dans la crique. Il poussa le raisonnement : ce prédateur lui avait fourni le matos en lui mettant en tête de s'en charger. Les événements avaient contrarié leur plan. Quelle thèse privilégier ? Laura, plus rusée que lui, savait réfléchir et concocter des scénarios. Une lueur de bon sens et sa théorie s'effrita. Il divaguait, l'accablant de tous les vices, or, il l'aimait. Elle ne saurait jamais à quel point. Dès le premier soir de leur rencontre, il était tombé amoureux. Il se rappelait avoir tenté l'impossible pour l'extraire de sa mémoire. Ce défi avait sombré avec son orgueil. Le lendemain il avait foncé chez le fleuriste puis s'était rendu à son appartement.

Laura était sa pomme empoisonnée, sa damnation. Il l'avait épousée pour dormir paisiblement, et pour le pire. Ces derniers mois, elle avait essayé de le transformer en mari modèle, ce qui revenait à le castrer, mais il l'aimait, pas seulement pour son corps de braise, il l'aimait, point barre. Et cet amour le menait en enfer.

Si l'odeur de friture subsistait, elle ne couvrait pas celle de la sueur. La chemise de Max collait à son torse. Il exsudait sa jalousie et ne savait plus si c'était lui ou son geôlier qui répandait dans l'air les sucs de l'adrénaline. Il changea de position et remit son envie d'uriner sur le tapis. Ce besoin organique le tenaillait, il n'eut pas à se forcer. Les émotions lui avaient remué les tripes. Le voyant se tourner de côté et d'autre, le Chacal éructa une kyrielle de propos scatologiques. Il bouillait de le voir disjoncter pour dérouiller son Magnum. En fait, quelque chose disait à Max qu'il ne tenterait rien d'irréversible sans l'approbation de sa hiérarchie. Ce sentiment fit décroître légèrement sa tension. Tout espoir n'était pas perdu. Kaleb allait revenir de sa livraison. Il fallait agir. Vite. Décider Mabille à l'accompagner aux toilettes. Rencogné dans son refus, l'œil amenuisé par l'heure avancée, le blond s'empiffrait de chips trouvées dans le cellier. De sa chaise, il le toisa, sans cesser d'activer ses mandibules.

- Économise ta salive, ferme-la !

Et il quitta son siège pour traîner ses baskets vers le couloir.

- Eh ! L'autre connard va nous polluer l'atmosphère, si on ne fait rien.

- OK, emmène-le ! répondit Sanchez, il a intérêt à se tenir à carreau. J'ai sa meuf au bout de mon flingue.

X

Certains ordres transmis au cerveau le dépassent. Telle était la pensée de Laura trahie par son réflexe et consciente d'avoir perdu sa dignité en se cramponnant à Sanchez. Elle n'était pas d'un courage démesuré. L'aube allait se lever sur les flots, traverser la maison de sa fraîcheur. Si elle bénéficiait d'une aide, celle-ci viendrait de la mer. Elle imagina l'ombre maternelle planant sur les eaux, transperçant la brume, passant par les interstices des portes et des fenêtres, pénétrant l'air comme un vent contraire. L'image la réconforta. Sur le canapé, elle n'était qu'une femme en détresse qui priait pour la prolongation de sa grâce temporaire. Près d'elle, le Chevalier

Noir s'imprégnait de sa peur. Tel un chat jouant avec une souris, au creux des coussins, il caressait la crosse de son 45. Ses traits avaient repris l'expression qui l'avait abusée sur la plage. Laura affronta son regard et vit sa pommette barrée de stries violines. Il attrapa la bouteille de Whisky au pied du divan et s'en versa une rasade dans la bouche. Lorsqu'il lui tendit le flacon, elle but sans attacher d'importance à sa nudité. L'alcool ne pouvait mieux tomber pour l'aider à supporter la situation. Cette fois, le breuvage ne la fit pas tousser. Une chaleur intense s'éleva dans sa poitrine tandis qu'un grincement de paumelle suivi de voix lointaines l'interpellait. Sanchez lui reprit la bouteille et la déposa au sol. L'arme au poing, il partit à reculons vers la porte entrebâillée du séjour.

Laura avait glissé les bras dans les manches de son déshabillé. Elle s'était relevée, ses genoux tremblaient. Sanchez la regarda en esquissant un sourire, comme s'il possédait une parfaite connaissance de ce qui se tramait dans sa cervelle. Plus que tout, elle voulait détourner sa vigilance, l'empêcher de briser la défense de Max dont la vie était menacée. Elle rassembla son courage et s'exprima d'un ton sans faille :

- Je suis d'accord pour m'allier avec vous.

Il la rejoignit en deux enjambées. Avec le canon de son pistolet, il releva une mèche blonde sur son front.

- Tu es une maligne finalement.

Après ce ton de complicité gredine, il la considéra, tout en flairant quelque perfide intention. La voir consentante l'exaltait, mais ce revirement dicté par son instinct de survie ne l'abusait pas. Il l'attira contre lui et agrippa sa chevelure. Quand sa langue fourgonna dans sa bouche, Laura demeura passive. Sanchez la relâcha sans délicatesse pour descendre la fermeture Éclair de sa braguette. À la vue de son membre en érection, elle voulut s'enfuir. Il dégaina.

- Ne me dis pas que tu as peur. Approche !

La tenant en joue, il se déplaça vers le canapé, s'y affala, le sexe tendu vers elle.

- Amène-toi, presto !

L'injonction souleva une tempête d'humiliation dans le cerveau de Laura. Des larmes de désespoir et de honte jaillirent de ses yeux. Des rats grouillaient autour du pénis de ce bellâtre qu'aucune bassesse ne rebutait. Elle se méprisait de s'être laissée abuser ainsi. La haine lui monta à la gorge.

- Espèce de pourriture, c'est ton rêve ça, pas le mien !

- Ouvre encore ta gueule et ça va mal finir. Tu t'attendais à quoi d'autre ?

Le voyant titiller la gâchette, elle s'agenouilla entre ses jambes. Avoir le don d'ubiquité, savoir où en était Max. Mille pensées se bousculèrent en elle avant de bafouiller :

- Ce que je veux dire… Je ne suis pas branchée fellation.

De l'acier polaire s'inséra dans ses cheveux. Une terreur sans nom la parcourut.

- Branchée ou pas, tu vas passer le test. En revanche, si tu tentes un tour à la con…

Elle lui décocha un regard meurtrier et se rapprocha de son sexe. Tout n'était pas perdu. À l'autre bout de la maison, le bruit de l'eau dans les canalisations lui permit d'espérer un signe d'en Haut. Max était peut-être parvenu à s'emparer du pistolet. Indécise, aux sources de sa peur elle puisa la force de protester.

- Arrêtez avec votre arme ! Éloignez-la de moi. Si vous croyez que ça m'encourage. Je vous jure de ne rien tenter.

La main et l'arme se replacèrent sur le divan. Sanchez se positionna pour favoriser l'onde qui dressait sa chair.

- Tu attends quoi ?

Le corps de Laura se crispa. Sans le secours de l'alcool, elle ne parviendrait pas à passer à l'action. Solliciter une gorgée de whisky, ne serait-ce que pour gagner quelques secondes. Mais le sillon que traçaient ses seins dans l'échancrure de son déshabillé fit déferler un torrent de désir dans l'esprit de Sanchez. Il l'attrapa par les cheveux et lui écrasa la tête sur son bas-ventre en feu. Monta en elle un dégoût féroce. D'un mouvement brusque elle se releva et lui cracha à la face. Ce fut ensuite le chaos, une lutte sans fin.

XI

Max avait réussi à obtenir ce qu'il voulait. Son geôlier l'avait détaché après avoir passé en revue le lieu exigu des toilettes. Il avait vu sa dernière chance griller quand son œil de carnassier avait survolé les rouleaux de papier dans le placard aux détersifs. Il pouvait remercier la Providence, la fouille avait été superficielle. La pièce n'offrait aucune possibilité d'évasion, la fenêtre au-dessus de la cuvette était munie de barreaux. Le Chacal était sorti s'adosser au mur du couloir en laissant tomber :

- Magne-toi le cul, vidange bien. Tu n'auras pas l'occasion de remettre ça !

- OK, mais referme, au moins pour l'arôme. Je ne

vais pas m'envoler.

Sa requête rejetée, son instinct lui conseilla de se taire. La corde autour de ses poignets lui avait déjà attiré les foudres de l'adversaire qui, planté derrière lui, s'était énervé en démêlant le nœud, en lui postillonnant des insultes sur les mains.

Il déboutonna son jeans et se mit en situation. En moins d'une minute, l'affaire fut bâclée. À dessein, il oublia de tirer la chasse. L'épreuve la plus délicate commençait : prendre l'arme sans éveiller les soupçons. Ce taré risquait de passer sa face dans l'entrebâillement. Max massa ses poignets à vif et fit rouler ses épaules. La douleur qui partait de son sacrum aux cervicales le tiraillait de plus en plus, à mesure que l'heure avançait. Il avait l'impression que ce n'était que le début. Du sang lui dégoulinait dans la gorge, il l'avala et approcha la main du placard. Pour couvrir le bruit du taquet, il toussa, dévidant de l'autre main du papier sur le support mural. Le Chacal renouvela sa sommation accompagnée d'un coup de pied dans le bas de la porte, qui s'ouvrit sur ses jambes à l'air.

- Active, je ne vais pas rester à renifler ta merde !

Max demeura sur le trône à confiner, à se dire que tout pouvait échouer si l'autre repérait le placard entrouvert. Le blond ne s'aperçut de rien et referma la porte avec répugnance. Max explora alors l'étagère en prenant soin de ne pas heurter les rouleaux. Son premier essai lui démontra qu'accéder à l'arme n'était pas simple. Elle devait être en arrière. L'impatience le stimulant, il reprit sa posture. La voix le rappela à l'ordre derrière la cloison. Sans perdre une seconde, un œil sur la poignée, l'autre au bout de ses doigts, il sonda, tâtonna dans le renfoncement, rencontra le relief d'une crosse. Laura n'avait pas rêvé. Il souleva avec précaution le pistolet au-dessus des rouleaux, comme au mikado. Il le ramena contre lui, le dissimula sous les pans de sa chemise. La première partie de l'opération accomplie, il s'adressa à Mabille.

- Donne-moi une minute. Vous m'avez filé la courante avec vos conneries.

Une tête passa dans l'ouverture et disparut dans un croassement. Max remonta son jeans et actionna la chasse d'eau. Couvert par les gargouillis de l'eau dans la cuvette, il manœuvra avec célérité et en douceur la culasse. Le reflet d'une cartouche entre les lèvres du chargeur lui donna du baume au cœur. Il l'engagea dans la chambre et fit sauter le cran de sécurité. L'objet avait quelque chose de familier. Le moment était mal choisi pour l'examiner. Il reboutonna son Lewis et coinça l'arme sous sa ceinture. Restait à tendre ses poignets de face au Chacal, et prendre les cartes en main au moment opportun. S'il ne parvenait pas à le neutraliser, il pourrait dire adieu à Laura. Il hésita, déchiré entre le désir de lui sauter dessus et la crainte de rater son coup. La dernière image de sa femme le décida. Par malheur, l'autre sur la défensive le devança, lui intima de passer devant. Sa paupière papillotait de l'impatience à la fureur. Max se présenta de trois quarts. Libre sur ses hanches, sa chemise masquait le pistolet. Il aurait parié ses économies que ce minus ne prendrait pas le risque de lui remettre la corde sur place. La confirmation tomba.

- Les mains sur la tête, Ducon !

Lui qui se préparait à l'attaquer de front leva lentement les bras. Un frisson glacé l'envahit, le sentiment que tout allait foirer. Combien de temps demeura-t-il ainsi, les doigts croisés sur le crâne ? Des hurlements s'élevèrent du séjour. Les petits yeux perçants du Chacal obliquèrent vers le bruit tandis qu'un blasphème jaillissait de sa bouche. Une erreur d'amateur. Max bondit et enroula le bras sous son menton. Sa main droite prenant appui sur son biceps, l'autre exerça une formidable pression sur les cervicales du Chacal. On entendit le craquement de ses vertèbres. La nuque brisée, il émit un râle. Sur sa lancée, Max balança son pied dans le haut de son mollet pour le faire plier. Il accompagna le corps dans sa chute puis le traîna dans les toilettes. La porte couina, le contraignit à suspendre sa respiration. Les cris se renouvelèrent. Leur modulation sinistre l'aiguillonna. Il s'empara de son calibre et au passage rafla celui de sa victime qu'il glissa dans son dos. *Résiste bébé, j'arrive...*

Le gibier était devenu chasseur. Se dépêcher.

Kaleb pouvait revenir de ses transactions, surgir d'une minute à l'autre. Max longea le couloir et débarqua sur le seuil du séjour. Sanchez tentait de forcer Laura qui ruait, se débattait avec frénésie. Il lui avait décoché un direct sous le menton avant de la traîner au sol. Le coup avait failli l'assommer, mais sa rage de vaincre l'avait incitée à reprendre le combat. Au cri de fureur de Max, l'Espagnol se redressa d'un bond, sans perdre de vue son arme planquée sous le canapé. Le trou noir pointé vers lui le dissuada de plonger le bras. Il chercha seulement à recouvrer sa décence sur le devant de son pantalon.

- Ne t'affole pas ! Ta femme, je ne l'ai pas touchée. L'autre débile va rappliquer avec une montagne de blé, on l'écarte, on partage et basta, vous n'entendrez plus parler de moi !

Max fit deux pas en avant, se félicitant de pouvoir le trucider de face.

- Fils de pute ! Tu risques de ne jamais le revoir. Il va se casser avec le flouse, s'il ne s'est pas déjà fait descendre. Quand à l'autre, Couille de mes deux billes, tu l'as surestimé, il n'était pas à la hauteur. Qu'est-ce que tu avais prévu pour son avenir ?

- Me débarrasser de lui. Si tu m'as devancé, bravo, tu as rendu service à la société. C'était un vicelard, un sale con.

- Comme toi ! Ma femme, c'était quoi, un acompte ? Tu as foutu ta peau vérolée sur la sienne !

Laura avait rampé au fond de la pièce. La chair à l'extrémité de sa bouche lui brûlait. Dans l'angle de la bibliothèque, ses yeux allaient de son époux à l'agresseur qui cherchait toujours à se dédouaner.

- Ne t'énerve pas, il ne s'est rien passé, je te dis. On va faire part à deux.

Sanchez parlait avec un débit rapide, un œil sur l'arme qui brillait en contrebas, l'autre en attente du troisième larron dans la découpe de la porte. Il se demandait comment Mabille avait pu laisser percer sa garde, pourquoi il n'avait pas refroidi ce crâneur de rital qui était en train de le braquer. Mortifié, il tenta le tout pour le tout et fondit sur son flingue. La suite se perdit dans le prévisible. Un projectile explosa dans sa poitrine. La main sur son flanc gauche, il s'effondra. Au prix d'un effort intense, sa tête se souleva, et retomba. Un filet de sang colora l'angle de ses lèvres.

Près de la cheminée, Laura d'une pâleur marmoréenne psalmodiait d'une voix entrecoupée de sanglots. Max glissa le pistolet sous sa ceinture et s'approcha pour la serrer contre lui.

- Ça va aller à présent.

- Quel cauchemar ! Où est le blond ?

- Je lui ai réglé son compte.

- La police, il faut appeler la police ! Le troisième va revenir, cafouilla-t-elle en se dégageant de ses bras.

- Non ! On n'appelle personne. La ligne est coupée. Et les policiers n'arriveraient pas assez vite. Quand bien même, ils déploieraient le grand jeu et ameuteraient le secteur. L'autre n'est pas stupide, il ne va pas se faire alpaguer comme un bleu. Va dans la salle de bain. Enferme-toi et ne sors pas avant que je te le dise. Je vais l'attendre.

Lorsque je l'aurai désarmé, je te ferai signe pour sonner le commissariat.

De son menton, Laura désigna Sanchez au sol.

- Son portable est dans la poche de son blouson, sur le dossier de la chaise dans la cuisine. On peut téléphoner.

- Non, Laura. On n'y touche pas. Je viens de te dire qu'on n'appelle personne.

- Tiens, prends ton jouet, plus tard tu m'expliqueras comment il est arrivé là.

Elle le dévisagea, refermant les doigts sur le pistolet qu'il venait de placer entre ses mains.

- Chérie essaie de garder ton calme. Si quelqu'un veut entrer en force, tire à bout portant, avec tes deux mains. Mais ce ne sera pas nécessaire. Je vais revenir. Va !

Max déposa un baiser sur son front et la poussa dans le couloir. L'heure n'était pas aux discussions. Une seconde, le dos tourné à l'entrée, pouvait être fatale. Dévoré du désir d'en finir, il vérifia l'état de marche du revolver du Chacal et se posta derrière la porte de la cuisine. Il attendit, l'esprit parasité par le pistolet qu'il venait de remettre à Laura.

Si l'intrus se présentait l'arme au poing. Avec l'avantage de la surprise, il ne le raterait pas. Un quart d'heure plus tard, il perçut le bruit de la voiture qui franchissait le seuil du portail au ralenti. Il aurait eu le temps de boire un café et de se passer la tête sous l'eau.

Kaleb entra en terrain conquis, une mallette à la main gauche. Il se retrouva face au bras armé de Max.

- Reste où tu es ! Ta main droite sur ta tête, vite !

Kaleb leva le bras au ciel en signe de reddition.

- Mauvaise pioche, Dugland ! Tu es fait comme un rat. Les condés sont déjà en route. Fais glisser à terre la valise RTL, en douceur.

La mallette traversa la moitié du couloir et heurta le mur.

- J'avais dit en douceur ! Maintenant, tu déposes ton feu au ralenti sur la malle. Attention, j'ai dit lentement. Laisse ta droite perchée, si tu ne veux pas sortir les pieds devant. Tu vas pouvoir écrire tes mémoires. Finalement plus cool que le programme que te réservait l'hidalgo avec lequel tu t'es acoquiné.

Kaleb saisit son arme sur son nombril, pivota sur la droite et la déposa. En dépit de son infortune, il ricana.

- Tu m'épates, Santelli ! Déconne pas, on va reprendre notre deal de tout à l'heure.

- Dépose aussi ton schlass. Magne-toi ! Un geste de travers et je te stérilise au plomb. Tu finiras comme eunuque dans un sérail.

- Je m'en branle de ton chantage, plutôt crever. Si t'as les couilles, vas-y, tire ! Pourquoi tu tournes autour du pot ?

- Je ne suis pas un tueur. Je veux voir les képis te coffrer.

- Tu as bien refroidi les deux autres…

- Légitime défense. Fais ce que je te dis ! Pose ta lame.

La voix de Kaleb prit l'inflexion d'une langue abandonnée.

- Je ne m'en sépare jamais. Bon, écoute, je vais d'abord l'embrasser, simple superstition. Tu contrôles la situation, tu ne peux pas me refuser. Avec ma main gauche, ce n'est pas pratique, mais je me débrouille. Après ça, rien ne pourra m'arriver

Max contracta son doigt sur la détente.

- Si, te faire descendre. Tu n'es pas obligé d'être con. Pose cette lame !

Kaleb dégagea le poignard, le monta lentement à la hauteur de sa bouche, puis d'un geste foudroyant le descendit sur sa gorge pendant que son autre main au bout de son bras levé exécutait un doigt d'honneur. Le sang gicla. Le malfrat s'affaissa vers l'arrière agité de soubresauts. *Putain de merde !* Max s'avoua l'avoir senti venir. Ce type était cinglé. Pourquoi avait-il attendu au lieu de tirer ?

Le facteur humain lui avait joué un mauvais tour. Il avait sauvé sa peau et celle de Laura, mais la maison était tartinée de macchabées qu'aucun tour de prestidigitation ne ferait disparaître. Ses yeux fixaient la tache qui s'élargissait sous la tête du suicidé. Il l'enjamba, donna un tour de clé et revint vers lui. Sa vie s'enfuyait par jets écarlates de la plaie béante sous son menton. Il vit sa cage thoracique se convulser, puis se raidir avant de s'immobiliser. Max comprit que s'il ne faisait rien, le sang allait s'insinuer sous la porte d'entrée et atteindre le dallage extérieur. Il fonça vers la salle de bain où Laura s'était enfermée.

Elle avait passé un pull et entortillé ses cheveux sur la nuque. L'oreille contre la porte, le pistolet à portée de main, elle avait envisagé le pire. Elle n'avait entendu que des bourdonnements et la voix de son mari qui injuriait le malfrat. Avait suivi un silence inquiétant. Son imagination s'était mise à galoper. Ouvrir à Max fut un véritable soulagement, qui se mua en stupeur quand il la bouscula pour atteindre les serviettes de bain sur leur support. Il les emporta sans explication. La curiosité la propulsa dans le couloir. Max était penché au-dessus d'un cadavre. Elle percuta à la vue de la mare pourpre et du poignard sous le radiateur. Un haut-le-cœur la précipita au-dessus de l'évier de la cuisine.

Un bout de corde dépassait de la poche du gilet du suicidé. Max l'utilisa pour bloquer les serviettes avec lesquelles il lui avait ceint le cou. La température grimpait. Son Lewis et sa chemise maculés d'hémoglobine, il s'épongea le front du revers de la main et appela Laura qui tentait de reprendre son contrôle en nettoyant ses vomissures. La mort l'épouvantait, même si en l'occurrence elle lui avait permis de rester en vie. N'osant imaginer ce qui se passerait si quelqu'un se présentait à la villa, elle ne concevait qu'une seule démarche : appeler la gendarmerie. Max en overdose de tension, au bord de la nausée, entendait ne pas mêler la maréchaussée à cette maudite nuit. Il s'efforça de rassurer sa femme. Prévenir les autorités risquait de leur apporter des problèmes. Le système judiciaire possédait ses failles. On ne décernait jamais de médailles à un type qui venait d'en tuer deux autres, même dotés d'intentions criminelles. Le tout était de s'organiser, de parer au plus pressé. Le plus élémentaire était de se débarrasser des corps et d'astiquer. Une partie de son esprit allait dans son sens. Venir ainsi à bout de trois décérébrés sans foi ni loi susciterait des interrogations. Leur avantage relevait de la chance. Fascinée par le sang-froid de Max, elle partit chercher ce qu'il lui réclamait. À son retour, il avait fait les poches de Kaleb. La montre-bracelet Cartier qu'il lui avait offerte pour leurs cinq ans de mariage se balançait au bout de ses doigts.

- Avec ceux-là, il n'y a pas de petits profits !

Elle prit le bijou et lui tendit la couverture qu'il déplia sur le dallage.

- Ce ne sera pas facile, Laura, mais il faut que tu me donnes un coup de main. Mon colmatage de fortune risque d'être insuffisant. Je vais le soulever par les épaules, toi tu le prendras par les pieds. On l'enroulera dans la couvrante. Je verrai ensuite ce que je peux faire.

- Ce n'est pas toi qui l'as… ?

- Non, il s'est fait hara-kiri. Il n'aura pas supporté l'idée de retourner en cabane.

Laura n'avait pas l'âme à disserter sur le raptus

suicidaire du truand. Au contact des chevilles encore chaudes, sa terreur remonta. Pour ne pas craquer, elle se le représenta la menaçant de sa lame. Il était lourd, mais ils parvinrent à le déplacer. Du sang qui avait suivi le trajet de l'épaule goutta sur le carrelage. Max le coiffa d'un sac-poubelle, l'enveloppa dans la couverture et le fit glisser au sol afin de dégager l'entrée.

- Et l'autre ? demanda Laura.

- Il ne va pas s'envoler, je vais d'abord me changer.

Max fit une boule de ses vêtements que Laura enfouit dans la machine à laver. Comme il se sentait poisseux, il passa sous la douche et enfila du linge propre. Pris par sa tâche, il avait oublié la valise au pied du meuble secrétaire du vestibule. Il n'avait plus qu'à la planquer dans un lieu sûr. Il ramassa le bagage, s'empara des clés de la Mercedes, puis se dirigea vers la porte-fenêtre de la cuisine. Laura s'accrocha à son bras.

- Ne me laisse pas !

Il fallait qu'elle sorte de cette maison où

pleuvaient les cadavres. Conscients de se rejoindre dans la folie du moment, ils se dévisagèrent.

- J'en ai pour cinq minutes. Je vais vérifier si tout est normal. Tu n'as rien à craindre.

- Non ! Reste, ou alors je viens, je veux prendre l'air.

- Je viens de lessiver deux hommes et tu me parles de prendre l'air ?

Elle n'insista pas davantage et attendit derrière la porte-fenêtre.

Dans le jardin, l'air saisit Max à la gorge. Le jour se précisait. Il jaugea les alentours d'un regard circulaire. S'il n'avait pas intégré le clan des non-fumeurs, il apprécierait une cigarette. Il savait à présent que le tabac n'était pas le plus dangereux sur cette terre. Durant ces années passées auprès de Laura, la vie n'avait pas placé l'ombre d'une menace sur son chemin. Voilà qu'il découvrait la méfiance. Il tendit l'oreille. Le vent écrêtait les vagues. C'était du marin, préférable à la tramontane qui rendrait son rapport avec la mer plus périlleux. Il traversa le chemin et dévala la dune. La barque n'était pas arrimée. Il déroula l'amarre, la fixa à son piquet, nivela les traces de son déplacement et remonta.

En bout de l'allée, le véhicule à l'abri dans l'appentis attira son attention. Il était certain d'avoir aperçu un Nissan, avant que Kaleb ne lui entrave les poignets. Laura l'avait confirmé tout à l'heure en qualifiant leur voiture de tank. Lors du transbordement, un échange avait eu lieu pour gagner du temps. Une idée s'insinua en lui. Selon le plan qu'il échafaudait, il tenait en main un as.

Dans le bâtiment, au pied des rames visiblement restituées, il y avait un jerrican. Il dévissa le bouchon et constata qu'il était rempli d'essence. Subodorant les intentions des crapules, il jura. Ces enfoirés voulaient les faire griller.

Il examina l'intérieur de la Mégane : une voiture louée par une société de distribution toulousaine, sans doute fictive. Les clés étaient au tableau de bord. Dans le coffre, il trouva les sacs de sport qu'il avait aperçus sur la malle en bois lorsqu'on l'avait fait passer de la cuisine au séjour. Dans l'un d'eux, il découvrit une torche, deux lampes frontales, de la corde, des gants de cuir, un paquet de Marlboro vide et une boîte d'allumettes. Sur le capot, il essaya d'ouvrir la valise. Le fermoir résista. Il sortit de sa poche la clé découverte sur Kaleb et l'introduisit dans la serrure. Le couvercle se souleva. Jackpot ! Les liasses de billets étaient aussi serrées que des sardines dans leur boîte. La somme pouvait servir à négocier le Carlton. De quoi combler les rêves de Laura qui n'aurait plus à jouer le loto. Après la fatalité de cette nuit, le hasard leur offrait le moyen de se tirer du pétrin, avec en prime un paquet de fric. À lui d'évaluer les risques et d'agir. S'ils gardaient tous deux la tête froide, son plan avait des chances de marcher. Il fonctionnerait.

Max referma la mallette et la déposa sur le Rav. Il allait intervertir les véhicules. La Mégane ne devait pas rester là. Il poussa la Mercedes hors du garage et la remplaça par la Renault. Puis il avança sa voiture jusqu'aux pare-chocs du 4x4 garé dans l'appentis.

Le bagage en main, il se dirigea vers le mur d'angle du bâtiment et le camoufla sous de vieilles couvertures qui lui avaient servi à protéger la Mercedes, au temps où la toiture du garage se délabrait. Il posa dessus une caisse remplie de boîtes de peinture sur laquelle il empila des cartons. Du provisoire. En se courbant, il heurta un rouleau de plastique qu'il avait rapporté un soir pour isoler son atelier. Il le hissa sur son épaule et regagna la cuisine où il désamorça l'interrogation de Laura.

- Pour les emballer sous vide ...

Elle recula pour le laisser entrer.

- J'ai aperçu leur voiture. Ce n'est pas la même ?

- Ils ont échangé leur véhicule. Les volets vont rester clos toute la journée, au cas où quelqu'un se pointerait. Le lundi, c'est mon jour de repos. Notre absence ne paraîtra pas anormale. Je vais essayer de rétablir la ligne téléphonique. De toute manière, il n'y aura rien qui puisse avoir un lien avec cette affaire.

Il se délesta du rouleau dans le couloir et la

rejoignit. Elle changeait le filtre de la cafetière. À ses gestes, il devina son agitation et lui massa les épaules. L'une, meurtrie au cours de sa lutte, la fit tressaillir. Il préféra ne pas s'appesantir.

- On va s'en sortir, chérie, je t'en donne ma parole.

Chérie, ce mot qui ne voulait plus rien dire avait repris son sens. Elle pivota pour glisser les bras autour de sa taille. Ce terrible secret allait les unir jusqu'à la mort, ou les détruire.

- Max, c'est épouvantable, tous ces morts ! J'ai peur qu'on ne réalise pas la gravité de la situation. On n'y arrivera pas.

- Bien sûr que si. À moins que tu ne veuilles abandonner le navire. Je ne peux pas te forcer. C'était ton choix avant cette nuit, non ?

Elle refusa de s'engager sur ce terrain. N'était-il pas un peu *meschino* de lui sortir ce genre de propos au coeur d'une telle tourmente ? Jamais elle n'avait envié autant son self-control et le volontarisme qui l'animaient après l'horreur de cette épreuve. Elle le repoussa tendrement pour le regarder. Il était aussi abîmé qu'une cabane après un ouragan.

- Tu as vu ta mine ? Ton nez est dans un état ! Je vais te préparer une poche de glace.

- Non ! Laisse, pas pour l'instant.

- Max, que recélait la valise ? De la drogue ?

- Non. Un beau paquet de fric, celui de la came.

- Que vas-tu en faire ?

- Rien dans l'immédiat. Il est en lieu sûr. Tu te souviens de l'immatriculation de leur…tank ? Fais un effort, rapide, il me le faut. Si les flics logent le propriétaire du cellulaire, ce sera meilleur pour nous.

Elle se concentra et fit remonter les chiffres dans sa mémoire. Le dernier précédant les lettres ne s'imprimait pas. Elle ouvrit le tiroir de la table, promena sa main quelques secondes à l'intérieur et sortit un calepin muni de son crayon. Au quatrième numéro, elle pressentit un six et le transcrivit. Elle ferma les yeux, visionna l'ensemble et les rouvrit pour examiner le papier. C'était bien ça. Elle en était certaine. Max consulta le carnet. Il eut mauvaise conscience de l'avoir taxée un jour de tête de linotte. Il prit le portable dans le blouson de Sanchez et interrogea la messagerie. Rien. D'une voix neutre, il appela la gendarmerie et décrivit le véhicule, sa position approximative une heure auparavant, et son contenu.

Laura révéla son anxiété en avalant du café.

- Cette saloperie de fric conduira leurs contacts jusqu'ici.

- Aucun risque. Si ces trois crétins manquaient de ruse, ils n'étaient pas si cons. Nul n'est au courant du lieu de leur planque, j'en mettrais ma main à couper.

- Que comptes-tu faire ?

- La mer avale tout. Fais-moi confiance. Plus de vingt-quatre heures sont à notre disposition pour effacer le carnage. En s'y collant illico, on aura le temps de décompresser avant la nuit.

Un seul élément était susceptible de faire remonter les trafiquants jusqu'à eux : la barque. Dans l'immédiat, Max ne pouvait s'en débarrasser. Il s'abstint d'alarmer son épouse avec ce détail.

Ils se resservirent du café puis entreprirent de lessiver le vestibule. Laura s'équipa de ses gants de caoutchouc. Elle comptait s'atteler au carrelage. Il lui enleva des mains la serpillière. Malgré sa volonté de rester forte, il voyait bien qu'elle demeurait sous le choc. Elle se limita à décrasser le radiateur aux traces rougeâtres qui finirent par disparaître. Le pire était l'infiltration sous la malle et la plinthe qui courait le long du mur. Durant plus de deux heures, Max épongea, essora, rinça, transpira et serra les dents pour ne pas céder aux élancements qui câblaient son épine dorsale. Il résista à l'envie d'adresser à Laura une réflexion à propos du coffre en bois qui avait compliqué le travail. Il lutta aussi contre le désir de l'interroger sur le pistolet, et sur ce qui s'était passé dans le séjour avec l'Espagnol avant son intervention.

Quand il fallut s'attaquer à cette pièce, elle flancha à la vue de l'Espagnol en travers du tapis. Elle se dirigea vers la porte-fenêtre pour respirer à travers les volets pendant qu'il dissimulait le haut du cadavre dans un sac poubelle. Après le coup de fil anonyme à la brigade, Max avait retiré des poches du blouson de Sanchez une carte d'identité, un billet de cinquante euros, une paire de lunettes de soleil et un relevé bancaire qui mettait en cause la solvabilité du malfaiteur. Celui-là, il n'aurait pas eu de scrupules à le flinguer deux fois. Son manège sur la plage était le fruit d'une machination bien ourdie. Ils le transportèrent près de Kaleb, en se fustigeant de ne pas avoir commencé le nettoyage par là. La plaie sur sa poitrine avait suinté, du sang s'était imprégné dans le textile. Laura frotta avec de l'eau savonneuse. Ce fut la tache sous sa tête qui se montra la plus récalcitrante. Une auréole subsistait. Vint le tour du blond. La rigidité gagnait Mabille. Couché en chien de fusil, il était presque froid, mais sa mort était propre. Max le dépouilla de ses papiers, lui remit les membres à l'horizontale et l'encapuchonna comme les deux autres pour que sa femme ne perde pas courage devant ses yeux vitreux. En l'aidant à le sortir de la pièce, ses forces l'abandonnèrent, elle dut s'y reprendre à deux fois.

Une corvée restait à accomplir : les enrouler chacun dans le film transparent. Cette ultime précaution, en renfort des sacs-poubelle, retiendrait d'éventuels écoulements. Ils rencontrèrent des difficultés à retourner les corps plusieurs fois de suite sur cet emballage opportun qu'ils rabattirent aux extrémités et scellèrent avec de l'adhésif. À sept heures du matin, les prédateurs alignés en travers du couloir étaient en attente de sépulture. Laura songeait à l'écoeurante condensation en passe de se développer sous ces enveloppes sudorifères. Elle croyait entendre travailler les chairs. Max la raisonna. La décomposition ne surviendrait pas avant quarante-huit heures. D'ici là, le problème serait résolu. Les couches de plastique les préserveraient des effluves.

L'odeur du décapant à l'ammoniaque montait à la gorge. Ils se brossèrent les mains, convenant de passer la maison au crible plus tard. Ce chambardement leur avait donné faim. Laura ne put rien avaler, sinon du Coca avec lequel elle étancha sa soif. Max se rassasia avec un reste de pain d'épices. Après la razzia opérée par les visiteurs dans les placards et le frigo, il ne restait que des poches de légumes dans le congélateur. Il reprit du café avec des analgésiques et des anti-inflammatoires, afin de maîtriser la douleur prête à revenir en force lorsque ses muscles seraient au repos.

Le drame de la nuit commençait à vouloir sombrer dans leur inconscient. Se purifier et dormir devenaient une hantise. Ils se douchèrent ensemble. Longtemps, ils laissèrent couler l'eau sur leur peau. Ce fut une sensation très douce, un apaisement. Laura acheva sa toilette la dernière. Elle sécha ses cheveux, appliqua un baume cicatrisant sur sa lèvre inférieure et appela son mari qui avait gagné la chambre à coucher. La tension de ces dernières heures n'avait pas rendu Max très loquace. Sous la douche, il lui avait caressé le dos, son omoplate contusionnée, puis il l'avait embrassée, un baiser qui aurait pu s'embraser de passion. À l'instant où la chaleur s'était instaurée au plus profond de lui, il s'était esquivé, son désir sabré par la pensée de ne pas être à la hauteur de la tâche physique qui l'attendait.

Laura entrebâilla la porte et prêta l'oreille. Traverser le couloir s'avéra une pénible épreuve. Elle croyait entendre des bruits de pas, d'une poignée que l'on tournait. Les morts ne se levaient que dans les livres. Bien qu'en adéquation avec cette réalité, elle s'avisa que nul ne fût posté en embuscade et rejoignit Max.

Enroulé dans son peignoir de bain, il ronflait sur le lit. Au-dessus de lui, le Christ de Saint Jean de la Croix, dans son cadre sculpté, veillait sur son repos. Mamie Jane avait acheté ce tableau de Dali, à Figueras, en 83. Laura se promit de ne plus blasphémer contre Dieu s'ils réchappaient de cette épreuve. Elle s'allongea et tira le couvre-pied sous son menton. Max entrouvrit les yeux et replongea dans le gouffre de sa fatigue. Serrée contre lui, la pensée barbouillée par des clichés insoutenables, Laura finit par s'endormir.

À midi moins vingt, Max se leva, s'habilla et

quitta la pièce sans bruit. Par la fenêtre des toilettes, il vit qu'une chape de plomb camouflait le soleil. Le vent marin avait l'air d'être tombé. Il passa devant les cadavres alignés et entra dans la cuisine où il commença par boire une demi-bouteille d'eau minérale avec un antalgique. Les contusions avaient sensibilisé son dos, les anti-inflammatoires préservaient sa solide constitution d'une dorsalgie aiguë. Il pouvait remercier le ciel de n'avoir aucune fracture.

Le souvenir de sa conversation avec Laura le ramena près des morts. De la condensation marbrait le film de plastique. Il envisagea une possibilité qui n'avait aucune chance de se produire et fit levier avec son pied sous un des corps. Le sang n'avait pas suinté. Il fit de même avec les deux autres, presque rigides, ce qui faciliterait leur transport. Il rassembla leurs papiers et les jeta dans l'âtre de la cheminée où il craqua une allumette. Longtemps leurs noms resteraient gravés sur le disque de sa mémoire.

Il s'occupa de la ligne téléphonique. La prise avait été arrachée. Un bidouillage de quelques minutes suffit. Le combiné retrouva sa tonalité.

Dans la chambre, Laura dormait. Du couloir, on percevait le souffle de sa respiration. Max en profita et s'engouffra dans la salle de bain. L'objet de sa préoccupation se trouvait sur le plan carrelé où venait s'encastrer la baignoire. Il tourna et retourna l'arme entre ses mains. Son doigt s'arrêta sur une encoche qui estampillait la crosse. Il n'en revenait pas. Il l'examina encore et, tel le fil d'un cocon, les images du passé se déroulèrent dans son esprit. Un matin où il faisait semblant de tirer sur un chat à l'affût des oiseaux, sur la pelouse de l'immeuble, il avait pratiqué cette entaille avec une lime. Il se rappela sa joue en feu et l'effleura de sa main, là où celle du pater familias, rentré inopinément, était venue s'écraser. Ensuite Vittorio Santelli lui avait demandé de ne pas en parler à Mathilde. C'était une affaire d'hommes. Il lui avait raconté la guerre de maquisard du grand-père Santelli. Lors d'une embuscade, le vieux avait raflé ce Beretta 9 mm sur un officier du Duce. Après l'incident, Max, qui devait être dans sa douzième année, avait cessé de manipuler l'arme lorsque ses parents s'absentaient.

Comment le pistolet s'était-il retrouvé dans la voiture de Laura ? Assis dans l'obscurité, luttant contre le malaise qu'engendraient ses questions, il ne l'entendit pas arriver. Elle tremblait de la tête aux pieds, son omoplate lui faisait un mal de chien. Il posa le Beretta et l'étreignit avec un mélange d'inquiétude et de passion. Jamais il ne supporterait de la perdre. Il ferait n'importe quoi pour elle. Laura s'échappa de ses bras pour passer la tête dans le couloir, arguant que les corps ne devaient pas rester là, sinon leurs âmes viendraient hanter leur univers. Mamie Jane prétendait qu'il fallait moins de six heures à l'âme pour quitter l'enveloppe corporelle après le décès. Max la réconforta. Tout allait prendre fin à la nuit. Prise de frissons à la pensée de devoir encore toucher aux cadavres, ses yeux se portèrent sur le pistolet. Elle avait la chance d'être en vie, de pouvoir lui en parler. Bien que précipitant son débit d'explications, elle s'efforça de ne pas l'embrouiller.

- Va piano Laura, sinon je n'arriverai pas à te

suivre.

- Je ne t'ai pas mis au courant, car je pensais que cette arme avait un rapport avec toi…

- C'était tellement plus simple ! Toujours ton imagination. Qu'est-ce que j'aurais pu en faire ? Te flinguer ? Braquer une Banque ?

- Non, mais je n'ai pas confiance en Beauchamp, avec ses filons.

- Je lui envoie des clients, c'est tout. Ce n'est pas parce qu'il lui arrive de me remettre une commission sur une affaire que ça fait de lui un hors-la-loi. Faut arrêter tes fabulations…

Après un silence qu'il mit sur le compte de sa confusion, Laura poursuivit en se rongeant un ongle :

- Procédons par élimination. Si ces crapules n'ont rien à voir avec ce pistolet, il a pu être largué dans le 4x4 à Figueras. C'est l'hypothèse la plus vraisemblable, non ? À moins que ta mère ne se prenne pour Calimity Jane. Je la vois mal manier un flingue. Remarque, le jour où je l'ai déposée chez son coiffeur, elle aurait pu dissimuler l'arme dans son cabas. Maintenant que j'y pense…

Pour détourner le sujet, Max bâilla sur un fond de soupir. Laura disait la vérité, ses yeux parlaient pour elle. Il aurait fallu être sourd et aveugle pour croire à un mensonge. Comment aurait-elle pu savoir qu'une arme roulée dans un chandail était cachée dans l'armoire de la chambre de Mathilde, à Saint-André ?

À dessein, sa mère avait déposé l'arme du grand-père Santelli dans le 4X4. Pour quelle raison ? Procurer des ennuis à sa femme et aggraver leur ménage qui partait en copeaux ? Elle en était capable. Non content de s'être épris de la fille la plus compliquée de la planète, le destin lui avait refilé une névrosée paranoïde comme génitrice. Il s'était donné du mal à la faire passer pour une mère un peu abusive mais normale aux yeux de son épouse. Tout prenait un relief plus aigu. Derrière le masque de la mama dévouée, il y avait quelqu'un d'autre. Jamais il ne lui pardonnerait. Une chose était certaine, en voulant nuire à Laura, ironie du sort, elle leur avait sauvé la vie. Il n'allait pas lui tresser une couronne de laurier pour autant. Cette histoire ferait l'objet d'une mise au point, ultérieurement.

Laura lut dans ses pensées. À brûle-pourpoint, elle demanda :

- Tu crois que c'est ta mère qui… ?

Max, qui dans les pires circonstances ne perdait pas l'appétit, éluda la question.

- Ça me paraît surréaliste. Mais il est midi et j'ai besoin de reprendre des forces.

Ils se félicitèrent de tomber sur un plat de lasagnes au parmesan oublié au fond du congélateur. Max alluma le poste de radio tandis qu'elle plaçait la barquette de pâtes dans le four micro-ondes. La météo prévoyait un ciel nuageux, un vent faible, une mer peu agitée.

- Pourvu que le temps ne se détraque pas d'ici minuit, bougonna-t-il en déplaçant le curseur.

Le soleil avait percé la chape. Ses particules qui s'éparpillaient sur le massif des Albères se faufilaient par les interstices des volets. Laura recommença son nettoyage, là où les scélérats avaient promené leurs mains. La fatigue décuplait son obsession de la propreté. La perspective de devoir rester terrée, dans la promiscuité des cadavres, sans pouvoir s'aérer ne serait-ce que quelques minutes, faisait pression sur ses nerfs. Max réprouva son idée de sortir.

- Ce serait prendre des risques inutiles. Ce n'est qu'un mauvais moment à passer. Dès la nuit tombée, il faudra aussi oublier la lumière directe. Et si tu ne veux plus vivre ici, si tu ne peux plus supporter, nous vendrons.

En sortant le plat du four, elle lui jeta un regard de pie-grièche qui s'apprête à empaler sa proie.

- Jamais je ne changerai ma vie par la faute de ces trois pourris !

- Tant mieux. En restant ici, nous n'éveillerons pas de soupçons. Cesse de t'agiter avec cette éponge, tu me donnes le tournis.

Pour rien au monde, elle ne quitterait ce lieu, bien que la villa si reposante avec ses murs aux dégradés de bleus, ses aquarelles et ses tentures aux teintes marines fût devenue le port de l'angoisse depuis l'irruption de ces barbares. Au début de leur installation, il lui avait dit : « Le ciel, la mer, les voilages, les coussins, méfie-toi, trop de bleu tue le bleu ». Une nuit de colère et de sang avait suffi pour rendre cette couleur insupportable, voire maléfique.

Le revirement de Laura soulagea Max. La spontanéité de son refus de déménager ratifiait une comédie auparavant. Pour l'obliger à rester près de lui, il n'aurait pas à la ligoter. Il s'en félicitait en dévorant ses lasagnes lorsqu'un bulletin d'informations attira son attention.

Dans la matinée, à la hauteur de Narbonne, lors d'un contrôle conjoint de la gendarmerie et des douanes, un Nissan de couleur noire avait forcé le barrage. Pris en chasse par les motards, les fuyards avaient fait usage de leurs armes et blessé un des poursuivants. Au cours de la riposte des forces de l'ordre, le chauffeur du Nissan n'était pas parvenu à redresser le véhicule dont le pneu avait éclaté. La voiture s'était encastrée dans un platane, tuant sur le coup ses deux occupants. Fichés dans le milieu de la drogue, les individus convoyaient de la cocaïne. L'affaire avait été menée en urgence par les services concernés, sur un appel anonyme. Les sources autorisées évoquaient un début de guerre de gang.

Max donna un coup de poing de satisfaction sur la table.

- Tu vois, notre étoile ne nous abandonne pas. Le lien est rompu avec nos trois visiteurs !

La tête dans ses mains, Laura marmotta :

- Restent les commanditaires qui ne vont pas faire une croix sur le fric.

- Cesse d'être pessimiste. Ils ne sont pas au courant de notre existence.

Max déplorait le défaitisme de sa femme. Pour atténuer la douleur de son épaule, elle suçait des granules d'arnica. Par intervalles réguliers, elle lui en refilait, lui qui n'avait jamais douté de l'inefficacité de ces thérapies. Ces pilules étaient censées aider son nez à désenfler.

Laura le regarda boire son café. Il comptait gagner l'appentis et préparer le moteur de la barque avant la nuit. Par bonheur, Kaleb ne l'avait pas repéré en cherchant les rames. Elle s'emballa à l'idée de pouvoir s'oxygéner pendant qu'il ferait le plein du réservoir. Quand il pointa le nez dehors, elle se glissa derrière lui et laissa ses poumons s'emplir de la douceur des éléments. Avec précaution, elle se dirigea vers le portail : le meilleur angle d'observation sur les quatre-vingts mètres de la voie d'accès à sa droite et sur la grève à sa gauche. Rien de nouveau sous le soleil. La mer et le vent poursuivaient leur lutte. Des habitués de la crique s'ébattaient sur la plage avec deux bambins.

Max attendit le feu vert pour s'engouffrer dans le bâtiment. Sur le mur du fond, un panneau de contreplaqué masquait l'entrée du réduit où il remisait son Mercury 20 CV, racheté à son patron, une sorte de cagibi, sans accès extérieur, pris en sandwich entre l'appentis et la cabane à bateau. Le week-end, il y bricolait lorsque la mer n'offrait aucune sécurité ou que Laura renâclait à faire l'amour. Il déplaça la plaque de bois et s'empara de la lampe baladeuse suspendue à la solive qui traversait le mur. Une souris se faufila entre ses pieds au moment où il enlevait la bâche de protection du moteur sur son berceau.

Il partit chercher le jerrican des malfrats avec lequel il fit le plein du réservoir. Ensuite il rassembla le matériel dont il avait besoin, tout en réfléchissant à la meilleure façon de transporter les corps. En prolongement de ses réflexions, il se remémora l'appel reçu par Sanchez. L'horaire de départ des deux individus coïncidait à une demi-heure près à la réception de la marchandise. Était-ce aux alentours de deux heures ? Ce souvenir restait imprécis. Le prochain rendez-vous serait certainement prévu au même endroit. Il se mettrait en route aux alentours de trois heures. Laisser une marge d'erreur. Les narcotrafiquants auraient fini d'espérer leurs commissionnaires. Même si le cabin-cruiser croisait encore dans le secteur, les circonstances l'astreignaient à courir ce risque.

Il récupéra son portable dans la Mercedes et rejoignit Laura qui revenait de son poste de guet, le courrier dans la main : une lettre du crédit de la villa et des publicités. Le facteur avait dû passer entre neuf et onze heures.

Le lundi était un jour sans surprise. Si la chance ne tournait pas, aucune présence ne les menacerait.

Les craintes de Laura s'accrurent. Tout allait si mal, comment la chance pouvait-elle arranger la situation ? Elle croyait percevoir le froissement de l'enveloppe plastique autour des trépassés. La condensation provoquait ce bruissement. Max lui assura le contraire en dépliant sa carte marine sur la table de la salle à manger. Il étudia les courants, la distance à parcourir, calcula le cap qui l'intéressait avec son compas de poignet. Ce qui l'attendait était hasardeux. Un GPS marin lui aurait facilité la tâche. Si les cadavres étaient charriés au large de l'Espagne, les gardes de côtes espagnols pencheraient pour un règlement de compte entre passeurs d'émigrés en provenance d'Afrique.

Un long moment, il resta concentré au-dessus du document, en oubliant les lamentations de sa femme. Quand il pensa avoir enregistré les données, il retira son matériel de plongée et sa combinaison du placard. Il déposa le tout sur la malle en bois, vérifia les piles de sa torche et ôta les lests de la ceinture. Dans le filet à poissons, il enfourna les armes et les objets personnels des visiteurs. Puis il ôta son jeans, son tee-shirt qu'il plia en les compressant pour les placer dans une sacoche étanche. Il y ajouta ses espadrilles, son portable et ses lunettes de soleil. Laura sortait de la salle de bain où elle avait programmé la machine à laver. Elle le considéra dans sa tenue d'Adam, abasourdie.

Max avait prévu tous les cas de figure. Rater l'entrée de la crique et se retrouver dans l'obligation de revenir à pied n'étaient pas exclu. L'idée qu'il pût courir de graves périls la liquéfia.

XII

Si l'esprit de Max tournait à plein régime, son corps avait besoin de détente. L'image du malfrat se tranchant la gorge interférait dans ses calculs. Il s'engouffra dans la cuisine et avala un autre café. Laura lui prépara une poche de glaçons avec laquelle il se traîna jusqu'à la chambre. Il s'affala sur le lit, la moitié du visage sous sa compresse sibérienne. Laura ne fut pas longue à venir le retrouver. Il la considéra pendant qu'elle farfouillait dans l'armoire en maugréant après le sort.

- Ces salopards nous ont fourrés dans un merdier inimaginable. Pourquoi nous ont-ils choisis ?

- La loi des probabilités, Laura. La Mouette est

une planque idéale.

Elle s'étendit à ses côtés tandis qu'il se débarrassait de la poche de glace sur la table de nuit. Il serra sa femme contre lui et s'infligea d'en rester là. Mais s'éveilla en lui une sensation qu'il connaissait. La fureur de ces dernières heures avait fait grimper sa testostérone. Laura frissonna et sa voix se brisa dans un sanglot :

- J'ai peur !

Il bascula et posa sur sa bouche un baiser léger comme un papillon. Elle entrouvrit les lèvres et noua ses bras autour de son cou. Cessant alors de ruser avec ses sens, il commença à lui arracher ses vêtements.

- Arrête Max, je ne pourrai jamais !

- Si, tu peux ! Détends-toi. Pense à ce paquet de blé qui nous attend pour faire la fête, voyager, vivre…

- Et aux trois autres à côté.

- Du gibier de potence, des assassins, dit-il en se débarrassant de son slip.

Des fumiers qui juraient et souillaient déjà leur univers en fomentant leur meurtre. Ils avaient cessé d'exister. Ceux qui veulent construire leur bonheur en faisant le malheur des autres le payent un jour ou l'autre.

Laura n'offrit qu'une faible résistance aux mains qui la plaquaient au matelas. Une houle la souleva et lui arracha une plainte que Max étouffa de ses lèvres. Déjà, elle s'accordait à lui, une onde de chaleur imprimait à ses hanches le rythme des vagues. Lentement, ils se laissèrent emporter par le plaisir qui les consumait. Le téléphone les dégrisa.

- Maudit soit celui qui … échappa Max.

- Mathilde ! Encore ta mère.

Sur fond grommelé, il lui souffla à l'oreille :

- Qu'elle aille au diable !

Un point sur lequel elle le rejoignait toujours.

Une douche plus tard, Laura considéra son mari. Sa capacité de récupération l'avait toujours étonnée. Les yeux clos, la respiration régulière, il reconstituait ses forces.

Il sortit de sa torpeur pour détruire ce merveilleux répit qu'il marqua de sa jalousie. Des questions trottaient dans sa cervelle depuis qu'il avait vu sa femme aux prises avec Sanchez. La manière dont l'Espagnol l'avait soustraite aux harcèlements lubriques du Chacal ne dissipait pas l'équivoque. Laura détesta évoquer ces instants. Par ses insinuations, Max engageait sa responsabilité dans le drame. La mélodie du téléphone la dépouilla de sa répartie. La personne à l'autre bout finit par capituler. Et le silence revenu, Max oublia les reproches en évoquant la corvée qui l'attendait.

- Après le coucher du soleil, j'irai mouiller la barque pour gagner du temps. La nuit sera vite là. Avec elle, le bout du tunnel.

- N'oublie pas que le hasard et la fatalité sont là où on ne les prévoit pas.

- Les mafieux n'approcheront pas de la crique. Ils ne connaissent ni les fonds ni les écueils. Le bateau se tiendra au large. Après minuit, ils vont essayer de joindre Sanchez. Et crois-moi, sans signe de vie de l'artiste, ils ne vont pas s'éterniser dans les parages. Ils sont peut-être au courant de la saisie des douanes. Après ma virée, aucun indice ne subsistera. On reprendra nos habitudes, comme si rien ne s'était passé.

L'inquiétude se lisait à livre ouvert sur le visage de Laura. Elle s'efforça de reprendre son assurance.

- Je veux te suivre pour t'aider.

- Pas question, mais je vais quand même avoir besoin de toi.

Au crépuscule, Laura jugea oppressant de se déplacer dans l'obscurité. Cette mesure de sécurité prit tout son sens lorsqu'un véhicule fit demi-tour et s'arrêta devant le portail. Quelqu'un en descendit, atteignit l'entrée en courant et s'excita sur la touche du carillon. Des coups martelèrent la porte. Max en déduisit qu'il s'agissait d'un homme, sans doute un démarcheur ou un client du garage qui connaissait son adresse. Il intercepta sa femme qui tentait de l'identifier en décrochant les volets de la cuisine. Le visiteur contourna la maison et retourna vers sa voiture. Le ronflement du moteur s'enfonçant dans le chemin, Max intima à Laura de ne plus prendre ce genre d'initiative. Il fallait se contraindre à ne pas commettre d'imprudences, sinon que leur réservaient les heures à venir ?

Cette visite cessa d'être un mystère la minute suivante. Une carte de visite avait été glissée sous la porte. Max enjamba les cadavres pour l'atteindre.

- Pas de quoi s'alarmer. C'était Beauchamp ! Il n'a pas réussi à me joindre sur le portable. Francis prospectait dans le coin, il a voulu voir si nous étions là.

Elle parcourut le bristol et le lui rendit perplexe.

- De quelle nature est son urgence à celui-là ?

- Je n'en sais rien. Je verrais demain.

- Il doit revenir ?

- Il n'y a aucune chance puisqu'il me dit de le rappeler.

Max avait mis la télévision en sourdine. Chômage, licenciements, voitures qui flambent, ministre qui s'insurge, menaces d'attentats qui sèment la merde dans les commissariats, et en prime, les images vidéo : le Nissan en accordéon, son chargement. Les informations reprirent les données du flash de treize heures. Aucune précision sur la provenance de la coke, ni sur le coup de fil qui avait alerté les forces de l'ordre.

Sur le divan, les jambes repliées sous elle comme un chat, Laura ruminait la situation : les cadavres, l'effort à fournir pour s'en débarrasser, la mer imprévisible, la vedette des douanes, le danger. Et la fatalité qui rôdait. Pour eux, les infos allaient continuer en trois dimensions. Son bol de thé entre les mains, elle exprima ce qui la taraudait :

- Tu vas t'y prendre comment ?

- Ne t'inquiète pas. Le vent a l'air de s'être couché avec le soleil.

- Et leur voiture dans le garage ?

- Chaque chose en son temps.

Savoir qu'il prévoyait un après lui réchauffa le

cœur. Sa main se tendit vers le visage de son mari, palpa délicatement son nez qui semblait désenfler au profit d'une coloration violine en progression sous l'œil.

- Tu me fais peur Max. Tu es trop sûr de toi.

- Heureusement. Rien ne doit être laissé au hasard. Il faut évoquer le pire des scénarios, même si je suis convaincu qu'il ne verra pas le jour.

Laura n'opposa aucun argument au déroulement de son plan. Elle fit preuve de compréhension, à tel point que Max fut sur le point de l'avertir des démarches personnelles qu'il avait entreprises au mois de mars. Par scrupule, il y renonça. Lui laisser de faux espoirs la bouleverserait davantage s'il ne revenait pas.

Une mélodie de boîte à musique le précipita dans le couloir. C'était le portable de Sanchez. Il plongea la main dans le filet à poissons. Derrière lui, Laura ouvrait de grands yeux.

- Rien sur la boîte vocale ?

- Non. Ils ne laisseront pas de traces. À mon avis,

ils ont eu vent de l'affaire par la radio. Ils savent qu'ils se sont fait baiser.

Laura fit cuire des pâtes. Les sucres lents renforçaient l'endurance physique. Ils en avaient besoin. Max mangea peu, dormir une ou deux heures primait. Tentative infructueuse. Dans l'obscurité de la chambre, il n'eut de cesse de dévider le fil de ses intentions. Vers une heure et quart, le téléphone de Sanchez l'arracha à ses conjectures. Il se leva, enfila un chandail sur son tee-shirt et décida d'aller mouiller l'ancre. En passant près de la malle, il écouta la boîte vocale du portable de l'Espagnol. Aucun message.

Laura qui essayait de s'intéresser au programme télévisé le rejoignit dans la cuisine. Son survêtement soulignait ses formes, et sous la lumière du lustre, ses yeux paraissaient plus verts. Il y avait dans leur expression une détermination mêlée d'effroi. L'espace d'une seconde, Max eut la certitude que leur mariage était en train de devenir solide comme un roc.

En le voyant boire de la Contrex au goulot, elle lui désigna le tube d'arnica dans le compotier.

- N'oublie pas d'en reprendre. Je vais refaire du café.

- Je viens d'avaler deux cachets de vitamine C. Je vais préparer la barque.

- Va, je me chargerais de la surveillance. *Un vrai bonheur que de respirer de l'air pur.*

XIII

Le ciel avait dû se couvrir en fin de soirée : les étoiles étaient rares. La lune jetait quelques traînées d'argent au-delà de la ganse d'écume. Sur la grève, Max écoutait le silence de la mer. Les images de ces dernières heures s'entrechoquaient dans sa tête, lui donnaient l'impression d'émerger d'un scénario d'Hitchcock. Les circonstances avaient fait de lui un meurtrier. Ses remords étaient absents. Sa préoccupation majeure était de faire disparaître rapidement traces et indices. Pour cela, il devait lutter contre ses craintes. Il commença par retourner dans l'appentis chercher le moteur dans le réduit.

Pour localiser l'interrupteur, il buta contre un des

sacs des scélérats. Leur contenu pouvait lui être utile. Dans l'un d'eux, il retira une lampe frontale dont il ajusta le serre-tête. Ce serait plus discret que le faisceau d'une torche repérable de loin. Ses mains resteraient libres.

Quand il ressortit, Laura faisait les cent pas derrière la haie de lauriers-roses. Elle l'escorta jusque sur la dune. L'inclinaison vers le rivage n'offrait guère de couvert, mais à cet horaire les risques étaient négligeables.

Max fit d'autres navettes avant de fixer le Mercury à son tableau et le réservoir sous le siège de la barque. Les tuyauteries branchées, il retroussa son jeans sur ses jambes et poussa l'embarcation à l'eau. Les vagues balançant la coque, il jeta l'ancre et se hissa à bord. Puis il ouvrit le robinet d'arrivée d'essence, mit le contact et actionna le lanceur pour expulser l'air. Plusieurs fois, le moteur toussa et s'étouffa avant de démarrer. Il le laissa tourner au ralenti.

Les bras croisés sous sa poitrine, Laura allait et venait, les baskets saturées de sable. Max distinguait sa silhouette. Il coupa les gaz et d'une voix sourde lui cria de rester sur le chemin. Elle ne devait pas laisser deviner sa garde. Que ferait-il si elle s'offrait un face-à-face avec un pékin ?

Elle remonta d'un mètre. L'impatience l'agitait. Bien que dépassée par les événements, elle parvenait à dominer sa peur.

Plus tard, lorsque Max se glissa dans la peau du croque-mort, elle s'arma de courage et examina les cadavres avec lui.

Les bandes autocollantes avaient maintenu fermés leurs linceuls. Prier pour que l'adhésif ne lâche pas avant d'amorcer la descente vers la grève. Max voyait mal le sang du suicidé se répandre sur les pavés de l'allée. Il avait autre chose à faire que de déstocker le kärcher. En quête d'un cutter, il monta en chercher un à l'étage, dans le tiroir du bureau. Le plastique emmagasinait l'air. Et il savait quels dégâts les matières synthétiques pouvaient occasionner sur la faune marine. En redescendant, il passa par le cellier afin de prendre un sac-poubelle qu'il logea dans la poche arrière de son jeans. Il considéra un instant sa cargaison et ouvrit la porte. Un long trait de lumière s'échappa dans la nuit.

Il commença par saisir le plus lourd sous les épaules. Laura serra les dents et empoigna les jambes réunies de Kaleb. Le truand pesait autant qu'un âne mort. Elle songea au proverbe arabe *seul, celui qui porte la charge sait combien elle pèse.* Le seuil dépassé, elle lâcha prise pour refermer. Elle reprit son fardeau sur quelques mètres, éprouvant l'urgence d'une pause avant d'atteindre le portail. L'effort venait de réveiller la douleur dans son épaule, et ses doigts dérapaient sur le film plastique. La partie qui avait reposé sur le carrelage était trempée.

- Tu t'y prends mal. Attrape-le à pleins bras, lui conseilla Max.

- Facile à dire ! C'est gluant, mes mains glissent.

- Uniquement de la condensation qui s'est produite entre son dos et le carrelage. Dépêchons-nous !

- Avec ces relents purulents, je n'y arriverai jamais.

Max s'échauffa.

- Arrête ces conneries ! Sa mort ne remonte pas à vingt-quatre heures. Ce n'est pas le moment de faire la fine bouche. Il faut traverser le chemin. Je le traînerai ensuite jusqu'au rivage. Allez !

Ravalant sa répulsion, elle agrippa la marchandise. Max déposa le corps avant d'amorcer l'inclinaison vers la dune et s'épongea les tempes avec sa manche.

- Reste en faction une seconde. Je fonce jusqu'à l'appentis.

Il revint avec le taud d'hivernage de la barque qu'il déplia à terre. Laura dont les membres tremblaient par intermittence le regarda rouler Kaleb sur la bâche. Il s'empara de deux bouts de la toile, les plaça sur l'épaule et tira son traîneau improvisé jusqu'à l'eau. Sur la grève, il reprit son souffle et chargea le cadavre sur son dos. Les derniers mètres franchis, non sans mal, il le bascula dans l'embarcation. Après un temps de récupération, il se hissa à bord et sortit le cutter de sa poche. Sous le filet de lumière en provenance de son front, il trancha de bas en haut le suaire transparent. Du sang se répandit sur ses mains.

L'odeur douceâtre lui poigna la gorge. En s'aidant du pied, il retourna le corps et joua encore de sa lame.

Il arracha les couches de plastique qui ensachaient la tête du mort et les tassa à l'intérieur du sac-poubelle, avec les serviettes qui avaient servi à lui colmater la carotide. En y joignant la couverture et les autres découpes sanguinolentes, le dégoût lui contracta l'estomac. Il ne voulait pas prendre le risque de déposer le sac à l'entrée du chemin, sur le lieu de ramassage des ordures ménagères. Sur le trajet de son travail, il le larguerait dans un container.

Au fond de la barque, une flaque sombre s'élargissait sous Kaleb qu'il repoussa contre la paroi. Cela n'avait pas d'importance. Il n'aurait pas à briquer la coque. Subitement, il n'était plus sûr d'avoir eu raison de laisser la police en dehors de cette affaire. Mais, c'était trop tard. Jusqu'où peut-on aller pour se protéger sans risquer de mettre sa liberté en péril ?

L'heure tournait. Max se rinça les mains et rejoignit Laura qui poursuivait sa surveillance.

Pour emporter Mabille, il se dépassa en force. En revanche, il refusa l'aide de sa femme quand ce fut le tour de Sanchez.

Jamais la distance de la villa à la grève ne lui avait paru aussi longue. Le trio réuni, en partance pour le jugement dernier, il bâcha l'embarcation avec le taud et regagna le rivage en sueur. Restaient les sillons creusés par la toile. Il les effaça en barattant le sable de ses pieds. Laura participa, se défoulant à cette gymnastique. La sentir si complice lui fit éprouver une profonde satisfaction. Loin d'être rassurée, elle l'interrogea sur la suite des opérations :

- On fait quoi maintenant ?

Il tourna la situation en dérision.

- On fait gaffe ! À présent, le grand méchant loup va aller mettre les trois petits cochons dans la saumure.

Il avait laissé la poubelle contre le rocher. En redescendant la chercher, il s'attarda, scruta la nuit, et la mer. Soudain, à l'unisson avec elle, il l'aimait tant. Sa montre affichait trois heures moins vingt. Aucune menace ne transpirait des ténèbres. Max remonta en courant.

Dans l'appentis, il se mit en quête de la hache avec laquelle il fendait le bois de chauffage. Quand il l'eut trouvée, il inversa les voitures. Le 4x4 en première ligne, devant l'entrée du bâtiment, dispenserait Laura de manœuvrer s'il devait la mettre à contribution. Sur la route, le Rav serait moins repérable que la Mercedes.

Pour se débarrasser des sacs de sport des intrus, une deuxième poche à ordures fut nécessaire. Avant de ligoter l'ouverture, il y ajouta le blouson de l'Espagnol. Il stocka le tout derrière la porte du cellier. Ses reins lui faisaient mal. Pas question de penser aux antalgiques qui éradiqueraient la douleur, mais le priveraient de sa vigilance. Il but à grandes gorgées un fond d'eau minérale et partit se rafraîchir le visage au robinet de la salle de bain. Laura lui proposa ensuite un café corsé.

Il la fit pivoter contre lui et riva ses yeux aux siens.

- Tu te souviens de ce que je t'ai dit ?

Elle se déroba et rassembla ses cheveux sur la nuque. La maison délivrée des présences maléfiques lui procurait un soulagement ineffable.

- Évidemment, je m'en souviens. Tu crois que tu pourras te rendre au garage à neuf heures comme si de rien n'était ?

- J'y compte bien, c'est même indispensable. Je me rattraperai en sommeil la nuit suivante. Tu vas devoir user de tes dons pour camoufler mon ecchymose.

Laura prit le ton conciliant d'une fautive qui cherche à se faire pardonner :

- À neuf heures, j'appellerai Maître Blois...pour qu'il annule.

Elle épia sa réaction. Une fesse sur le coin de la table, il se concentra sur son café avant de lâcher :

- Si je ne suis pas là à neuf heures et demie, dernier carat, tu préviens la gendarmerie. On est rentré hier soir de week-end. Ton mari est parti faire une pêche de nuit.

Dans la fumée de la tasse, il poursuivit en

baissant le ton :

- Dans l'appentis, sous les boîtes de peinture, tu trouveras de quoi survivre à ton deuil. Attends au moins six mois avant de taper dedans.

- Arrête ! Quel cynisme. Et si les billets étaient faux ?

Deux rides se creusèrent entre les sourcils de Max qui ingurgita son café et disparut dans le vestibule.

- Ça me ferait mal au ventre de risquer ma peau pour des quetsches !

Sa phrase resta sans écho. Il se glissa par contorsions dans sa combinaison de plongée, ajusta la ceinture et fixa au mousqueton la sacoche étanche contenant ses vêtements et son portable. Le compas attaché à son poignet droit, il vérifia sa montre de plongée à l'autre, puis sangla la gaine de son poignard à sa jambe. Laura renouvela ses recommandations pendant qu'il rassemblait son équipement :

- Sois très prudent, avec un tel chargement…

- Sans feux de position et bas sur l'eau, je serai

difficilement repérable.

- C'est de la folie. Le retour que tu as prévu va t'exposer à tous les dangers.

- Je joue la carte de la sécurité. Le diable est dans chaque détail.

Après s'être saisi de la torche sous-marine, de la hachette, des palmes et du filet rempli des armes des voyous, il lança la lampe frontale à Laura qui l'attrapa au vol.

- Tu t'en serviras pour remonter à la maison. Tu te barricades et tu te mets en roue libre. Go ! Il faut y aller.

Laura referma et plaça la clé entre ses seins. Dans son accoutrement, Max se sentait à l'étroit. En dévalant la dune, il fut soumis à une montée de sueur. Il crut que c'était la faute du maillot sous sa combinaison. L'humidité sur la grève chassa cette impression.

Il retira le taud et répartit son attirail dans la coque. Sur le sable, Laura l'aida à plier la bâche qu'il se pressa d'aller remiser. Les bras croisés, elle l'attendit, fascinée par l'oscillation de l'embarcation et sa cargaison. Dans l'au-delà, Osiris offrait une nouvelle vie à ceux que la mort emportait sur la barque funèbre. Laura implora sa mère de ne pas remettre ces trois-là sur son chemin.

Max déboula derrière elle avec un parpaing et un rouleau de fil de fer. Il largua le tout dans la barque. Les pieds léchés par les vagues, ils échangèrent un baiser sans fin. Elle le serra à l'étouffer. Il chercha à voir son visage en se rappelant ce qu'elle lui avait dit un soir : ne jamais regarder les yeux de l'être aimé sous la lune naissante, sous peine de s'attirer les foudres d'Éros. Le moment était plutôt bien choisi pour évoquer ce souvenir. Il s'enfonça dans l'eau en tapotant le sac suspendu à sa taille.

- Le portable est en lieu sûr. Si je ne suis pas en mesure de revenir à la nage, je me dirigerai sur la côte la plus proche. Tu viendras me récupérer avec le Rav.

- Je vais mourir d'angoisse. Fais attention. Je t'aime.

Cet aveu était devenu aussi rare que le caviar au pique-nique ces derniers mois. Sans doute fallait-il que quelque chose de bon sorte de cette aventure.

- Tu n'as rien à craindre, je serai avec toi pour le petit-déj. Dépêche-toi de remonter à la maison.

Ses pêches lui avaient appris qu'on pouvait naviguer des heures sans entrevoir une embarcation.

Laura partit en crabe pour ne pas le perdre de vue.

Une fois à bord, il leva l'ancre et attendit de ne plus discerner sa silhouette pour actionner le lanceur. Le moteur rugit. La vieille barque déjaugea, se stabilisa et prit la sortie de la crique à la lueur de la lune. Le miroitement des flots offrait peu de visibilité. Un œil sur l'aiguille phosphorescente de son compas et la poignée des gaz à fond, Max garda le cap.

Sous l'emprise du large, le froid le traversa tandis que l'étrave déchirait quelques bancs de brume rampant sur l'eau. Au bout d'une demi-heure, l'adrénaline qu'accumulait son impatience se rua dans ses veines. À mi-chemin de son parcours, il commença à semer les armes et les objets de ses passagers par-dessus bord.

XIV

Laura rejoignit la villa et s'y enferma à double tour. Une coque calfatée où planait l'ombre des truands. Elle releva ses cheveux et enfila ses gants de caoutchouc, résolue à parfaire le nettoyage du rez-de-chaussée. Elle possédait ses rites de purification ; sa thérapie de sérénité. L'odeur du solvant couvrit bientôt celle qui la hantait. Elle s'acharna sur la tache rebelle du tapis. L'auréole finit par disparaître. De pièce en pièce, elle s'activa, rangea, replaça les meubles en traquant d'éventuelles empreintes. Le souffle de la propreté n'en atténua pas moins son angoisse. Devant un café, elle se perdit en conjectures sur l'expédition de Max. Elle ne pouvait rien contre la mer. Contre la fatalité, il lui restait ses superstitions. Elle décida de les mettre en pratique en se faisant couler un bain. Sur la table de la cuisine, elle disposa une photo de son mari, alluma une bougie et cône d'encens, puis traça autour un cercle avec du gros sel avant de se recueillir : murmure secret dans ses veines. Quand la vie se réduisait à une attente, une question capitale, Laura avait parfois recours à ce rituel. Max lui aurait dit qu'il lui manquait une case de se livrer à de telles âneries. Elle ne lui demanderait jamais de comprendre. C'était une affaire entre elle et Mamie Jane. Cela ne coûtait rien d'essayer.

Dans l'eau floconneuse, Laura se frictionna un long moment avec le gant de crin. Elle s'inonda ensuite d'eau de toilette et noua en turban une serviette autour de sa tête. Appeler Max sur son portable la tenaillait. En même temps, le contraindre à ouvrir le sac ne ferait que le retarder, l'énerver, et ses nerfs ne résistaient à pas grand-chose. Morte d'anxiété, elle se résigna en ressassant ce qu'il lui avait répondu lorsqu'elle avait émis l'hypothèse de faux billets. Il aimait l'argent. Pour lui, la vie était une aventure audacieuse. Comment pourrait-elle lui reprocher d'échafauder des projets ? S'ils n'avaient pas connu de vrais problèmes de trésorerie, ils ne roulaient pas sur l'or. Les dépenses allaient bon train. Ses produits de beauté, ses toilettes et autres fanfreluches engloutissaient l'intégralité de ses droits chaque année, et encore, elle s'estimait raisonnable. Bientôt le chèque adressé au Téléthon se réduirait à un seul zéro. Afin de ne pas alarmer Max, il lui était arrivé de réclamer à son éditeur une avance avant la date ratifiée.

Ce pactole tombait à pic, même si sa présence dans l'appentis ouvrait la porte à de noirs pressentiments. À l'approche de l'aube, une vague d'effroi la réduisit à une attente interminable, une attente qui tenait en suspens leur avenir.

En saisissant sa brosse à cheveux près du lavabo, son regard achoppa sur une pièce métallique. La clé était posée contre sa boîte à maquillage. Elle la considéra, envahie par la tentation d'aller examiner le contenu de la mallette. Finalement, elle la rangea parmi les fards et les flacons. Bon sang, Max avait intérêt à revenir sain et sauf !

XV

Le contact coupé, l'embarcation courut sur son erre. Max avait atteint le lieu d'immersion. Il enjamba les cadavres et se pencha pour saisir Sanchez sous les aisselles. Il lui avait réservé un traitement de faveur. Il le tira à lui et passa le haut de son corps humide de sang par-dessus bord. Puis il déroula le fil de fer et lui fit traverser le parpaing. Il le noua solidement et enroula le reste autour de la taille de l'Espagnol. Aucune chance qu'il ne remonte à la surface. Il l'agrippa par la ceinture et commença à le faire glisser, en surveillant la gîte de la coque afin de ne pas embarquer un paquet de mer. Il accompagna sa descente en le retenant par les jambes du pantalon. Sur sa lancée, il fit suivre le bloc de ciment. La barque oscilla et reprit son assise. Max roda sa technique avec Mabille pour terminer par le plus volumineux. Kaleb lui donna du fil à retordre. Il trouva la force de le basculer, mais sa tentative pour se redresser faillit le faire plonger à son tour. Dans le mouvement, un reflux de bile lui emplit la gorge. Il mit cet incident sur le compte de l'effort et attendit que les spasmes se calment dans son abdomen.

Les corps avaient coulé. De la viande froide soumise à la curée de la poissonnaille. Leur disparition ne bouleverserait pas l'ordre universel.

Max se sentait plus à l'aise. Il avait de la place pour se mouvoir. Du crachin suintait du ciel, brumisait son visage. À force de ne pas vouloir s'encombrer, il avait oublié le thermo que Laura lui avait préparé. Au fil des minutes, il risquait de le regretter, moins que la torche, la dragonne avait glissé de son poignet, par malchance, du mauvais côté. Avant l'aube, la mer était vorace, il ne fallait rien lui présenter. S'efforçant d'oublier sa maladresse, il fit le point et lança le moteur. La barque traça un sillage phosphorescent.

Il lui restait quelques miles à couvrir pour de débarrasser de l'embarcation lorsque des ennuis se profilèrent sous le manteau de la nuit : la présence de points lumineux à tribord. La peur s'insinua en lui. Il mit les gaz au ralenti. Le fanal rouge se rapprochait. Si le bateau maintenait sa vitesse et le cap, ils étaient bons pour se croiser à vue. Le bruit de la machinerie allégea ses craintes. C'était un chalutier qui rentrait sur Port-Vendres. Max décrivit un arc de cercle et se retrouva sur son arrière. Les feux de position s'éloignèrent, engloutis par la nuit.

L'incident lui avait dérobé de précieuses minutes, mais c'était moins dangereux que de tomber sur la vedette des douanes.

À environ deux nautiques de la côte, d'autres complications surgirent. La poignée des gaz se mit à vibrer dans le creux de sa main. Un raclement lui rappela le jour où il avait coulé la bielle d'une Mercedes à l'essai sur l'autoroute. Le moteur hoqueta et émit un claquement sec. Max essaya de relancer le propulseur. S'en suivit un bruit de ferraille entrechoquée. Un des pistons venait d'expirer.

Ses prévisions capotaient. Quatre heures dix. L'est s'opalisait. En avance sur son plan de marche, il ne lui restait qu'une solution : saborder l'embarcation et se dépêcher d'atteindre la terre ferme. Pourtant, en moins d'une demi-heure, il se serait retrouvé chez lui s'il avait pu se séparer de la barque autour de la langue rocheuse située avant l'anse de La Mouette.

La masse floue du rivage se profilait sur sa gauche. Max prit son élan et planta la hache dans la coque. Le fer tranchant disparut de moitié. L'eau ne semblait pas vouloir s'infiltrer autour de l'impact. Il exerça une pression de gauche à droite afin d'écarter les lèvres de la fente. Le bois grinça sous la poussée, mais ne céda pas. Il arracha l'instrument et recommença de cogner. Son assise chancelante lui fit rater son coup. Ce fut à genoux qu'il trouva son meilleur angle de frappe. Il s'acharna sur l'entaille tandis que la barque se remplissait. Il jeta la hachette par-dessus son épaule, vérifia le sac étanche à sa ceinture et chaussa ses palmes. Malgré sa vétusté, la barcasse lui avait coûté de l'effort. Après un coup d'œil à la boussole, il ajusta sa cagoule, son masque, et plongea. Quelques bruits de bulles crevèrent la surface. Et plus rien. Si on lui avait demandé de parier sur la longévité de son équipement, entre l'embarcation et son moteur, sans hésiter, il aurait tablé sur le Mercury.

Max se sentait dans son élément. Il fendait l'eau avec la souplesse d'une raie et n'émergeait les épaules que pour vérifier son compas. C'était un bon nageur. Il nageait en direction de la terre. S'il lui arrivait de croire qu'il faisait du surplace, les courants le dirigeaient dans le bon sens. Au bout de trois quarts d'heure d'efforts, une onde jubilatoire le parcourut : les lumières de Port-Vendres vacillaient au loin. Il ralentit son crawl, à court de souffle. L'air pénétrait difficilement dans ses poumons. Il relia cette sensation à son embourgeoisement, à son manque d'entraînement. À quatre cents mètres du rivage, alors qu'il déployait toute son énergie, une douleur traversa la partie gauche de son thorax et s'y logea. Il s'efforça d'abaisser le rythme de sa respiration. Pour soulager son diaphragme, il pivota et s'immobilisa sur le dos. Le point sensible l'oppressait à chacun de ses inspirs. Sous le mors de sa volonté, il continua en réduisant la cadence de ses membres. Le mal ne cédait pas, mais amplifiait son angoisse : la crainte de ne plus revoir Laura. Conscient qu'il ne devait pas laissait le froid l'engourdir, Max éloigna cette pensée et mit au défi ses poumons. Il reprit son crawl. Son acharnement n'aboutit qu'à décupler sa souffrance. Il dut se rendre à l'évidence, insister ne parviendrait qu'à ruiner son plan. À l'écoute de son horloge interne, il relâcha ses muscles et s'immergea.

Tel un immense vivarium, la mer était silencieuse. En posture fœtale, il s'abandonna au bercement de l'onde. Un souvenir affleura sa conscience. L'année de ses vingt-cinq ans, il lui était arrivé un désagrément comparable. C'était un après-midi du mois de mars. Max avait déjeuné avec deux copains de régiment, des fanas de rugby, retrouvés la veille dans les tribunes du stade Aimé Giral. Ce jour-là, le soleil flamboyait à travers les baies du restaurant d'Argelès où ils avaient ripaillé et éclusé force tournées en discutant des rencontres de l'équipe de France dans le tournoi des cinq nations. Aux alentours de dix-sept heures, ils avaient quitté l'établissement pour dépenser leur excédent de calories sur la plage.

Fort de ses prouesses physiques, Max avait relevé le défi d'effectuer à la nage un aller-retour sur la bouée des deux cents mètres. La tramontane boudait le littoral et l'air était estival. En revanche, l'eau en était encore à sa température hivernale. Il s'était dévêtu et lancé dans la vague. Il avait atteint la balise sans coup férir. Ce n'est qu'au retour que sa respiration s'était bloquée douloureusement dans sa poitrine. Il s'était retrouvé dans un chaos noir. Comment avait-il géré l'incident ? Il n'en avait pas la moindre idée. Peut-être l'insouciance du moment. Sans s'affoler, il avait piqué vers le fond. Il se rappelait avoir refait surface et poursuivi sa course à grandes brassées, ses poumons relançant leur mécanisme traumatisé. Il ne s'était pas vanté de cet avatar à ses amis.

À présent en panne d'oxygène, Max agita les jambes, tenta de déjouer le piège de l'eau qui cherchait à le retenir. Sa tête émergea. Il souleva son masque pour rétablir la circulation autour de son visage et, lentement, se remit à nager. Ce réflexe allait tant à l'encontre de ses prévisions fatalistes qu'il faillit ne pas croire à la réalité, l'oppression persécutrice avait disparu. Il s'encouragea « *Allez* » !

Au loin, l'aube découpait la côte. Sa part de sagesse lui commanda de ne pas forcer. Cette résolution sombra à la pensée de Laura qui aimait regarder la lune au petit matin, quand le ciel était rose. Désormais, il la suivrait. Il savait à présent que chaque jour pouvait être le dernier.

Max vint s'échouer dans une petite crique, proche du cap Béar. Il libéra sa tête de la compression de la cagoule et demeura là, étendu, les bras en croix, avec la certitude que ses poumons allaient exploser. Quand il se sentit aussi prêt qu'il ne le serait jamais, il retira ses palmes et extirpa le rouleau de vêtements de la sacoche retenu à sa ceinture. En déployant le pantalon, les lunettes de soleil et les pâtes de fruits que Laura lui avait données dégringolèrent sur ses genoux. Le jeans était humide, mais le téléphone paraissait au sec dans la poche arrière. Il vérifia le sac. Le long de la fermeture à glissière, le néoprène était fendu. Il avait dû l'accrocher lors du basculement des corps.

Encore ouatée de brume, la lumière du jour s'intensifiait. Max consulta sa montre avant de décortiquer les barres vitaminées. L'une après l'autre, il les poussa dans sa bouche. Faute de croissants et de café !

Les courants l'avaient déporté plus qu'il ne le pensait. Cette crique lui évoqua des souvenirs. Elle appartenait aux chapelets des anses dentelées du littoral qui scintillaient entre Argelès et Banyuls. Il les avait toujours préférées à la promiscuité des plages. Ces coins de paradis étaient difficilement accessibles par la terre. Les atteindre requérait de l'aptitude à la varappe.

Durant son adolescence, il y descendait s'entraîner à la plongée avec des copains, parfois seul, en dépit des interdictions de sa mère.

Il ne lui restait plus qu'à rejoindre la nationale et la suivre jusqu'à l'entrée de Port-Vendres. Dans son écrin de pins, perché sur un rocher, un hôtel dominait le site. Il était temps de prévenir Laura de venir le cueillir au pied de l'établissement. L'écran du portable s'alluma, mais la touche de la maison enfoncée, Max n'entendit que le clic du décrochement et la première syllabe de sa femme. La communication fut coupée nette. Il relança l'appel, en vain. Il vérifia la batterie, souffla à l'intérieur de l'appareil, et fit une nouvelle tentative. La batterie était à plat, ou l'humidité avait eu raison de la technologie. Sa contrariété se mua en un mélange de panique et de fureur. Tenté de balancer le cellulaire, il dédramatisa et se changea.

Des convulsions secouaient son corps, lui rappelaient le chien Couky après son bain. Max se frictionna énergiquement les bras et le thorax. Il s'habilla et rassembla son barda, de manière à monter un ballot avec le filet et la ceinture de plongée. Le paquetage sur son épaule, il chaussa ses lunettes de soleil et tourna le dos au cordon d'écume. Il se dirigea vers la tortillère escarpée qu'empruntaient les pêcheurs téméraires. Une dizaine de kilomètres lui restaient à parcourir. Si la chance ne l'abandonnait pas, c'était jouable en une heure et demie.

Aux pieds des rochers, il longea un bout de plage de galets couverte de détritus. En vingt ans, les adeptes de l'environnement n'avaient guère fait évoluer les mentalités. Cette pensée fut noyée par celle qui tournait dans son esprit : le trajet à accomplir. Échapper aux mauvaises rencontres. En dénombrant les ennuis qui pourraient en découler, il glissa et faillit se ramasser douze mètres plus bas. Il atteignit enfin le sommet de l'abrupt, puis la sente menant à la route. Ourlée d'herbes épineuses elle serpentait à fleur de terre.

Avant de s'y engager, Max s'arrêta pour reprendre son souffle. Étreint par l'espace vide au-dessus de la mer, il s'interrogea sur l'aboutissement de cette matinée. Le fracas d'une vague lui répondit. En quelques minutes, il accéda au parapet, mais fut bloqué dans son élan. Une fourgonnette arrivait en trombe. Elle se gara sur le parking du point de vue. Un homme chevelu coiffé d'une casquette en descendit et se dirigea vers l'arrière du véhicule. Max en profita. Il acheva son ascension et se faufila sur le terre-plein. Sur la corniche, il marcha à grands pas jusqu'au premier virage. L'escalade l'avait réchauffé. Il poursuivit son chemin à petites foulées. Dans l'idéal, il aurait dû se débarrasser de son matériel de plongée qui pesait sur ses cervicales, cependant il avait écarté cette solution, sans la remettre en question.

Il courait tantôt à droite tantôt à gauche, en suivant la configuration du terrain qui lui offrait le plus de sécurité. À part quelques arbousiers, la végétation ne foisonnait pas sur la lande rocheuse. Lorsqu'une voiture s'annonçait, Max plongeait à l'abri du remblai de soutènement, échafaudant l'histoire qu'il raconterait s'il venait à être contrôlé. Heureusement, ces footings n'étonnaient plus personne. Aux beaux jours, les randonneurs suivaient ce parcours, havresacs au dos.

Au bout de vingt minutes de course et de marche rapide, il commença à éprouver des crampes dans les mollets, d'autant qu'il forçait l'allure dans les côtes. Le soleil montait dans le ciel. En dépit de la fraîcheur de l'air, la soif se mit à le tourmenter. Le trajet lui paraissait interminable. Il revoyait ses dernières vingt-quatre heures : un retour au temps où les bandes hostiles pillaient les demeures isolées et assassinaient leurs occupants, au temps où la vie, la liberté, dépendaient de peu. Les choses n'avaient pas tellement changé.

À flanc de coteau, un homme travaillait sa vigne. Courbé dans un rang, il sifflait en cisaillant des rejets sur les plants. Le long du cépage, un sentier bordé d'un enchevêtrement de ronces s'élevait vers la colline. Max s'y engagea pour soulager sa vessie. En bout du chemin, des buissons hérissaient leurs branches autour d'une masure délabrée. Un amandier avait poussé dans l'embrasure en ruine. Derrière l'arbre, une sorte de barre métallique réfléchissait la lumière. En se rapprochant, il vit qu'il s'agissait d'une bicyclette. Une aubaine, et un bémol : les quinze mètres à franchir étaient à découvert. La tentation était trop forte. Il fit glisser le barda de son épaule et avança en rampant. Un vélo au cadre mixte était calé contre un des murs.

Après une minute d'extrême tension, il enlevait les sacoches du porte-bagages et les déposait au sol. Une odeur de charcuterie s'échappa d'une des poches et enragea ses papilles. Il était sur le point de sortir le festin quand un craquement dans le feuillage l'immobilisa. Être constamment sur ses gardes avait aiguisé ses sens. Il écouta les bruits environnants. Un écureuil traversa le chemin avec une grâce féline. Max oublia sa faim et repta vers l'arrière de la cabane. Là où la végétation était plus dense, il se redressa avec précaution. Sur le versant du vignoble, l'ouvrier lui tournait le dos. L'homme était plus près de lui qu'il ne l'aurait pensé, mais tout se présentait au mieux. En s'y prenant avec habileté, il pouvait conduire sa trouvaille au bord de la chaussée.

Il retourna vers la bicyclette et actionna le

pédalier. La roue était silencieuse. Il se servit du sandow enroulé autour de la selle pour arrimer son équipement sur le porte-bagages. Il s'éloigna de la construction, les épaules courbées, en faisant rouler son trophée aussi vite que le terrain le lui permettait. Une fois sur l'asphalte, il enfourcha sa monture sans se retourner et disparut entre les lacets de la route. Il pédala comme jamais il aurait cru pouvoir le faire dans une descente, imaginant la surprise du vigneron qui pourrait prendre sa collation comme lot de consolation lorsqu'il découvrirait le larcin.

Sept heures sonnaient au clocher de Port-Vendres quand Max longea la gare maritime. Aucun navire au repos le long des jetées, abandonnées depuis la fin du trafic avec les colonies de l'Afrique du Nord. Ce silence contrastait avec le brouhaha, un peu plus loin, du quai des chalutiers en pleine effervescence.

Il laissa de côté la nationale, mieux adaptée aux activités de chacun, et s'engagea sur la route de la corniche. Debout sur les pédales, il attaqua la rampe qui menait sur les hauteurs de la ville. Aux trois quarts de la grimpée, le dérailleur refusa de changer de braquet. L'impression de pédaler sur place. La certitude d'être physiquement à plat. Il descendit de sa machine et la poussa sur les derniers mètres. Son calvaire terminé, il se remit en selle et se laissa glisser vers Collioure.

Sur la promenade, les volets des échoppes étaient clos. Hors saison, les commerçants vivaient au ralenti. Une odeur de pain chaud s'échappait d'une boulangerie. Une torture pour son estomac. Dans n'importe quelle circonstance, manger avait toujours eu sur lui une influence bénéfique. D'ici un quart d'heure, il prendrait le petit-déjeuner avec Laura. Il engagea un pari avec Dieu : s'il parvenait à passer ce mardi sans incident, ce serait le signe qu'il n'y aurait pas de suite à cette tragédie. Avec le temps, il l'effacerait de sa mémoire pour ne retenir que le positif : le revirement de Laura.

À la sortie du village, une amie de Mathilde promenait ses chiens. Trop tard pour faire demi-tour. Il détourna la tête en croisant la sexagénaire qui se contenta de raccourcir la laisse de ses cabots sans le reconnaître. Poursuivre avec la bicyclette devenait périlleux. Neuf cents mètres plus loin, il l'abandonna dans un bouquet de roseaux, au bord d'une voie truffée d'ornières. Le chemin fendait en deux une zone sauvage en bord de mer. Il reconnut l'étendue de terre désolée, lieu de prédilection des exhibitionnistes. Des pancartes écaillées dominaient les dunes : *baignade dangereuse - Camping interdit.* Mais sexe autorisé. Depuis des années, au premier soleil, ce petit monde attendait derrière les bosses de sable des proies consentantes pour assouvir leur libido en folie. En dépit des plaintes déposées par les familles, les pouvoirs publics n'étaient pas pressés de mettre un terme à ce carnaval.

Max avait la sensation que des aiguilles transperçaient ses paupières. Sans recenser ses contusions, il avait palpé un endroit sensible derrière son oreille, là où les scélérats s'étaient défoulés. Toutefois, ses maux n'étaient rien comparés à la ferveur qui le consumait. Le pire était derrière lui. La situation avait pris une tournure favorable avec cette bécane, cadeau du ciel. Il imagina sa femme devant le miroir de la salle de bain, jaugeant son apparence d'une moue résignée. Dans n'importe quelle situation, Laura savait gérer sa beauté, rester sublime. Sans doute envisageait-elle de déclarer sa disparition à la gendarmerie. Une pêche en mer qui finit mal. Une veuve trop belle pour demeurer longtemps seule. Cette pensée lui procura un malaise qu'il dissipa en entamant un sprint final sur les terrains domaniaux. Ceux-ci ne lui fournirent guère de couvert, à part quelques arbustes épineux et de rares pins que la tramontane avait tordus durant leur croissance, la terre, constituée de sable, aspira ses espadrilles et acheva de l'éreinter. Sur le dernier tronçon de la départementale, il se fustigea de s'être compliqué le parcours en quittant la route, peu fréquentée en semaine.

Autour de sept heures et demie, son paquetage sur le dos, il déboucha sur la parcelle qui surplombait le chemin de La Mouette. Il entrevit la grève en contrebas. Le vent commençait à froisser le bleu de la mer. Avant midi, il écrêterait les vagues.

XVI

Laura n'était pas parvenue à s'assoupir. Le moindre bruit, même familier comme le grincement de la porte du cellier avait livré passage à la terreur. Entre deux cafés, elle avait conjuré son impatience en passant d'une pièce à l'autre. Elle avait prié, invoqué ses bons esprits pour que Max exécute son plan et revienne par l'eau, ou par là où il pourrait, sans dommage physique. Puis la clarté s'était insinuée. Elle avait ouvert les volets et effacé les traces de son rituel. Ensuite elle avait réfléchi à son devenir si son mari ne revenait pas, tout en réfutant une telle issue. L'appel interrompu quelques heures plus tôt comme ses propres tentatives pour obtenir la liaison étaient loin de l'avoir rassurée.

Elle mesurait l'ampleur de la tragédie lorsqu'elle reconnut le pas de Max dans l'allée. En allant à sa rencontre, elle faillit arracher la poignée de la porte. Il était de retour, harassé, mais en vie. Ils se regardèrent du même regard libérateur avant de se jeter dans les bras l'un de l'autre. La voix de Laura trembla d'impatience.

- Que s'est-il passé ?

- Le moteur m'a lâché au large de Port-Vendres.

- J'ai eu si peur après ton coup de fil interrompu.

- Le portable a pris la flotte…

- Tu es revenu à pied ?

- Presque. Tu sais quoi ? Je peux concourir à l'Ironman !

- Mais tu es là ! Raconte, enchaîna-t-elle en se plaquant contre lui.

Il l'étreignit frénétiquement, en manquant d'arracher le piercing sur son nombril. Sans cette impérieuse envie de se débarrasser du sel sur sa peau, il l'aurait emmenée dans la chambre où ils auraient dénoué leurs tensions. Il s'écarta d'elle pour faire glisser son équipement. Laura se renseigna :

- Tu as accompli tout ce que tu avais prévu ?

Une contraction imperceptible de ses lèvres lui indiqua la réponse espérée. Après quoi il se précipita dans la cuisine. Longtemps, il resta penché au-dessus de la plonge, à laper l'eau froide, à se rincer les yeux. Laura le considéra à contre-jour. Elle brûlait de connaître les détails de son périple. En découvrant sa mine ravinée par l'effort, elle se borna à soulever une question.

- Qu'est-ce qu'on fait de leur voiture ?

- On s'en débarrassera cette nuit. Prépare-moi un grand bol de café et du solide à manger. Je vais tâcher de me refaire une santé sous la douche. Au bureau, la journée va être longue !

À vos ordres, mon général ! Il pouvait lui demander n'importe quoi, pourvu qu'il l'aide à tracer le mot *fin* sur cet épisode. Dans la cuisine, elle ne trouva que des flocons de céréales. Il lui fallait moins de quinze minutes aller-retour avec la Mercedes pour se rendre à la boulangerie la plus proche et rapporter du pain. Max décida de s'en passer.

- Laura, dès demain il serait préférable que tu partes chez ta copine, à Sorède, jusqu'à la fin de la semaine, même si je ne l'apprécie guère celle-là. Mesure de prudence. Donne-moi de quoi m'essuyer, puisque tu es là !

Elle fit coulisser un tiroir et lança une serviette sur son torse ruisselant.

- Je ne vois pas l'intérêt de partir à Sorède.

- Moi, si. Ne serait-ce que pour verrouiller ta sécurité pendant mon absence.

- Quoiqu'il arrive, personne ne va se pointer avant la nuit.

Il opina. Une crique sans barque n'éveillerait pas les soupçons des narcotrafiquants. Leur visite dans le coin était plus hypothétique que réelle. Quand bien même, deux sûretés valaient mieux qu'une.

Max se rasa et mangea ses céréales avec avidité. Il finit par renoncer à convaincre sa femme de se faire héberger par Corinne. Une grande asperge rousse, avec une coupe à la Jeanne d'Arc, qui n'avait pas l'esprit de l'escalier, mais une mentalité navrante. À trente-trois ans, elle se dédouanait de ses échecs avec les mecs en prônant les vertus du célibat comme la gloire des femmes libérées. Il la détestait, la soupçonnant d'avoir encouragé son épouse à réclamer le divorce. Par bonheur, l'influence de cette fille n'était plus à redouter. Il se trouvait de nouveau en état de grâce dans les bras de Laura, qui refusait de quitter la maison.

Pourquoi fuirait-elle ? Le seul risque de récolter des problèmes résidait dans la Mégane planquée dans le garage. Laura argua qu'il avait besoin de son aide pour s'en débarrasser. Demain cette menace n'existerait plus. Ils poursuivaient leur vie comme si rien ne s'était passé. Max s'inclina, persuadé qu'il ne la ferait pas changer d'avis.

Une terrible envie de dormir s'empara de lui tandis qu'elle camouflait l'hématome en travers de son nez. Lorsqu'elle remporta ses fards, il dut faire un effort pour ne pas aller s'étendre sur le lit. Il voulait s'examiner dans la glace. Son œil droit était plus fermé que le gauche, mais dans l'ensemble le résultat s'avérait satisfaisant. Il ne serait pas obligé de porter des lunettes de soleil toute la journée.

Après quelques recommandations, telles que verrouiller la porte, y compris pour flâner dans le jardin, et surtout de ne pas toucher mot de l'aventure à Mathilde, il ajusta le nœud de sa cravate et enfila sa veste. Laura jugea son dernier conseil superflu.

- Envisagerais-tu l'implication de ta mère dans la présence du pistolet ?

Rompu aux insinuations, Max laissa la question en suspens.

À huit heures vingt, elle le regarda sortir la voiture et mettre les poubelles dans le coffre. Les choses étaient bien engagées. Quand il s'approcha pour l'embrasser un parfum de mauve et de tabac flua dans l'air.

- Tu as l'âme à te parfumer, chapeau ! Tu sais quoi, Max ? Tu n'es pas un mec ordinaire.

Il sourit dans le vague.

- Comment dois-je le prendre ? Tare ou compliment ?

- Prends-le comme tu voudras, mais tire-nous de ce pétrin.

- Ne m'appelle pas sur la ligne du garage. On ne sait jamais. C'est moi qui prendrais la température au cours de la matinée.

Il fit demi-tour.

- Merde, j'oubliais mon portable pour l'examiner et remettre sa batterie en charge.

Max revint avec un air de puissance qui la sécurisa.

- À tout à l'heure, amor !

Demain était un pays proche où tout s'arrangerait. L'existence allait redevenir normale. Ce mardi enterrait un week-end de plus, mais quel week-end ! Elle n'eut qu'une envie en suivant des yeux le coupé blanc qui disparaissait dans le chemin : se barricader et dormir.

XVII

Aux abords de l'agglomération, entre deux zones d'ombre malodorantes, Max se débarrassa des ballots compromettants dans un container à ordures.

Au garage, il passa un moment avec le mécanicien, ce qui le détourna de sa nuit trépidante dans son bureau, il avala de longues gorgées d'eau minérale sans vraiment recouvrer son dynamisme. Entre deux appels téléphoniques, de longs bâillements l'engloutirent jusqu'à dix heures et demie. Francis Beauchamp entra alors dans son bureau escorté par le patron. L'agent immobilier attendit d'être seul avec son copain pour évoquer sa visite de la veille.

- Flavier veut te rencarder sur ton affaire. Ça me paraît urgent. Je t'ai laissé un message.

- Je n'ai pas pu l'écouter, la batterie de mon portable était à plat. Mais j'ai trouvé ta carte sous la porte en rentrant. J'allais t'appeler.

- Tu n'as pas l'air dans ton assiette.

- Ne m'en parle pas ! Ce week-end j'ai pris la crève en Espagne. La totale : mal de crâne et conjonctivite allergique. Je me sens bien qu'avec des lunettes. Pour ce qui est du privé, j'attends un client pour la révision de sa caisse et je le contacte.

- Où étiez-vous ? demanda Francis.

- À Barcelone chez des amis.

Max se sentit soulagé. Beauchamp semblait n'avoir vu que la Mercedes en s'aventurant dans le jardin.

- Bon allez, je me casse. J'ai un rencard avec des irlandais pour la villa Garden. J'espère que ces connards ne vont pas se dégonfler. Retape-toi. Je t'appelle et on se programme un poker.

Max n'eut pas le temps de lui avouer que ce n'était pas une bonne idée. Ces sorties lui valaient des scènes récurrentes chez lui.

En fin de matinée, il testa son cellulaire en contactant le serrurier, puis Laura. Celle-ci le dissuada de revenir déjeuner. Après le passage de l'artisan, elle irait faire les courses et cela pouvait lui prendre le reste de la journée. Inquiet, il promit de revenir avant le crépuscule.

Il compléta le dossier en instance sur son bureau et le porta à la secrétaire que la retraite imminente démotivait. Épuisé, l'esprit parasité par le week-end, il n'avait aucune envie de se rendre en ville pour s'entretenir avec le roi de la filoche. Il l'appela et reporta au lendemain leur entretien.

Lors de son divorce, Francis Beauchamp avait échappé à une situation financièrement désastreuse grâce à Jim Flavier. Max avait engagé le détective dans l'espoir d'apporter des réponses aux questions de Laura qui remorquait son adolescence tourmentée. Depuis le mois de décembre, pour régler ses honoraires, il avait effectué des ponctions sporadiques sur leur compte bancaire afin qu'elle ne s'aperçoive de rien.

Il ne croyait pas aux miracles. Un silence paternel de plus de quinze ans ne présageait rien de bon. Roselyne, la mère de Gérard Cantelro, avait toujours prétendu être sans nouvelle de son fils. Elle mentait, ou bien son rejeton n'était plus de ce monde. Fournir une preuve à Laura lui permettrait de purger sa mémoire du passé, et d'avancer. Flavier avait pris des notes, réclamé une photo et un chèque.

Le reste de la journée, Max s'évertua à résoudre un problème avec l'importateur. Ces cinq dernières années, il avait l'impression de diriger les affaires. Le patron se reposait sur lui. C'était un homme d'une cinquantaine d'années, le crâne poli comme un œuf, les yeux rougis par les pastis. Convaincre un client de lui acheter une voiture lui procurait moins de plaisir que de plonger les mains dans le cambouis. Il avait commencé par vendre des cycles avant de passer aux quatre roues. Son commerce avait prospéré, grâce à la compétence de ses collaborateurs qu'il avait su choisir. Depuis deux ans, il parlait de prendre sa retraite. Max lui avait dit vouloir s'endetter pour reprendre l'entreprise. Ce matin encore, il avait testé sa réaction. Le garagiste lui avait fait une réponse de normand : « Je préfère que ce soit toi, mais y a pas le feu au lac » !

En regagnant La Mouette, Max spécula sur les intentions de son employeur. Il était déterminé à revenir à la charge et débattre de la question. La période n'avait jamais été aussi favorable.

Laura avait rempli le réfrigérateur. Son visage était reposé. Seul un pli d'inquiétude barrait son front. Max la serra contre lui et prolongea son étreinte en l'interrogeant sur sa journée.

À part Mathilde qui avait pris des nouvelles en fin d'après-midi, sur le ton affolé qu'elle employait pour se faire plaindre, rien n'avait été plus calme. Il ne fit aucun commentaire, mais ses traits se durcirent à la vue des journaux sur la table.

– Ne te prends pas la tête à courir les bureaux de

tabac, les mêmes quotidiens sont déposés au garage chaque matin. Tu n'y trouveras rien.

Elle tortilla une mèche de cheveux entre ses doigts sans objecter. En dénouant sa cravate, il reconnut que l'évocation de Mathilde lui flanquait les boules. Laura avait rincé son matériel de plongée, ce qu'elle ne faisait plus depuis des mois. Il l'enleva de la baignoire, le porta dans le placard du couloir et ressortit.

L'appentis sentait le vieux bois. La valise se trouvait sous la caisse et les cartons. Dans l'immédiat, il n'y avait pas de cachette plus fiable. Nul ne viendrait la chercher là. Il entra dans le garage et passa un moment à effacer ses empreintes sur la Mégane. Cette tâche accomplie avec minutie, il referma et s'en alla vers la grève.

Des édredons de nuages s'amoncelaient sur l'horizon. Une force sauvage émanait du paysage. Laura avait raison. Rien ne les obligeait à quitter cet endroit. Comment peut-on vivre loin du rugissement de la mer ?

Par la crise que traversait leur couple, le destin leur avait imposé une épreuve. Le destin ou le hasard ? Avec ses superstitions et ses croyances, sa femme le contaminait, lui qui se complaisait dans le nihilisme, plus pratique. Maintenant elle optait pour une intervention divine, à cause du retournement de situation, c'est dire la nature du désastre si l'intervention était issue de l'enfer.

Max n'en disconvenait pas, ces derniers mois, avec le faible intérêt qu'il lui avait montré pour ses visées littéraires, il l'avait blessée. Il n'avait pensé qu'à son désir d'enfant sans tenir compte de ses états d'âme. L'amour consiste souvent à dire ou faire l'inverse de ce que l'être aimé aspire. Il avait passé sous silence ses sentiments, à l'exclusion de sa jalousie qui trop souvent le dévorait.

En y réfléchissant, Laura n'avait pas eu une réelle intention de le larguer. Sans doute avait-il fait preuve de naïveté sans rien comprendre à sa stratégie. Depuis que l'homme a croqué la pomme, il en est ainsi avec les femmes. Cette réflexion l'allégea, il respira intensément. Au loin, la côte ardoisée s'était parée de violet. Le jour déclinait. Max laissa son regard embrassait la beauté qui l'environnait et remonta.

L'angoisse écrasait Laura. Au cours du repas, elle hésita à aborder le sujet de la Megane, consternée de voir son mari ingurgiter des cachets. Son dos recommençait à le faire souffrir. À la voir agitée, toujours à se lever de sa chaise, en quête d'une assiette ou d'un ustensile, Max devina son attente et lui exposa son plan. Il avait décidé d'abandonner la Renault en ville autour de vingt-trois heures. Beaucoup plus de chance de passer inaperçus qu'au petit matin.

- Pourquoi en ville ? demanda Laura.

- Le plus sûr moyen d'être au-dessus de tout soupçon. On la laissera près du marché. Détends-toi, tout va bien se passer !

- Il vaudrait mieux.

Laura croisa ses doigts derrière son dos, appréhendant ce voyage.

- Tu as pris contact avec Beauchamp ? Qu'est-ce

qu'il voulait ?

- Des emmerdes avec ses baraques, d'où une enveloppe pour nous qui saute.

- Ses enveloppes, s'il savait où il peut se les mettre !

- Aucune de nos habitudes ne doit changer Laura, capito ?

Elle continua de fureter dans la cuisine à la recherche de ses sachets de thé.

- Ça ne lui ressemble pas de se déplacer jusqu'ici pour un tel motif. À moins que tu ne me dises pas la vérité…

Max poussa un soupir de ballon crevé. Désamorcer les sous-entendus de sa femme et s'enfoncer dans une explication lui demandaient trop d'efforts.

Convenant que ses allusions n'étaient pas de mise, Laura dévia du sujet.

- Pourvu que la police ou les trafiquants ne remontent pas jusqu'à nous !

- Aucune raison. Cela ne sert à rien d'épiloguer.

Après le café, Max s'effondra sur le divan du salon d'où il croyait pouvoir suivre les informations. En ouverture les chaînes donnaient un attentat à Londres. Il passa dix minutes à écouter parler des terroristes et de Ben Laden, puis sombra dans un sommeil à la mesure de son épuisement. Laura acheva de briquer la cuisine avant de le rejoindre avec sa tasse de thé. Au creux du fauteuil, les yeux perdus sur l'écran du plasma, elle s'abandonna au flot de ses pensées. Serait-elle en mesure de terminer son manuscrit ? Pendant des semaines, son esprit ne tarirait pas d'images infernales. Plusieurs d'entre elles activèrent sa mémoire au point de lui faire oublier son infusion.

À vingt-deux heures trente, Max se réveilla brusquement. Il se leva, coupa la télé et vint poser sur la tête de sa femme une main à laquelle elle s'accrocha au passage.

- Il faut y aller chérie, ensuite nous aurons tout notre temps pour dormir. Leurs ombres fondirent dans le couloir.

XVIII

Dehors les branches des lauriers frissonnaient sous la brise. La météo prévoyait une baisse de la température et de la tramontane à soixante-dix à l'heure. Max inspecta le jardin et les alentours de la villa. Il tendit l'oreille, filtrant les rumeurs menaçantes du vent. Sur le seuil de la porte, dans ses boots et son pull zippé, Laura repoussait nerveusement ses cheveux sous sa casquette de Gavroche. Toutes ces nuits passées à La Mouette, rien de semblable ne leur était arrivé. Maintenant, elle était là, à redouter le pire, leur belle sécurité d'antan envolée.

- Cesse de flipper. De toute manière, le danger ne vient jamais là où il est pressenti, lui affirma Max en entourant ses épaules.

Elle le suivit jusqu'à la dune, là où les premières années de leur mariage ils regardaient le crépuscule étendre son ombre sur la côte et ne laisser qu'une traînée vermillon entre ciel et terre. On distinguait le rivage enchâssé dans la masse sombre des rochers ainsi que la plage amputée de la barque. Au-delà, la lune traçait un sillon de verre sur l'eau. La nuit était paisible. Ils gagnèrent les dépendances, sortirent les voitures et rejoignirent la bretelle de l'autoroute.

Au cours du trajet, Laura s'astreignit à maintenir la distance entre le Rav et les pare-chocs de la Megane. Elle trouvait que Max roulait trop lentement. Aux premiers feux de signalisation, elle se rassura sur ses craintes, certaine qu'aucun automobiliste n'aurait le temps d'imprimer son image. La Renault contourna la place Cassanyes au ralenti, s'engouffra dans une rue aux trottoirs jalonnés de voitures et s'arrêta près de la sortie de garage d'un vieil immeuble. Le remugle des caniveaux, bien que dégorgés des détritus du marché du matin, planait dans l'air. En guise de signal, la main de Max s'agita par-dessus le toit de la voiture. Laura le dépassa et arrêta le Rav quarante mètres plus loin, au bout de la rue qui débouchait sur le boulevard. Le long du trottoir, feux éteints, elle attendit en laissant tourner le moteur. Max arriva presque dans la foulée. Une fois dans le 4x4 il ôta promptement ses gants.

- Roule !

- Je croyais que tu voulais larguer la Megane près du marché.

- Trop risqué, une Alfa Roméo avec un couple à l'intérieur stationnait à l'angle de la place, sous le réverbère.

- Personne ne t'a vu ?

- Les gens regardent la télé. Et ceux qui bossent sont dans les bras de Morphée.

Laura agrippa le volant et s'éloigna de la ville. À mi-parcours, elle céda à la panique pour des phares dans sa zone de réflexion. L'automobiliste les doubla, ce qui ne la dissuada nullement de se ranger sur l'accotement et de céder sa place à Max, qui condamna son manque de sang-froid. Ils étaient clean. La Megane, vitres ouvertes, clés au tableau de bord, finirait par être repérée. Aucun indice ne permettrait de remonter jusqu'à eux. Il s'appuya sur ses certitudes pour la convaincre, mais rien de ce qu'il lui racontait ne l'apaisait. Elle ne comprenait pas comment il parvenait à faire preuve d'un tel détachement. Le reste de la clique pouvait les attendre en embuscade autour de la villa. Leur seul moyen de défense demeurait sous le sommier, dans la chambre à coucher.

- Si tu n'affrontes pas le quotidien Laura, tu ne vivras plus en paix. L'Espagnol voulait doubler ses partenaires. Il s'est bien gardé de donner sa planque à son commanditaire. Les trafiquants ne possèdent que les coordonnées du lieu de rencontre, au large. Dernier point : le plus souvent, la mer ne rend pas les corps. Pas d'enquête, pas de procès, pas de scandale, pas de journaux pour couvrir cette sale affaire !

Dans le noir, Laura marmotta un *j'espère* à peine audible. Max avança la main pour trouver la sienne. En s'engageant sur le chemin empierré, il remarqua que de la lumière filtrait derrière les persiennes de la maison du vieux pêcheur. Le break du cousin du feu retraité était garé derrière la barrière en bois. Ce constat ne changea rien à l'appréhension de Laura. Lorsqu'il descendit de la voiture pour examiner les abords de La Mouette, elle se figea sur son siège, le cœur battant, à l'écoute de son pas dans la nuit. Puis la silhouette de son mari dans la lumière des phares endigua sa panique. Sa voix avait retrouvé son velours.

- Tu peux venir mon ange, il n'y a que la mer qui respire.

Il avait l'art des formules pour estomper ses craintes. Après le tour de clé, sa joie d'avoir tordu le cou à la fatalité était à son comble. Il décompressa en énumérant les projets que lui inspirait le pactole. Laura en déduisit qu'il parviendrait à oublier cet affreux week-end qu'elle traînerait longtemps comme un boulet. En proie à une grande lassitude, elle se retira dans la salle de bain. Max en profita pour siffler une bière. Quand elle réapparut, il était déjà couché. Elle se glissa sous la couette tandis que, les bras croisés derrière la tête, il échafaudait encore.

Si au bonheur de se retrouver s'ajoutait le pouvoir de dépenser sans compter, Laura ne frisait pas l'euphorie. L'exaltation de se son mari venait d'ouvrir une porte lointaine. Et le passé cognait cette porte que son père n'avait plus poussée depuis vingt ans. Au profit de l'aventure, il avait déserté son enfance. Le lien familial n'avait pas pesé lourd dans la balance des priorités. Empoisonnée par cette pensée, elle se demandait quelle serait la réponse de Max s'il devait choisir entre elle et la précieuse valise ?

XIX

Dans l'après-midi, Jim Flavier se fraya un chemin sur le trottoir fourmillant de passants de la rue Louis Blanc. Il dépassa la place de la Loge, s'engagea dans une ruelle et gagna le bar où son client l'attendait. À part deux motards au comptoir qui discutaient musique avec la serveuse, la salle était vide. Le détective s'installa à une table dans l'encoignure de la pièce et déplia son journal. Il avait pour principe d'arriver en avance à ses rendez-vous, ce qui lui permettait d'asseoir ses révélations en sirotant un café.

C'était un homme de petite taille, à la chevelure dense, au visage en lame de couteau. Il semblait n'attachait aucune importance à sa tenue vestimentaire qui laissait à désirer. Son seul luxe était une Rolex qu'il dissimulait la plupart du temps au fond de sa poche où ses doigts se décidaient rarement à lâcher une boîte de cachous. Max Santelli avait fait appel à lui pour percer un mystère. Après trois mois d'enquête, Flavier avait failli déclarer forfait, mais son instinct de limier plus que l'insistance de son client l'avait poussé à persévérer.

Max arriva avec cinq minutes de retard et s'en excusa. Dans cette ville, trouver une place de stationnement au milieu de l'après-midi équivalait au parcours du combattant. Il ne perdit pas de temps en cordialités, impatient de connaître le résultat de cet entretien. Il attendit que la serveuse vînt relever sa commande pour tendre à son interlocuteur une enveloppe kraft pliée en deux. Flavier le remercia du bout des lèvres et la glissa dans son porte-document. À son tour, il sortit de sa poche une carte de visite qu'il plaça à l'envers sur la table, tout en entrant dans le vif du sujet.

Attentif, Max enleva ses lunettes de soleil. Quelques instants il demeura dérouté. Puis il acheva son demi en fixant le bristol que Flavier avait poussé vers lui. Ce dernier pesa ses paroles.

- On peut aller plus loin, monsieur Santelli... Je peux poursuivre les investigations si vous le souhaitez.

- Non, ça ira, répondit Max en parcourant les coordonnés sur la carte.

Il quitta le premier l'établissement. Dans l'immédiat, informer sa femme de ce qu'il venait d'apprendre ne serait pas un choix judicieux. Perturbée par les récents événements, sa surprise serait aussi violente qu'une décharge électrique. Lui-même ne se sentait pas en mesure de gérer un règlement de compte familial. Il allait réfléchir.

Au moment où il ouvrait la portière de la Mercedes, son portable grésilla dans sa poche. Mathilde venait aux nouvelles. Max ne fut pas étonné de l'entendre se plaindre de son silence, et de l'impertinence de Laura dont le ton glacial au téléphone lui avait ôté l'envie de leur rendre visite. Sur le point d'évoquer le pistolet, il lui conseilla de méditer sur la raison qui poussait sa belle-fille à lui faire la gueule. Percevant son embarras, il somma sa mère de ne plus s'immiscer dans sa vie de couple. À l'occasion, il ferait un tour à Saint-André, afin de clarifier. Il coupa court avec un "Tchao" sans appel. Depuis l'identification de l'arme, il conservait le désir de l'étrangler, un sentiment que Laura aurait aimé partager.

Ce soir-là, Max ne retourna pas au garage. Il lui arrivait de mener rondement une affaire et de réintégrer son domicile au milieu de l'après-midi. Le patron lui laissait toute latitude. Il avait profité de son rendez-vous avec le privé pour rapporter un téléphone mobile à Laura. Ce serait bon de la retrouver. Ce matin elle avait exercé son talent de maquilleuse sur son nez meurtri. Il se souvenait de son regard perdu quand il l'avait quittée. Ce qu'ils venaient de traverser provoquait en elle une grande anxiété. Il lui avait suggéré de l'enrayer en descendant à Perpignan se payer une toile. Elle lui avait affirmé qu'en plein jour, elle n'éprouvait aucune crainte dans la maison. Au cours de la matinée, Max l'avait rappelée deux fois, pour entendre sa voix et lui dire qu'il l'aimait.

Avec une bonne heure d'avance, il se retrouva devant chez lui où il sous-estima la force de la tramontane. En se précipitant pour bloquer un des ventaux du portail qui battait contre le muret, il oublia de retenir sa portière et évita de justesse qu'elle ne s'arrachât. Ce genre d'incident était monnaie courante quand le vent soufflait en rafales, faisait claquer les auvents sur les façades, voler le sable, et mettait à mal bon nombre de plaisanciers et de campeurs qui filaient sur la Costa Brava. Laura racontait qu'il décapitait les sirènes en mal d'amour. À fleur d'eau, leur tête de varech et d'écume se transformait en une pensée que ce vent emportait par le monde.

En jetant un coup d'œil vers les dépendances, il vit que le Rav manquait. Sa sirène à lui était de sortie. Il laissa le coupé devant le garage et gagna l'appentis, la boîte du mobile sous le bras. *On a peur de rien,* ironisa-t-il en considérant le bâtiment soumis aux courants d'air. Son regard photographia les cartons et les vieilles couvertures dans l'angle du mur, dans l'ordre établi. Il fit l'inventaire des outils figés par les toiles d'araignées. Parmi eux, il repéra sa bêche.

En mai, les jours étaient longs, il disposait d'assez de temps avant la nuit pour préparer le nouvel emplacement de la valise. Il cherchait la pioche de l'ancien propriétaire lorsque le 4x4 déboucha derrière lui. Laura en descendit en beauté. Son sourire lui donna l'impression qu'elle ne voyait plus de nuages sur leur avenir. Son tee-shirt dévoilait son nombril et moulait sa poitrine. En s'approchant pour l'embrasser, il lutta contre un pincement auquel il refusa de donner le nom de jalousie.

Elle s'était rendue au supermarché du coin. Glaner des provisions pour quelques jours l'avait détendue. Max lui tendit le mobile et empoigna les sacs des courses dans le coffre. Elle avait rapporté du champagne. Sa Laura de jadis était de retour. Il attendit qu'elle passât devant pour lui emboîter le pas, le balancement de ses hanches lui avait toujours procuré de douces tensions. Il déposa les provisions dans la cuisine et l'enlaça fougueusement. Elle se montra distraite, déterminée à lui soumettre une requête qu'il crut deviner au fond de ses prunelles. Elle la lui soumit en déchirant l'emballage du portable.

- Va chercher la mallette, on saura à combien se monte notre fortune.

Max refusa d'accéder à cette demande qui contredisait sa décision de la veille.

- Rien ne presse. Dans l'immédiat, je vais m'improviser terrassier. Il est plus urgent de s'occuper d'une cachette pour le fric. On dormira plus tranquilles. Tu protégeras mes arrières, bien qu'à cet horaire les visites soient improbables.

XX

Quelques minutes plus tard, dans le vieux bâtiment, Max ramenait vers lui les battants de la porte et les bloquait de manière à laisser entrer l'air et la lumière. Il délimita l'emplacement et déblaya la terre. Les quinze derniers centimètres lui donnèrent du fil à retordre. La pioche heurta des fragments de roche qui l'obligèrent à utiliser un piquet métallique en guise de barre à mine et de levier. Au terme de cette action, il scia quatre bouts de tasseaux et les enfonça aux angles de la cavité. Pour le plancher, il ajusta deux lattes de bois. Il n'aurait plus qu'à les recouvrir de terre et positionner les cartons. Il testa le résultat en insérant la valise dans le creux. La planque était opérationnelle. L'effort avait réveillé la douleur dans son dos. La sueur dégoulinait sur ses tempes. Il s'essuya avec son avant-bras et attrapa le bock de jus d'orange que Laura, entre deux factions, lui avait déposé sur une cagette. Il le liquida d'un trait et se débarrassa du surplus de terrassement dans les massifs. Puis il remit de l'ordre autour de lui, récupéra le bagage enveloppé dans la couverture et sortit.

Une bourrasque le poussa vers la porte-fenêtre que Laura prit soin de refermer derrière lui. Il porta le butin dans la chambre et réclama du linge propre. Elle lui déposa les vêtements sur le tabouret de la salle de bain tandis qu'il se douchait. La porte refermée, elle l'entendit siffloter. Même entre deux tortures de l'ennemi, il réussirait à déclencher ce réflexe. Sans but précis, elle erra dans le séjour et finit par revenir vers la valise. Ne parvenant pas à refouler la curiosité qu'elle lui inspirait, elle la débarrassa du plaid.

La pièce stagnait dans une tiède obscurité que le soleil avait entretenue au long de la journée. Laura tira les doubles rideaux et installa la mallette sur le lit. Elle envoya promener ses sandales et monta s'asseoir en tailleur sur la courtepointe en piqué de coton. Max, torse nu, entra et lui lança la clé qu'elle attrapa à la volée. Elle l'inséra dans la serrure. Le mécanisme résista. Il voulut essayer à son tour, mais elle l'écarta d'un geste brusque, comme en ont parfois les enfants lorsqu'ils sont pressés d'ouvrir leur cadeau.

Après être parvenue à ses fins, elle procéda avec fébrilité au calcul des liasses, constituées en majorité de billets de cent euros. Max suivit l'opération sans l'interrompre. La somme s'élevait à neuf cent cinquante mille euros. Il s'attendait à plus, mais refusa de recompter. Laura décida de prélever de l'argent pour terminer l'année. L'idée de se livrer à un shopping débridé l'excitait.

- Je ne vois pas ce que pourrait changer un petit prélèvement…

- Tout ! C'est non. Fais-toi une raison. On doit attendre.

Il remit les billets dans la valise. La superficialité de sa femme dans certaines circonstances le dépassait. Résignée, Laura changea de posture.

- Tu as raison finalement. C'est le fric de la drogue, il va nous porter la scoumoune.

- Bien sûr que non. Notre implication n'est que le fruit du hasard. Et ce hasard va nous simplifier la vie si nous savons en tirer profit. Si ça peut te donner bonne conscience, je te rappelle que la coke a été interceptée par la police.

- Je persiste à dire qu'il aurait mieux valu tout raconter aux flics. Le parquet dispose de mesures pour protéger les témoins comme les victimes.

Excédé, Max ramassa la clé sur le jeté de lit et referma le bagage.

- Putain de bordel, atterris ! On n'est pas dans un roman à l'eau de rose. Tu veux rendre la thune et subir un procès interminable ? Quel gogo rapporterait un million d'euros au commissariat après avoir failli terminer en cendres ? Tu viens de baver d'envie sur les billets Laura et te voilà soudain submergée de scrupules.

Prise de court, elle poursuivit :

- Il faut bien que l'un de nous deux s'occupe de la

réalité. Le pistolet, par exemple, c'est extrêmement dangereux de le conserver.

- Dangereux pour les malintentionnés qui auraient l'idée de nous rendre visite. Maintenant, j'ai de quoi les accueillir.

Il aurait aimé lui avouer la provenance du Beretta, vexé d'avoir mal formé son jugement sur Mathilde. Mais livrer cette découverte l'inciterait à se gargariser de ses présomptions. Laura pouvait se montrer d'une tyrannie insupportable. Parmi ses critiques et ses insinuations, il puisait toutes les patiences. Il referma la valise, la déposa sur le parquet et attrapa la main qu'elle lui tendait pour se remettre debout.

Elle avait passé de l'agacement à la tendresse. Avec une douceur qu'il avait presque oubliée, elle se pressa contre lui, ses doigts glissèrent sur son torse, débouclèrent sa ceinture. Sans détourner son regard du sien, Max se défit de son jeans et se laissa choir sur le lit. En huit ans, sa morphologie s'était peu modifiée, un corps long avec des épaules incroyablement larges. Laura se dépassa d'audace. Sans se faire prier, elle s'agenouilla entre ses jambes. C'était la première fois qu'elle prenait une telle initiative. Avant le drame, il n'avait pas réussi à obtenir d'elle la moindre caresse. Elle se refusait en recensant ses défauts de mec. S'assurant qu'il ne rêvait pas, il se souleva sur les coudes pour effleurer sa chevelure, puis, avide de quelque apothéose, il s'abandonna. N'était-ce pas la solution idoine pour ses reins endoloris ? Après un moment qui lui parut trop court, elle retira ses vêtements et le chevaucha, en forçant le plaisir qu'il ne put différer tant son assaut était impérieux. De retour du nirvana, il lui souffla dans le cou :

- Je dois avouer que dans l'art des voluptés, tu progresses.

Loin de lui l'idée de s'en plaindre, mais il se demandait à quoi ou à qui il devait la ferveur soudaine de sa femme. Un tel embrasement ne lui ressemblait pas. Ce fut sur ces pensées où sa jalousie prit sa part qu'il s'endormit.

Laura sortit de sa torpeur autour de vingt-trois heures. Après l'enfer partagé, une raison bien définie l'avait exhortée à rendre cette soirée inoubliable.

La faim la conduisit dans la cuisine. Elle prépara un plateau-repas à base de saumon fumé qu'ils dégustèrent avec du champagne, le dos calé sur les oreillers. Max envisageait de racheter le garage à son patron, d'investir dans l'immobilier, de faire creuser une piscine, liste non exhaustive de ses intentions, et surtout, vœu ultime, d'agrandir le cercle de famille. Laura ne montra aucune réticence. Il voulut reparler maternité, mais la voyant s'assoupir, il renonça. Ne venait-elle pas de lui révéler une facette prometteuse, tout en consentant à lui offrir la paternité qu'il espérait ? Ces faits magnifiaient l'avenir. Il se glissa hors du lit, enfila son jeans et se pressa d'aller remiser le pactole afin de pouvoir s'acquitter de sa dette de sommeil. Dans moins de huit heures, il serait contraint de vanter les qualités de la nouvelle Berline Mercedes.

XXI

Le lendemain, au petit-déjeuner, Laura avisa son époux de sa démarche auprès de Maître Blois. Pour interrompre la procédure, l'avocat lui avait réclamé les frais du dossier en cours. Max se moquait de la facture, encore qu'elle sanctionnât un acte irréfléchi. Il préféra ne pas commenter et embrassa sa femme qui redoutait un rebondissement de leur affaire. À force d'arguments, il la rassura. Laura le pria de ne pas l'appeler au cours de la journée, cela la déconcentrait. Elle désirait se consacrer à son manuscrit. Si un fait nouveau se présentait, elle ne manquerait pas de lui en faire part.

Vers treize heures, en revenant de la cafétéria

avec son patron, Max passa outre sa requête et tomba sur le répondeur. Il essaya de la joindre sur son portable, en vain. En dépit de son naturel décontracté, il se sentait en proie à un sentiment indicible. La cause revenait peut-être à la façon dont Laura avait accepté de renoncer à sa pilule. Il s'interrogeait sur la spontanéité de son consentement, ce qu'il cachait.

De retour vers dix-huit heures, pressé de la retrouver, il fonça vers la porte d'entrée. Au dernier moment, il se ravisa et partit jeter un coup d'œil à l'arrière de la maison. Le Rav n'avait pas changé de place depuis le matin. Il revint sur ses pas, traversa le chemin et dévala la petite dune.

Le vent fouettait la mer. Pensif, Max gonfla ses poumons d'iode. Il inspecta les lieux et remonta, déterminé à parler à sa femme du compte-rendu du privé. Accumuler les cachotteries risquait de l'exposer à des représailles.

La porte de la villa n'était pas verrouillée. Dans le couloir, il appela Laura avec l'intention de lui passer un savon pour négligence. Aucune réponse. Des milliers d'étoiles criblaient l'écran de l'ordinateur sur la grande table en chêne du séjour. Or, sa femme ne sortait pas pratiquer son footing sans éteindre son programme. La chaise où elle s'asseyait était renversée. Une autre anomalie l'interpella : les coussins d'appui du divan sens dessus dessous. Il se précipita vers la chambre.

Malgré le lit sans un pli, la penderie était grande ouverte. Les vêtements habituellement au millimètre sur les cintres et les étagères jonchaient le sol. Son premier réflexe fut de vérifier la présence du Beretta. Sa main glissa derrière le pied du lit. L'arme était à sa place. Il se dirigea vers l'armoire au fond de la pièce et examina le tiroir où était enfouie la joaillerie. Il n'avait pas été forcé. Mais où était Laura ?

Quelqu'un s'était faufilé dans la villa. À en juger par l'entrebâillement des placards, la situation était sérieuse. L'intrus ne cherchait pas seulement des caramels. Fort de cette évidence, Max passa dans la petite chambre. Les tiroirs de la commode béaient. Il vit au couvre-pied que le matelas avait été soulevé. La salle de bain conservait sa netteté. La boîte à maquillage était close et le sac à main de Laura posé sur le tabouret. Il patrouilla à l'intérieur sur les traces de son cellulaire. Visiblement, il n'y était pas.

À l'étage, la salle de gym et le bureau semblaient avoir était épargnés. Une fouille aussi sélective avait quelque chose d'anormal. Il dévala quatre à quatre les marches et se propulsa au-dehors. Il s'enferma dans l'appentis et contrôla la cache. L'idée d'une fugue de Laura, la cagnotte en bandoulière, avait traversé son esprit. Mais il ne tarda pas à bannir cette pensée en remettant la trappe, la terre et la caisse. Une corvée accomplie en un temps record.

Max tenta de saisir la logique de la situation jusqu'à ce qu'il ne lui reste que des questions sans réponse. À croire qu'il avait manqué un épisode.

De retour à la maison, il laissa un message des plus laconiques sur la boîte vocale de sa femme : « C'est quoi ce bordel ? Si tu m'entends, décroche ou appelle-moi. Urgent ».

Sur le secrétaire de l'entrée, il parcourut les pages de l'agenda dont l'une était toujours cornée sur les coordonnés de Corinne. La diva serait-elle venue débaucher Laura ?

Il retourna dans le séjour. Un élément lui avait échappé : les magazines disséminés sur le tapis. Il redressa la chaise. En déposant l'agenda près du PC, ses doigts effleurèrent la souris. L'écran quitta l'état de veille et bascula sur une page blanche du traitement de texte. En gros caractères une phrase l'assaillit :

TU AS QUELQUE CHOSE QUI M'APPARTIENT / J'AI CE QUE TU CHERCHES / SOIS A VINGT HEURES SUR LE PARKING DU PORT DE SAINT-CYPRIEN DERRIERE LE SYNDICAT D'INITIATIVE / AVEC LE BISCUIT DANS SON INTEGRALITE / ET SEUL SI TU VEUX REVOIR TA FEMME VIVANTE

Max avala sa salive. Sanchez possédait un complice au courant de ses desseins criminels. Un quatrième larron qui attendait dans l'ombre pour rafler la mise. Impensable. Si rien ne cadrait avec cette hypothèse, l'image d'un individu brutalisant Laura envahit son esprit. Quelque chose lui disait qu'il s'agissait d'une petite frappe. La personne n'avait pas réussi à faire cracher le morceau à sa femme qui avait dû taper cet ultimatum sous la menace. Ils n'avaient pas intérêt à toucher un seul de ses cheveux. Il ne manquait plus qu'ils soient plusieurs.

Se ressaisir. L'enjeu ne permettait pas de dérapage. Il procéderait selon les voeux du kidnappeur. Ce genre d'individu n'hésite pas à tuer si quelqu'un se met en travers de son chemin. Il cliqua et vérifia que le message ne fut pas suivi d'autres indications. Puis il retourna chercher le Beretta dans la chambre. Si l'échange devait tourner à son désavantage, il lui fallait un argument persuasif.

Il contrôla l'arme, la déposa sur le lit et repoussa du pied les vêtements et les cintres dans la penderie. La garde-robe de Laura paraissait au complet. Son imperméable et sa veste en cuir étaient suspendus. Il examina le dessus de l'étagère. La valise et son sac Vuitton s'y trouvaient. Il referma le placard sans être plus avancé. Le temps de se doucher, d'enfiler un pantalon, un tee-shirt propre, et son portable dans la poche de sa veste le fit tressaillir. Il fondit sur l'appareil. La voix de son épouse lui parvint comme un écho lointain.

– Max, regarde l'écran de l'ordi et fais ce qu'on te dit.

Un besoin de la rassurer précipita les mots dans sa gorge. Malheureusement, Laura raccrocha avant qu'il n'exigeât un entretien avec son ravisseur. Pestant entre ses dents, il composa le numéro. Répondeur. Il écrasa son poing sur la porte. S'il avait su la convaincre de se mettre au vert quelques jours, la donne serait différente. Elle avait freiné des quatre fers quand il lui en avait parlé. Il aurait presque préféré la voir aller au bout de sa résolution de divorcer. Mais il se défendit d'envisager le pire, l'imprévisible primant le plus souvent sur les prévisions.

Dans la cuisine, les placards bâillaient sous le plan de travail. Il les referma et brancha la cafetière. En cherchant le sucre, son esprit charria la soirée de la veille. Après la collation et l'amour, ils s'étaient endormis noués, serrés à ne plus pouvoir respirer. Ce souvenir lui procura une rage folle. Comme un fauve blessé, il tourna en rond, visionnant ses hypothèses, sans perdre de vue l'horloge. Il voulait arriver le premier sur les lieux.

À dix-neuf heures, il avala de travers un café et gagna les dépendances avec son sac de sport et le pistolet. Dans l'appentis, il glissa l'arme sous le siège du 4x4, déterra le magot et le transvasa. Moins suspect qu'une valise si une patrouille de gendarmerie jetait son dévolu sur son véhicule. Il lança le sac sur la banquette arrière et s'installa au volant. L'idée de perdre autant d'argent après l'avoir si périlleusement acquis lui triturait les neurones. Il se polarisa malgré lui sur cet échec et roula à plein régime. Au panneau de Saint-Cyprien l'adrénaline s'accéléra dans ses veines. Un goût de café lui monta dans la bouche à l'idée que dans moins de douze minutes, il serait fauché et sans doute humilié, mais il aurait repris Laura.

Au port, l'heure du dîner avait ralenti la circulation. Bien qu'il fît encore jour, l'éclairage public était en service. Quelques passants flânaient le long des quais en contemplant les bateaux nichés en essaim. Pourquoi lui avait-on imposé ce lieu où le moindre éclat de voix pouvait attirer l'attention ? Tout portait à croire à un échange rapide et discret.

Avant d'engager le 4x4 sur la place, Max détacha sa ceinture et localisa le pistolet sous le siège. Une vieille Opel stationnait à l'extrémité du parking. Personne à l'intérieur. La main sur le levier de vitesse, il remonta en seconde jusqu'au syndicat d'initiative. En contournant le bâtiment, son sang effectua un circuit de Formule 1. Le Rav pila. À dix mètres de lui, Laura piétinait sous un palmier, cheveux au vent, un pochon suspendu à son bras, son cellulaire à l'oreille. Perchée sur ses talons, en pantalon moulant et chemisier noir à fleurs blanches, elle n'avait rien d'un otage. Dès qu'elle l'aperçut, elle s'avança pour lui demander s'il était en possession de l'argent. La légèreté de sa question mit illico Max sur la voie d'une imposture. Il lança son bras derrière son siège et fit mine d'attraper le sac. Elle s'engouffra dans la voiture, une lueur de triomphe au fond des yeux.

- Le compte y est ?

Max lâcha le sac et son calme s'effrita.

- On t'a mandaté pour contrôler ? Où sont ces fils de pute ? Je veux voir leurs tronches avant de leur refiler la monnaie.

Elle referma la portière d'un coup sec.

- Démarre, je t'expliquerai.

- Explique, sinon je vais m'énerver. À qui tu téléphonais ?

Elle hésita, cherchant ses mots.

- À Corinne. Ne reste pas là, roule !

Comme une coulée de lave, la fureur envahit Max.

- Corinne ? L'ironie, c'est que j'ai failli l'appeler. Ne me dis pas que ce cirque n'était qu'une mascarade ? Et que ta pétasse de copine était dans le coup !

- Ne hurle pas ! C'était pour savoir si tu tenais plus à moi qu'au fric.

Il démarra en laissant la gomme sur le bitume.

- Est-ce que tu as conscience de la violence de ton acte ? Des risques que je prends en transportant la monnaie et le flingue ? Te servir d'un subterfuge de cet acabit pour m'évaluer ! Bien sûr, vous avez combiné ce plan de concert...

- Corinne m'a servi de chauffeur. L'autre aspect ne la concerne pas.

- Génial !

Laura se justifia, jouant des mots. Ils jaillissaient de sa bouche à l'instar d'un geyser, pour se dédouaner, et le calmer.

- Désolée de t'avoir infligé cette épreuve. Je voulais une preuve. J'ai eu ma part de stress. J'ai passé des heures d'attente dans l'incertitude.

- Sur ton narcissisme ! vociféra Max. Ce test à la con était destiné à regonfler ton Ego.

- Pour aimer les autres, il faut savoir également s'aimer, et sur ce point tu n'as rien à m'envier.

- Tu n'es pas en situation de me renvoyer la balle Laura, à ta place, j'éviterais...

À croire que sa cervelle n'était pas irriguée.

N'avait-elle pas eu son compte d'imprévisible ? Laisser partir sa main sur sa joue le démangeait, mais il s'efforça de la maintenir sur le volant. Elle ironisa en se tournant vers le sac :

- Je suis persuadée qu'au fond de toi, tu exultes de pouvoir remettre tout ça au frais.

- Ne crie pas victoire : la route est pleine d'embûches.

Sur la départementale, il fit miauler les pneus à l'incursion d'un troupeau de chèvres qui obstruait la voie. Les bêtes s'éparpillèrent en trottinant dans les phares. Ils attendirent que le propriétaire les rassemblât et les éloignât de la route. L'incident permit à Laura de se serrer contre Max qui la repoussa du coude.

- Il faut que tu grandisses. Si ta mère possédait le quart de ta perversité, je comprends que ton père se soit tiré.

Laura venait de le rouler dans la farine. À peine sortie de l'enfer, elle avait essayé de les y replonger. À croire que ce pénible épisode s'était déroulé dans un passé lointain. Il n'y avait aucune commune mesure dans leur conception de l'amour. Aucune. Laura était une femme à foucades, à ruses multiples, rivée à son passé qui servait de prétexte à ses humeurs paranoïaques. Un stratagème aussi machiavélique méritait une leçon. Qui sème le vent…

Le reste du trajet, elle s'escrima à légitimer son acte. Cela ne se reproduirait plus. Serment : croix de bois, croix de fer. Il desserra les lèvres espérant la décourager de poursuivre :

- Regardons les choses en face. Pour toi les preuves ne signifient rien. J'ai payé pour le savoir. Moi, j'appartiens à une génération pour laquelle l'amour n'a pas besoin d'être ratifié.

Après le fracas de l'huis, il ne résista pas à la tentation de lui dire que sa fourberie l'écœurait. Il se délesta du sac et se confectionna un sandwich au jambon de Parme qui freina un peu son emportement.

Laura effaça le désordre de sa mise en scène, accrocha les volets et s'enferma dans la salle de bain. Lorsque son mari piquait une crise, elle laissait passer l'orage. Les grands mots, les coups de poing à fendre les cloisons, les insinuations assassines, elle avait l'habitude. Riposter envenimait le conflit. Elle redoutait la guerre, même si elle se plaisait parfois à la déclencher.

Sa toilette achevée, elle se coucha sans passer par la cuisine et se pelotonna dans l'attente. Depuis quatre jours, la chaleur de Max dissipait les clichés de violence qui voyageaient à bord de sa mémoire. Elle avait poussé loin l'audace pour se délivrer d'un doute. Il ne lui en tiendrait pas éternellement rigueur. Cette pensée la rasséréna. À l'écoute, elle perçut le couinement du placard et le raclement du sac de sport. Suivirent le cliquetis de la serrure de l'entrée et les pas sous la fenêtre. Max allait remiser le butin. Tout à l'heure, en remettant de l'ordre, elle n'avait pu s'empêcher de tirer sur la fermeture Éclair.

Dehors le vent ballottait les lauriers, elle l'entendait sourdre ses plaintes chargées de menaces. Une sensation d'apesanteur commença à lui rendre flou le filet de lumière sous la porte.

Elle lutta contre le sommeil, en implorant le Christ sur le tableau de Dali de lui venir en aide, de lui accorder une réconciliation de fond. La fatigue la coiffa au poteau.

Le lendemain, un léger bruit lui fit ouvrir les yeux. Max cherchait une chemise dans l'armoire. Il sortit avec le vêtement sans lui adresser la parole. Laura pensa que sa prière de la veille n'était pas arrivée jusqu'au ciel. Elle enfila son déshabillé et s'engagea dans le couloir. En ouvrant les volets du séjour, elle constata que Max avait dormi à la cosaque sur le divan.

Dans la cuisine, la tasse du petit déjeuner et la casserole croupissaient dans l'évier. Laura demeura plantée une minute devant le réfrigérateur ouvert avant de se rabattre sur un yaourt. Max entra dans la pièce au moment où elle colmatait le creux dans son estomac. Elle put apprécier la férocité de son regard. En avance sur l'horaire habituel, il était rasé et habillé. Il prit un verre sur l'égouttoir et le tube de vitamine C dans le tiroir de la table. Mitonner ses ressentiments lui avait procuré une mine de déterré, mais il avait su camoufler la trace bleuâtre qui barrait son nez. Laura l'affronta.

- Tu as mal dormi ?

- …

- Tu m'en veux toujours ? Tu ne vas pas rester vissé sur cette histoire ?

Il regarda le cachet se dissoudre sans dire un mot. Gloser sur les péripéties de la veille n'était pas dans ses intentions. Après avoir vidé son verre, il le déposa sur la table et s'en alla sans claquer la porte.

XXII

Après le départ de Max, Laura sortit prendre l'air dans la crique. Elle n'y avait pas remis les pieds depuis le périple funèbre. Le soleil n'avait pas encore réussi à percer la chape de nuages. L'eau semblait endormie. Elle longea le feston de débris rejetés par la mer et commença à écarter du pied les résidus de plastique. Ce coin lui appartenait un peu, elle trouvait naturel de l'entretenir. L'absence de la barque lui provoqua un pincement. Jamais plus elle ne s'y adosserait pour travailler son texte au dictaphone, le regard perdu sur les flots. Le diable en envoyant ses suppôts avait terni l'image de leur paradis. Comment ne pas redouter un de ses pièges ?

L'enfer pouvait ressurgir entre deux eaux, camouflé d'écume, ou sur la grève, emmailloté de varech, à moitié dévoré par les poissons, livré en pâture aux oiseaux marins. Max affirmait que cela n'arriverait pas, les courants se déplaçant vers l'Espagne.

Sur la plage, parmi des algues enchevêtrées, Laura ramassa un fragment de verre poli qu'elle prit pour un précieux coquillage. La mer étirait son carré de soie à l'infini. Elle tentait d'en capturer les limites lorsqu'un bruit de portière la fit sursauter.

- Merde ! grommela-t-elle, prenant conscience d'être soumise à tous les dangers.

Assaillie par plusieurs suppositions elle essuya ses doigts sur son pantalon corsaire et se mit en marche vers la villa. Deux gendarmes venaient à sa rencontre. Elle fit appel à tout son courage pour les aborder sereinement.

- Messieurs, qu'est-ce qui vous amène ?

- Désolé de vous déranger, madame. Nous procédons à une enquête de routine. Un cambriolage a eu lieu cette nuit au Hameau des Pins. Avez-vous remarqué des allées et venues hier soir ?

- Non, pas que je sache. Vous n'avez aucune piste précise ? se hasarda-t-elle en leur tendant la main.

Le visage du plus âgé lui était familier. L'homme la jaugea de pied en cap. Il était de service le jour où le corps d'Alphonse Travers avait été repêché. Afin de désamorcer un interrogatoire susceptible de la piéger, Laura décida de se rapprocher de la vérité.

- Vous tombez à pic. Mardi matin, lorsque j'ai fait mon tour sur la grève, la barque qui appartenait à mon mari avait disparu. Je l'ai tout de suite appelé à son travail pour le prévenir. Ce vol n'a pu avoir lieu que pendant le week-end où nous étions absents.

- L'embarcation était-elle bien amarrée ? s'informa le plus jeune, comme s'il voulait montrer à son collègue la pertinence de sa question.

- Aucun doute à ce sujet. Mon époux a arraché le

pieu mardi afin d'éviter à quelqu'un de se blesser.

En dépit du chahut dans sa poitrine, Laura les conduisit à l'emplacement de la barque, là où la nappe de sable mordait sur les galets.

- Pourquoi votre mari n'est-il pas venu à la brigade déposer plainte ?

- Il en était question. Conscient que cela ne changerait pas grand-chose, à part fournir un surplus de paperasse à la brigade, il a laissé tomber. Il faut dire que ses pêches en mer ne sont plus qu'un lointain souvenir. L'assurance a été suspendue.

Le plus âgé ôta son képi, glissa la main dans ses cheveux et le replaça sur sa tête.

- Effectivement, je me souviens de cette barque. Il s'en passe des choses ici ! Ce lieu ne doit pourtant pas être très fréquenté.

- Il y a toujours des gens qui recherchent la tranquillité, et qui la trouvent au premier soleil. Pensez-vous que ce vol soit lié au cambriolage dont vous parlez ?

- Il est possible que ce soit la même bande qui

opère.

L'autre opina et sortit son calepin de la poche de sa chemise, sans vraiment prendre de notes. Profitant du soulagement que lui avait apporté l'entretien, Laura s'adressa au brigadier qu'elle connaissait :

- Je ne me fais pas d'illusions, mais si par chance vous retrouviez la barque, je serais ravie. Elle faisait partie du paysage. J'ai du mal à me faire à sa disparition.

- Sait-on jamais ? Il faut toujours déclarer un vol. Pensez-y à l'avenir. N'hésitez pas à nous signaler la moindre anomalie.

Elle promit tandis qu'une pluie fine commençait à humecter le sable. Après l'échange de politesses, les deux hommes s'acheminèrent vers l'estafette. Ils se retournèrent une première fois pour lui dire qu'ils allaient patrouiller plus souvent dans les environs, une seconde pour la regarder rajuster son tee-shirt sur ses hanches. Laura se sentit plus légère. Son mensonge ressemblait tant à la vérité qu'il ne pouvait être mis en doute.

Elle rentra et appela Max sur le téléphone fixe. Au garage, la plupart du temps sa mauvaise humeur s'émoussait face à ses responsabilités. La ligne était occupée. À la deuxième tentative, il lui répondit seulement par monosyllabes et elle raccrocha sans faire allusion à la visite des gendarmes. Elle redonna forme au canapé éprouvé par la nuit et prépara une machine.

Vers onze heures, elle contacta Corinne au centre de kinésithérapie où elle travaillait pour savoir si leur déjeuner tenait toujours. Le vendredi après-midi, la jeune femme n'avait pas obligatoirement quartier libre. Laura, oublieuse de l'hostilité larvée que son amie manifestait envers son mari lui avait demandé son aide la veille. Cette dernière s'était empressée d'accourir, approuvant le plan de complot qu'elle avait dressé. Finalement Corinne confirma sa venue. Vingt minutes plus tard, n'y tenant plus d'entendre les explications sur la réaction de Max, elle arrivait à La Mouette avec le dessert. En moins de temps qu'il ne lui fallait pour déposer son sac, elle se transforma en sœur Marie Conseil. Laura pensa qu'elle aurait été formidable dans une revue féministe militante. Elle ne lui déroula qu'une longueur de l'écheveau de ses ennuis avec son mari. Confidence qui donna lieu au refrain habituel : comment pouvait-elle supporter un homme qui l'avait contrainte à abandonner le mannequinat, un phallocrate qui lui faisait des scènes à chaque regard de l'un de ses congénères, un mec qui n'en fichait pas une rame à la maison ? Laura s'efforça d'endiguer les convictions de sa copine.

- C'est moi l'emmerdeuse en ce moment. L'épisode d'hier à Saint-Cyprien n'a rien arrangé. Mais laisse tomber, tu ne comprendrais pas.

- Il t'étouffe, il t'emmerde et tu le couvres. Les réconciliations doivent être torrides chez toi !

- C'est comme ça, je l'aime quand même.

Cet aveu n'inspira qu'un ha ! de résignation à Corinne qui possédait les qualités de ses défauts : ne pas insister quand elle sentait l'inanité de ses arguments.

Laura changea de sujet et rétablit leur complicité

en exposant les entrecôtes au feu vif du grill. Au cours du déjeuner, elle tenta de refouler son secret qui remontait en elle comme un poison impossible à régurgiter. Un secret qu'en aucun cas elle ne pourrait partager. Elle fut la première à se soucier de l'heure tandis que Corinne énumérerait par le menu ses tribulations amoureuses. Le vendredi, Max rentrait autour de dix-sept heures. Sa courtoisie n'avait rien de légendaire. Le complot qu'elles avaient ourdi, ressuscité par sa présence, risquait de déclencher un cyclone.

Au garage, Max éclusa les affaires courantes. Il passa quelques coups de fil et ignora la secrétaire alarmée par un client insolvable. Le dernier jour de la semaine, il ne fallait pas lui demander le pourquoi du comment. Il marina derrière son bureau, en imaginant la tête de sa femme devant la surprise qu'il lui concoctait.

Ce matin, elle avait pris sa voix mielleuse en l'appelant, celle réservée à son éditeur ou à tout mâle respectable. Pourtant le désir de lui répondre avait bousculé ses défenses, il avait failli craquer. Laura, c'était sa terre de contraste. Tantôt chatte, tantôt folle. Pouvoir décrypter ses mystères à travers ses yeux couleur de mer. Une sirène à la cervelle farcie de rêves et d'excentricités qu'il ne cernerait jamais. La racine de la méfiance repoussait comme une hydre chez elle, sans doute un héritage de sa famille. Leur couple en souffrait. Même si son cœur n'était pas toujours en phase avec ses actes, cette fois, elle avait dépassé les bornes.

Les mains dans les poches, Max regardait tomber la pluie par la fenêtre. Au loin, sur le boulevard, le flot des voitures s'accroissait. Son dernier rendez-vous avait été annulé, l'après-midi s'éternisait. Il avait connu des vendredis plus animés. Il se carra dans son fauteuil et feuilleta le journal. Toujours aucun article relié à l'affaire. Il bâilla, fit craquer ses phalanges et passa dans le bureau de la secrétaire pour relever l'adresse du mauvais payeur. Le client habitait sur son trajet. Cela ne lui coûtait rien de s'arrêter pour connaître ses intentions. En le menaçant du transfert de son dossier à l'huissier, peut-être repartirait-il avec un chèque. Il détestait ce genre de négociation, mais son envie de filer, travestie en mission de confiance, le propulsa loin du garage.

La personne semblait absente. Il persécuta un moment la sonnette, s'aventura derrière la résidence, et se réinstalla au volant de la Mercedes. Sur la route il fonça, en risquant de temps à autre un œil sur le compteur. Longtemps qu'il n'avait pas roulé aussi vite sous la pluie.

En lui ouvrant, sa femme mendia un baiser, sans doute dans l'intention de se racheter. Il l'embrassa du bout des lèvres, insensible à sa volonté de conciliation, lui préférant une bière.

Depuis qu'elle avait senti la précarité de leur vie, elle lui offrait l'image d'une épouse prévenante. Elle avait écalé des œufs durs et découpait des tomates au-dessus d'un saladier. Laura apprêtait des repas qui n'exigeaient pas un grand savoir-faire. Elle se donna un mal fou pour capter son regard.

- Je peux te parler Max ? Les gendarmes…

La canette dans une main, le décapsuleur dans l'autre, il se tourna vers elle.

- Quoi les gendarmes ?

Lourd de rancœur, les sourcils froncés, il l'écouta. Elle évoqua le passage de la patrouille : sa conversation avec les deux hommes.

- Ce n'est pas si mal, le problème de l'embarcation est réglé. On ne récoltera pas d'embrouilles de ce côté-là, fit Max.

Laura trouvait encourageant d'avoir renoué le dialogue. Assis à califourchon sur une chaise, il promenait son regard à travers la cuisine en savourant sa bière. Bien qu'aucune trace du déjeuner avec Corinne ne subsistât, son flair le poussa à demander :

- Quelque chose d'autre que je devrais savoir ?

Elle lui avoua que son amie était venue déjeuner. Cette nouvelle le hérissa. Il se leva et braqua sur elle un doigt menaçant.

- Arrange-toi pour que je ne la croise pas. Si je la trouve sur mon chemin, je lui fais bouffer ses semelles.

La sagesse lui commanda de se calmer. Après tout, sa femme pouvait ratiociner des heures avec sa copine, cette dernière ne serait jamais aussi douée dans l'art d'élaborer un plan tordu.

Laura prit la défense de son amie :

- Tu es injuste, ce déjeuner était prévu depuis plus de trois semaines. Corinne n'a rien à voir…

- Avec ta machination d'hier ?

Surtout se taire. Si elle répliquait, les propos allaient s'infecter. Elle fit un pas vers lui avec l'espoir d'une trêve, mais il écarta la chaise de la table pour mettre de la distance entre eux. Insolent de calme, il retroussa les manches de sa chemise, liquida sa brune et quitta la pièce.

Rattrapée par la culpabilité, Laura rejetait ses torts. Comme si la cicatrice laissée par leur mésaventure n'était pas assez punitive. La colère commençait à l'envahir lorsqu'elle aperçut Max dans le jardin. En passant près de la porte-fenêtre il jeta un coup d'œil vers la vitre. L'impression qu'il la narguait. Elle abandonna ce qu'elle faisait pour le rejoindre, le cueillant au seuil de l'appentis. Il tenait une grande poche en plastique d'une main, le sac de sport de l'autre. Sa maussaderie semblait s'être éclipsée.

- Puisque tu es là, débarrasse-moi de ce sac. Je n'en ai plus besoin.

Elle s'empara du bagage vide et se pencha vers la poche, curieuse de son contenu. Lui simplifiant la tâche, Max l'entrouvrit.

- Que fais-tu avec cette mallette ? Tu ne la remets pas dans sa planque ?

Elle avait parlé à voix basse, tout en survolant du regard les alentours.

- Je lui ai trouvé une autre place. La meilleure.

Il avait l'air satisfait de sa réponse. Une fraction de silence, Laura fit défiler ses suppositions. Elle paniqua quand elle le vit partir d'un pas décidé, dépasser le massif des plantes aromatiques et prendre la direction du portail.

- Tu vas où avec ça ? T'offrir un passage en prime time au profit d'un témoin ? Tu es le premier à dire qu'on n'est jamais assez prudent.

Il fit comme s'il n'avait rien entendu. Mue par une

vague intuition, Laura laissa choir le sac de sport au milieu des lavandes et trotta derrière lui.

Max traversa le chemin et traça vers l'autre bout de la crique, avec ses baskets de sept lieues. Le suivre avec des chaussons sans contreforts était laborieux. La pluie avait cessé. Le soleil en chute sur les Pyrénées tentait une percée. Laura s'arrêta pour rouler son jeans sur ses chevilles, et enlever ses mules dont les talons s'enfonçaient dans le sable. Elle les remit sur la partie caillouteuse du rivage où les galets la faisaient trébucher.

- Arrête Max, je t'en prie. Je crois savoir ce que tu veux faire ! Te venger de cette façon, c'est nul.

Sans se retourner, il lança presque zen :

- Qui parle de vengeance ? Tu voulais une preuve, je vais te la fournir !

Ils luttèrent de vitesse jusqu'au pied du grand rocher. Là, Max commença à escalader la falaise qui avançait sur la mer. Laura regretta de ne pas être chaussée pour la circonstance, le roc acéré ne lui permettrait jamais d'atteindre le sommet. Dans le tumulte des vagues et des oiseaux de mer, elle cria à son mari qu'il faisait une immense connerie. Il fit semblant de ne pas l'entendre. Furieuse, elle recula pour mieux suivre son ascension. Un goéland piqua vers lui, comme si son exercice de varappe l'amusait. L'oiseau tournoya un moment, puis vira et s'éloigna vers le large.

Max se trouvait maintenant à quinze mètres au-dessus de la grève, à l'aplomb de l'eau, figure de proue de son navire de pierre. Dans l'air libre, il hurla quelque chose comme "éradiquer les maléfices", puis elle le vit sortir la valise de la poche en plastique, prendre son élan et la balancer à l'eau d'un rapide mouvement du bras. La course de la mallette se termina dans une gerbe d'écume. Une mouette persifla en rasant la paroi du rocher. La rage de Laura fut si vive qu'il lui vint un éblouissement. Elle éprouva ensuite la saveur amère des spoliés et des souffletés. La perspective des projets auxquels elle devait renoncer la précipita au pas de charge vers la maison.

Il avait voulu lui donner le regret d'une somme qu'elle ne posséderait jamais. Comment avait-il osé s'arroger le droit d'infléchir l'avenir ? Sa sauvagerie insensée, son égoïsme, sa joie de marquer des points : un macho dans toute sa splendeur, *beau et con à la fois* !

Quand il la rejoignit, elle ressemblait à une cocotte minute à la soupape bloquée, un volcan sur le point d'exploser. Prête à l'affrontement, les bras croisés sous la poitrine, ses yeux lançaient des flammes.

- On vient de perdre ce que le ciel nous a fait gagner !

- Perdre, gagner, ce sont des mots qui n'ont rien à voir avec l'amour Laura. C'est la vie ! Un jour tu es riche comme une princesse, un autre, tu ne peux même pas t'offrir des croissants au petit-déj.

Portée par sa fureur, elle se jeta sur lui. Il s'efforça de la tenir à bout de bras, de parer les coups qu'elle lui portait en le couvrant d'insultes. Dans le feu de l'action, réflexe inexplicable, il lui lécha le bout du nez. Ses traits pâlirent d'exaspération et elle se précipita vers la chambre en claquant la porte. Une seconde plus tard, il fit irruption dans la pièce. D'une voix entachée d'ironie, il tenta de relativiser.

- Je ne saisis pas ta réaction. En quarante-huit heures, tu as changé trois fois d'avis sur le magot. Tu te souviens ?

Il lui en restait quelques mots : "argent sale qui allait leur porter la poisse". Aucun doute, le désir exacerbé de dépenser venait d'être ravivé chez elle. Max vint se poster au bord du lit où elle s'était assise.

- L'affaire est close. Je n'en ai rien à branler de ce pognon. Il ne m'empêchera pas de dormir.

- Moi si ! Abondance de biens ne nuit pas. Gaspiller une somme pareille, c'est un acte de barge, de grandissime connard. Quel gâchis ! Qu'est-ce qu'on va faire maintenant ?

Sa réplique avait échappé à son contrôle.

- La même chose qu'avant. Tu vas finir ton bouquin et je vais me défoncer au garage. On sera encore au-dessus du seuil de pauvreté. À peine un million d'euros, ce n'est pas le Pérou. Tu les aurais vite flambés ! Si le programme te paraît insurmontable et si l'argent est le lien unique qui te retient, la voie est libre, casse-toi !

Laura secoua ses cheveux.

- Et si la valise remonte à la surface ou s'échoue ?

- Non seulement je l'ai lestée, mais je lui ai percé le ventre. À l'heure qu'il est, les liasses sont imbibées comme des éponges.

- Quelle sagacité ! Une chose est certaine, avec les mecs, on ne risque jamais d'être déçu.

- Tu voulais une preuve !

Croyant disposer d'un avantage, Max fut roulé par les vagues d'un raisonnement retors. Laura argua que l'avenir n'était plus cet horizon où un enfant leur tendait les bras. Piqué au vif, il sortit pour ne pas l'envoyer au tapis. Le reste de la soirée, elle demeura fermée comme une huître. Elle s'exila dans l'autre chambre avec la détermination d'y passer la nuit. Cette histoire l'avait essorée. Une querelle s'efface, fait partie des situations qu'on peut neutraliser, mais un comportement aussi stupide quelle femme intelligente en prendrait son parti ? Les douloureuses qui engorgeaient la boîte aux lettres n'avaient pas fini de leur plomber les années. Heureusement, la nuit où il s'était débarrassé de la Mégane, elle n'avait pas attendu sa permission pour ramasser une poignée de billets dans le sac pendant qu'il se bâfrait dans la cuisine.

De dépit, elle pleura à chaudes larmes. Elle pleura parce qu'il avait l'esprit dérangé. Elle pleura parce qu'il faisait semblant de ne pas la comprendre. Elle pleura à cause de ce qu'ils ne pourraient pas entreprendre. Et elle pleura parce qu'elle l'aimait.

Max s'isola à l'étage, dans le bureau. Une pièce où les livres s'alignaient sur des étagères en pin, où les murs ne parlaient que de la plastique de Laura dont l'indignation compliquait la situation. Du drame, ils étaient passés au psychodrame. Dans des circonstances ordinaires, il l'aurait emmenée consulter un psy.

Dans le fauteuil au cuir râpé, les pieds sur une pile de classeurs, il resta à réfléchir comment traverser l'orage, en écoutant sa femme renifler juste en dessous, dans la chambre.

Si quelqu'un devait se sentir floué, c'était bien lui. Il n'avait pas cherché à appliquer la loi du talion, seulement saisi à son tour l'occasion d'obtenir une preuve de son attachement. Si elle oubliait la valise et reprenait leur vie en main, elle aurait passé le test. Dans l'attente, l'image des billets au fond de l'eau allait certainement prendre le pas dans son esprit sur leur funeste nuit. Elle l'avait cherché.

XXIII

Pendant le week-end, le ciel plaqua une chape de gris au-dessus de la crique. Si Laura adressait la parole à son mari, c'était avec le ton vague qu'elle employait quand elle essayait d'éviter une discussion. Elle ignora ses tentatives de réconciliation et s'entortilla dans sa mauvaise humeur. Elle estimait que la décision de l'ordre de celle qu'il avait prise méritait une concertation entre époux.

Le dimanche, à la fin du déjeuner, tandis qu'elle attendait devant la télévision que son thé refroidisse en se rongeant les peaux du bord des ongles, manie quand elle mitonnait une vacherie. Max décida d'aller régler un autre problème. Il l'en avisa.

- Je vais mettre les choses au point avec ma mère.

L'air d'approuver, Laura se donna contenance en manipulant la zappette. Il partit avec la conviction de surmonter leur crise. Dès son retour, il lui ferait une révélation. Elle verrait qu'il n'avait pas cherché à se venger.

Quinze minutes plus tard, il secouait le portail en fer de la maison de Saint-André. Il utilisa le code : cinq coups de sonnette décomposés en deux temps.

Mathilde Santelli s'affairait autour de ses fleurs. Elle arriva en retirant ses gants de jardinage. Après avoir débloqué le loquet elle et colla sa bouche fardée de rouge sur la joue de son fils. Max abrégea l'effusion et la précéda à l'intérieur. Les reproches lui chargeaient la langue.

La grande explication obligea Mathilde à s'asseoir. Son poids doublé par celui de ses ennuis, elle se laissa tomber sur le fauteuil du séjour. L'évocation du pistolet la cloua au pilori de la honte. Quelques secondes, elle demeura hébétée, puis elle avoua. Son geste avait été guidé par l'affection qu'elle lui portait. L'entêtement dont Laura faisait preuve à l'égard de la maternité la dépassait. Elle voyait bien qu'elle ne se déciderait jamais à lui donner un enfant. Ce n'était pas de sa faute si elle la trouvait bizarre, voire anormale. L'année dernière, lorsqu'il avait parlé de contracter une assurance vie, aucune de ses nuits de veuve n'avait été exempte de cauchemars. Max lui rétorqua que c'était elle, son cauchemar, car elle détestait Laura depuis le jour où il la lui avait présentée. Mathilde encaissa sans chercher d'excuses.

- J'ai commis une erreur en croyant bien faire. Le diable est toujours prêt à rendre service. Que veux-tu que je te dise ?

- Les erreurs, ça n'existe pas. Il y a ce qu'on fait et ce qu'on ne fait pas. Le diable n'est pas en cause, en revanche, le cognac… Tant que tes démons te feront accomplir des actes aussi dégueulasses, il vaudra mieux que tu restes chez toi. Dissimuler le Beretta derrière le siège du Rav dans l'intention d'envoyer Laura passer un moment au commissariat, quelle trouvaille pourrie ! Tu as tenté de bousiller notre ménage, de nous envoyer au clash. On peut dire qu'avec le temps tout se dégrade, a fortiori la connerie, incluse dans le prix de la vie et à laquelle tu n'as pas échappé.

Mathilde tenta de se défausser :

- Je ne sais pas pourquoi j'ai agi de la sorte. Sans doute la solitude.

- Tu vas devoir t'y habituer !

Une chose était certaine, il avait fait une belle bourde en se confiant à une éthylique. Il piquait vers la porte d'entrée quand elle lui demanda si Laura était au courant pour le pistolet. Max se retourna et lui lâcha un glacial « devine ».

Elle l'accompagna jusqu'à la grille. Sur ses joues, les larmes délitaient sa poudre de riz, dévoilant sa couperose. Elle aurait voulu se cramponner à son bras, lui assurer qu'elle ne dirait ou ne ferait plus rien pour le protéger de Laura. Elle se contenta de plaider sa cause. Il était son bambino. On ne répudiait pas une mère. Le pardon n'était pas destiné aux chiens.

Le claquement de la portière de la Mercedes lui servit d'adieu.

Max s'arrêta à la sortie du village. Il n'aimait pas conduire sous le coup de la colère. Pardonner ? Sa confiance avait trinqué. Le temps mettrait du temps à effacer le souvenir d'une telle malveillance.

De retour à La Mouette, il remarqua la serviette de bain et le bikini de Laura sur le fil d'étendage. La température de l'eau ne l'avait pas découragée, elle était allée se baigner. Il la trouva dans la salle de bain. Enveloppée dans son peignoir, elle agitait le séchoir autour de ses cheveux. Elle lui lança un regard de biche effarouchée qui fit grimper en lui une bouffée de désir.

Au cours de la soirée, il eut l'impression qu'en circulant dans la maison, elle passait de plus en plus près de lui. Il l'épia d'un œil, traquant la trace d'un rapprochement, tout en renonçant à bousculer les choses. Elle ne souleva aucune question sur Mathilde. À la fin du dîner, vite expédié, elle se réfugia dans son fief avec un livre.

Une heure plus tard, faute de concentration, elle déposa le roman au pied du lit et commença à regretter de ne pas avoir entamé un processus de réconciliation. Ce fut pire lorsque les images de terreur ressurgirent. L'angoisse s'enroula autour de sa solitude. Laura se mit à détricoter ses griefs, sans répit. À l'aube, elle cessa de les ressasser et regagna leur chambre. Elle pénétra dans la pièce sans toucher à l'interrupteur et se glissa sous le duvet. Max endormi se retourna pour passer un bras autour d'elle. Quelques mots confus s'échappèrent de sa bouche, des mots auxquels elle essaya de donner un sens en cherchant son sommeil.

Au réveil, tout ne fut que passion, sexe et volupté. Après l'amour, ils demeurèrent enlacés, suspendus au-dessus des réalités, à laisser tourner l'heure. Max rompit le charme en s'embarquant dans ses confessions. Il ouvrit avec son entretien avec mère. La manœuvre de Mathilde n'étonna guère

Laura. L'air étrange de sa belle-mère, la façon dont elle maintenait son cabas sous son bras le jour où elle l'avait emmenée chez le coiffeur… Dire qu'elle avait fini par la soustraire de ses hypothèses ! Max tenta de réduire le cortège des commentaires.

- C'est réglé ! Elle n'est pas prête à recommencer, d'autant plus qu'elle sait que tu es au courant de ses frasques.

Laura emboîta le pas.

- Tu aurais dû lui apprendre à se mêler de ses affaires. Elle est abjecte, dangereuse, ce n'est pas une engueulade qui va modifier son caractère. Ta mère ne m'a jamais pardonné d'être ta femme. On ne sait pas ce qui lui aurait passé par la tête si tu ne l'avais pas percée à jour.

- L'exagération fait partie intégrante de sa nature. Avec le temps, elle se calmera. Elle a compris la leçon.

Laura se tortilla sous les draps.

- Quelle manipulatrice et quel art de la mise en scène ! J'en ai froid dans le dos.

Max mordilla le bras de sa femme.

- En ce qui concerne la mise en scène, tu n'as rien à lui envier…

- Si tu veux établir des comparaisons Max, n'oublie pas de t'intégrer au chapitre. Ton numéro à l'autre bout de la crique était grandiose, et surtout, débile.

- De ta faute ! Tu ne sais jamais ce que tu veux.

- Ces arguments faciles te ressemblent.

Elle se dressa sur son séant et attrapa son déshabillé.

- Ta mère va voir de quel bois je me chauffe ! Quand j'en aurais fini avec cette sorcière, elle regrettera de ne pas se trouver en enfer.

Max la ceintura avec un bras pour l'empêcher de quitter le lit.

- Tu ne vas nulle part. Je dois te parler, sérieusement.

Laura laissa retomber sa tête sur l'oreiller.

- Je suis en mesure de te rendre ton passé.

- Mon passé ?

- Je sais où se trouve ton père Laura. Et je connais la raison qui l'a poussé à ne pas te donner de nouvelles.

Devinant son émotion, il poursuivit :

- Il est en France, dans le Lauragais, à deux cents kilomètres de chez nous. J'ai son adresse.

La mine de Laura prit la pâleur d'un linceul. Son esprit flotta une seconde, puis elle se tourna vers son mari, en s'efforçant de conserver un ton neutre.

- Tu as eu recours à un détective ?

- Oui, tous les moyens sont bons pour connaître la vérité. Je voulais que tu en finisses avec tes doutes.

- Tu aurais pu me mettre au courant.

Il lui jeta un regard oblique.

- L'enquête a duré cinq mois. Attendre le résultat était plus sage.

Sonnée par la nouvelle, Laura se perdit un court instant dans un enchevêtrement de réminiscences. Max avait le pouvoir de dénouer dix-sept ans d'une énigme. Elle aurait pu faire acte de reconnaissance, le remercier pour ce témoignage d'amour. Mais elle se sentait dans l'incapacité de le presser de questions. Il sentit son trouble et resserra son étreinte.

- Je continue ?

- Poursuis, mais ton fileur est impressionnant, bredouilla-t-elle.

- Depuis quinze ans, ton père réside à Lasbordes, près de Castelnaudary, un petit bled de l'Aude. Il vit seul. En fait, il se fait appeler Dickers, du nom de sa société de télémaintenance en informatique.

Son aventure commerciale au Brésil n'a pas duré plus de quinze mois. Europe Assistance l'a rapatrié pour raison de santé.

- Il est malade ?

- En quelque sorte. Il lui fallait une bonne raison pour s'exiler dans ce patelin. À toi d'aller à la pêche aux explications ou pas. Ce n'est pas d'avoir découvert où ton père se cache qui compte, mais ce que tu vas en faire.

Gérard Cantelro ressurgissait, la rappelant à des

réalités dévastatrices. Sa santé n'excusait pas son silence, injustifiable, l'adjectif était euphémique. La semaine avait été un tourbillon de bouleversements qui jetait la confusion dans sa tête. Et subitement, partir relever les motifs de la trahison paternelle prédominait.

XXIV

En ouvrant les yeux, Laura réalisa que les confidences de son mari ne découlaient pas d'un rêve. Elle s'étira et se leva comme une pousse jaillissant du sol. Max prit une profonde inspiration et se tourna vers elle.

- Je ne sais si c'est une bonne idée de t'avoir fait ces révélations. Le carnage de l'autre nuit est encore récent dans ton esprit. Attends au moins d'être remise pour te colleter avec ton passé, viens te recoucher.

- Je vais bien. Je serai cent fois mieux lorsque je serai fixée.

D'un mouvement brusque de la jambe, il rejeta le duvet.

- Tu es sans pitié de me laisser dans cet état.

Aveuglée par son sexe dressé, elle ramassa ses sous-vêtements à la volée et fonça dans la salle de bain pour ne pas lui montrer qu'il était parvenu à la faire sourire.

Max consulta la pendule digitale : huit heures. Faute de convaincre sa femme de recouvrer la plénitude de ses moyens, en d'autres termes, de rester au lit, il roula sur le côté et se retrouva sur ses pieds. Le voyage qu'elle projetait était un peu long. Il essaya de s'imposer comme chauffeur, arguant que sa nervosité pouvait amenuiser ses réflexes sur la route. Elle refusa. Affronter seule son père était une question de fierté. Il n'insista pas et sortit pour configurer le GPS sur le Rav. À son retour, Laura se mirait dans la glace de la penderie. Elle était maquillée et sa détermination allumait son regard. Max comprit qu'il en crèverait s'il devait se passer d'elle. Laura s'exprima avec un sourire qui cachait sa préoccupation.

- Pourquoi m'observes-tu de cette façon ?

- Je regarde la femme que j'aime.

Elle s'approcha et l'embrassa tendrement.

Le ciel était libéré de sa chape de plomb, le soleil resplendissait, le premier lundi de juin. Sur l'autoroute, Laura analysait les propos de Max. Il en savait beaucoup plus sur son père qu'il ne l'avait laissé entendre. Elle n'avait pas eu envie de creuser, la vérité l'angoissait. Tant d'années s'étaient écoulées. Elle ne s'attendait pas à une entrevue chaleureuse. Loin des yeux loin du cœur était d'un truisme incontournable. Les souvenirs de cette époque se détachaient sur un fond vague. Elle lui en voulait d'avoir abandonné sa mère.

En roulant, elle fouaillait ses plaies, blessure d'une complicité brisée, sans prêter attention au trajet, ni plus tard aux toits de Lasbordes qui flottaient au loin sur une colline ceinte de grands feuillus. La voix du GPS la conduisit au cœur du village.

Des maisons en enfilade aux fenêtres fleuries de géraniums exhalaient des odeurs de friture. Laura dépassa la boulangerie du bourg et attendit qu'un jogger traversât la rue où la voix lui indiquait de tourner. Un bâtiment de ferme, transformé en dépôt, fermait une impasse en forme de T. Des chats en sortirent et se dispersèrent. Le Rav parcourut une vingtaine de mètres et s'arrêta devant une demeure un peu ancienne. Laura ne se sentait plus à son aise. L'envie de rebrousser chemin. Sans parvenir à exorciser son trac, elle parvint à se glisser hors de la voiture, en prenant garde de ne pas claquer la portière.

À proximité de la boîte aux lettres, sous une couche de vert-de-gris, le nom de la société était lisible sur la plaque de laiton. La maison était haute avec des volets blancs. Laura poussa le portillon et s'aventura sur les pavés. Le soleil inondait la cour à travers les branches d'un magnolia. Autour d'un banc de pierre, des buis taillés en boule dérobaient l'entrée d'un jardin en friche. Elle gagna la porte et enfonça la sonnette. Une voix qui semblait provenir du fin fond de la maison, s'éleva :

- Oui, c'est pourquoi ?

- Elle répondit sans calcul :

- Je suis envoyée par la mairie pour m'entretenir avec vous, Mr Cantelro.

- Entrez, c'est ouvert !

Laura s'exécuta et traversa le vestibule. Il débouchait sur un vaste séjour au sol carrelé de noir et de blanc. Elle balaya la pièce du regard. Son haut plafond ainsi qu'une cheminée dans l'angle du mur lui donnaient un aspect intemporel. Un canapé en cuir noir sous la fenêtre. De l'autre côté, un décrochement accueillait un bureau accolé à une table monastère où scintillaient trois écrans d'ordinateur. Assis, le dos tourné à ses claviers, Gérard Cantelro fixait sa visiteuse. Laura l'aperçut et son sang pulsa plus vite. L'image qu'elle avait conservée de son père ne cadrait plus avec la réalité. Ses cheveux courts et plaqués en arrière avaient blanchi, ses joues s'étaient creusées. Il n'avait plus l'aspect de l'homme dynamique qui se targuait de ses aptitudes dans tous les domaines, mais il avait gardé ce masque impénétrable sous lequel il s'était toujours efforcé de dissimuler ses émotions.

Quelques secondes, il demeura figé avant de prendre l'initiative.

- Laura ! Je savais que tu finirais par me retrouver.

Cette voix familière fit battre son cœur comme un tambour.

- J'avais besoin de savoir…

Elle faillit dire papa, mais son instinct de vengeance la rappela à l'ordre. Cantelro donna une impulsion aux roues de son fauteuil. Une bouffée de compassion, mêlée au refus d'aller vers lui, la submergea. Max avait choisi de ne pas lui révéler l'infirmité de son père. Elle eut un frémissement au coin des lèvres avant de parler.

- Quand tu m'auras donné une explication, je m'en irai et tu ne me reverras plus.

Cette phrase fit comprendre à Cantelro le désenchantement dont elle avait fait les frais.

- Viens, mets-toi à l'aise. Ne reste pas debout.

Découvrir son père dans cet état lui arracha une question :

- Depuis quand es-tu assis dans ce truc ?

Il fit rouler son siège jusqu'au divan et tapota le cuir de sa main. Laura consentit à venir s'asseoir. Un énorme chat roux débola. L'animal repta d'une roue à l'autre en miaulant. Son maître le fit déguerpir d'une tape affectueuse.

Cantelro se perdit au fond des yeux de sa fille, découvrant la profondeur de son regard que sa chevelure rendait plus lumineux.

- Tu as changé et tu es toujours la même ma Laura. Tu es vraiment très belle.

Ces retrouvailles remuaient quelque chose en lui. Pourtant, il se défendit de lui ouvrir les bras, conscient de mériter cette frustration. Il lui tendit seulement la main, paume ouverte, dans l'attente qu'elle pose la sienne. Redoutant un tour de sa sensibilité, Laura, tétanisée dans son jeans, ignora son geste.

- Pourquoi tu nous as fait ça ?

- Tu étais trop jeune pour juger ma chérie.

- Ne m'appelle plus ainsi.

- J'ai agi pour te protéger.

- Me protéger de quoi ?

Le portable vibra dans le sac de Laura. Elle fourgonna dans son bric-à-brac. Ce fut un Max en proie à l'inquiétude qu'elle pacifia en cinq sec.

- C'était mon mari, je devais le prévenir de mon arrivée.

- Je comprends.

Il tenta de reculer l'heure de son calvaire en lui proposant de se désaltérer. Laura exprima son impatience par une phrase dépouillée de mansuétude :

- Je ne veux rien, sinon connaître la raison de ton silence, sans faux-fuyants.

- Je vais répondre à tes questions, même si je suis contre l'idée de te faire souffrir.

La réflexion de Laura jaillit :

- C'est déjà fait !

Crispé, il poursuivit :

- Sache que la vie avec ta mère ne coulait pas comme un long fleuve tranquille. Elle a eu sa part de responsabilités. Je l'ai beaucoup aimée et je serai prêt à donner n'importe quoi pour qu'elle soit encore en vie.

Laura mit moins d'une fraction de seconde pour rassembler ses souvenirs :

- Ce n'est pas l'impression que j'ai eue. Ne cherche pas d'excuse, tu l'as trompée et ton absence l'a tuée.

- Ta réaction est normale. La mémoire conserve ce qui arrange la conscience.

Elle eut la tentation d'ouvrir les vannes, de le traiter de lâche, de père démissionnaire, de hurler : « Et moi dans tout ça» ! Un cadre sur la desserte brisa son emportement. Sa mère lui souriait. Elle ressemblait à cette actrice italienne dont elle ne se rappelait plus le nom. Une fillette jouait à ses côtés… Une photo prise sur la plage d'Argelès. Laura contempla la photographie. Le soleil de son enfance brillait encore dans un recoin de son esprit. En regardant sa fille, Cantelro laissa échapper une phrase qu'il regretta aussitôt tant elle lui parut être une perche de disculpation.

- Je ne vous ai pas oublié, ni l'une ni l'autre, à aucun moment.

Il se mit à tirailler sur ses doigts un à un, à l'instar de Max lorsqu'il faisait craquer ses phalanges. Il avait de belles mains aux ongles soignés, celles qui lui cachaient la solution sur ses cahiers de vacances et lui construisaient des châteaux de sable. Une série de bips en provenance d'un des PC l'éloigna vers son bureau. Il supprima les signaux en appuyant sur une touche. Puis il coupa son mobile et revint s'installer face au canapé.

- Va au bout de ta version, insista Laura, en fixant ce père un peu étranger.

- Ce n'est pas Ma version, c'est la stricte vérité. Mon activité déplaisait à ta mère. Elle s'était mis en tête que j'avais des aventures et prenait ses délires pour des réalités. Je ne lui ai jamais menti. Elle aimait entrer en conflit, jamais à court d'arguments venimeux. Sa comédie, jour après jour, sa haine pour ma famille. Avec le temps, elle s'est renfermée sur elle-même. J'ai fait semblant d'être heureux avec l'espoir de la ramener à la raison. Sauf que je n'ai jamais su dire les mots qu'elle attendait de moi. Sa froideur m'a usé. Sa parano a tout bousillé.

- Elle avait ses raisons, fit Laura

- Non, tu n'y es pas du tout. Un soir, elle a vidé l'abcès qui la rongeait : j'avais parasité son existence, et je n'avais aucune légitimité paternelle. Elle m'a demandé de disparaître.

- C'était de la colère.

- Pas seulement…

Son regard parut fuir le sien comme s'il craignait de poursuivre. Laura perçut sa gêne et fit en sorte de ne plus l'interrompre.

- J'ai fait comme si je n'avais rien entendu. À partir de là, ta mère m'a ignoré. J'en ai pris mon parti pendant des semaines. Et je ne le nie pas, j'ai fait une rencontre, suivie de cette opportunité de gagner de l'argent à l'étranger. J'ai préféré partir sans lui dire adieu. Après mon départ, j'ai éprouvé des regrets. Toutefois, j'accédais à son vœu et à son chantage. Vois-tu, il n'y a pas de situation dont on puisse se dépouiller comme d'un chapeau.

Qu'est-ce qu'il lui racontait là ? Il digressait, essayait de l'émouvoir, de réclamer son indulgence. Il était clair qu'il la prenait pour une conne. Ses regrets, elle s'en tamponnait.

- La garce avec laquelle tu as gagné le large ne vit plus avec toi ?

Primo, il n'avait emmené personne. Le coup de poing rageur sur l'accoudoir de son siège dissuada Laura de continuer dans cette direction. Deusio, trois fois par jour il absorbait des cachets en prévision d'une catastrophe. Ses os encagés dix-huit heures sur vingt-quatre se déminéralisaient et son passé lui serrait la gorge. Que ferait-il d'une femme ?

En considérant son père, le cœur de Laura commença à flancher. Son pantalon retenu par des bretelles flottait sur ses cuisses, tombait en accordéon et laissait apparaître le bout de ses espadrilles sur le repose-pied. En revanche, sa chemise aux manches retroussées découvrait des biceps assez développés.

- Comment est-ce arrivé ?

- La malchance, une des raisons pour lesquelles je ne suis pas revenu te chercher.

- Tu ne peux plus marcher ?

Il bougea la tête pour dire non.

- Tu étais au Brésil lors de cet accident. Je suis au courant.

- Je sais que tu sais. J'ai des antennes un peu partout dans la commune. Le type que tu as mandaté n'a pas été d'une discrétion absolue. Il est venu traîner ses guêtres jusqu'ici. Mais il m'a permis de te revoir.

Il tenta de lui étreindre la main qu'elle retira.

- Max, mon mari, l'a engagé. On en était à ton accident...

L'aventure commerciale avait viré au drame : une affaire de meubles exotiques qu'il exportait vers l'Europe. Un soir, en rentrant chez lui avec son coéquipier, une bande de Cariocas armés les avaient agressés. L'incursion d'une pensée assaillit Laura "*Décidément dans la famille l'agression va devenir une habitude"*. Le collaborateur n'avait pas survécu. Quant à lui, il s'était pris une balle dans la colonne vertébrale. Six mois d'hôpital, dont la moitié à Rio entre la vie et la mort. À la sortie de son coma, sa famille lui avait appris le décès de Sandrine.

- Et tu n'as pas daigné te manifester, s'indigna Laura.

- Il n'y a pas que le courage qui m'ait manqué, d'autres raisons ont interféré.

Comment osait-il lui parler de courage quand le mot qui lui revenait sans cesse était lâcheté ?

- Tu en as trop dit, je t'en prie, développes.

Cantelro redécouvrait l'entêtement de sa fille qui lui arrachait son secret par petits bouts. Ses coudes transpiraient sur les repose-bras. Il savait que son estomac vide n'était pas responsable de son mal-être. Éventer ce secret pouvait le disculper ou lui ravir son affection à jamais. Il se redressa dans son fauteuil.

- Ta mère a exigé que je coupe les ponts.

Sans attendre sa réaction, il fit pivoter les roues

qui filèrent en direction du bureau. Ses doigts glissèrent dans le tiroir du bas et en retirèrent un classeur. Il fouilla à l'intérieur et revint avec une enveloppe qu'il lui déposa sur les genoux.

Elle le dévisagea, incrédule, puis la main tremblante, elle sortit la lettre et agrippa le papier.

Gérard,

J'accepte ton mandat en signe d'adieu. Si les premiers mois de ton absence j'ai eu recours à la justice, c'est parce que je t'en voulais d'être injoignable, de devoir affronter seule le cortège des formalités, tout ce qu'une séparation ramène à la surface. Je vois que ta famille n'a pas manqué de t'en informer alors qu'elle prétendait ne pas savoir où tu étais. Cette période est à présent derrière moi. Ma fille s'adapte, elle ne parle plus de toi. Bientôt, elle t'aura oublié. C'est mieux. À long terme nos disputes auraient eu des répercussions sur son épanouissement. Non, je ne souhaite pas reprendre la vie commune ni que tu reviennes bouleverser l'équilibre de Laura. Je

n'ai nullement besoin de ton aide pour l'assumer. Je te rappelle qu'il n'y a aucun lien de sang entre vous. Ce qui te semble une forme de cruauté aujourd'hui n'est qu'une mesure maternelle de protection. Oublie ces fameux droits dont tu te gargarises. Tiens-toi à l'écart, sinon je serais contrainte de tout lui révéler. Ne cherche plus à me joindre. Je te souhaite d'être heureux. Adieu.
Sandrine

L'écriture était bien celle de sa mère. Laura relut la lettre et examina l'enveloppe. Celle-ci datait de mars 90. À l'intérieur, un bout de papier avait échappé à son attention : un reçu d'un bureau de poste de Rio. Le justificatif indiquait la somme de trente-trois mille dollars. Elle replaça le tout dans l'enveloppe et la posa sur la table basse. Bien que fragilisée par ces événements successifs, les mots sortirent de sa bouche, clairs, posés.

- Elle prétend que tu n'es pas mon père, c'est ça ?

- Il ne faut pas voir les choses de cette façon. Lorsque j'ai rencontré ta mère, elle menait une existence dissolue, saupoudrée de moments de déprime et de paresse. Ta grand-mère, Jane, se lamentait de son désintérêt pour la pâtisserie. Elle n'y effectuait que de rares passages. J'étais amoureux. On s'est mis en ménage rapidement. Huit mois plus tard, tu es arrivée. Et un an après ta naissance, un soir, elle m'a avoué que je n'étais pas ton père. Elle m'avait menti. Un mensonge né de la peur de me perdre. Elle m'a imploré de ne pas lui demander d'explications. Sur le coup, j'étais furieux, j'avais du mal à souscrire à cette nouvelle. On a des retours sur soi dans de telles situations. Puis, j'ai pardonné. Je ne pouvais pas lui reprocher son passé. Le présent avait tes yeux, l'avenir nous souriait, je me moquais de savoir si tu portais mes gènes.

- Mais tu as préféré le concubinage au mariage.

- Nous partagions le même avis sur la question. Le problème n'est pas venu de là. Cela ne nous a pas empêchés de vivre dix ans de bonheur.

Laura ne trouva rien à répondre. Elle connaissait la suite : une imposture. Le souvenir de son univers familial flottait douloureusement. Pourquoi les parents se sentent-ils obligés de mentir aux enfants ? Ils s'étaient séparés pour trouver la paix et cela les avait menés en enfer. Le plus égoïste des deux ? C'était difficile à admettre, mais sa mère avait fait voler en éclats leur sérénité. Vengeance de femme ? Cet acte avait ruiné la vie de Sandrine et au bout du compte, sa santé. À en juger par cette lettre, elle en portait en grande partie la responsabilité. De quel droit s'était-elle permis de la priver d'un père ? Elle comprenait mieux ses louvoiements lorsque jadis elle soulevait des pourquoi. Et lui…

- Une chose est certaine, tu n'as pas cherché à enfreindre sa volonté.

- Si j'avais pu recouvrer mes fonctions, je serais passé outre. Au cours de ma convalescence, j'ai contacté Jane afin de lui exposer mon problème. Je n'avais pas l'intention de t'infliger ma condition de paraplégique. Je lui ai proposé de lui envoyer de l'argent chaque mois. Ta grand-mère m'a envoyé bouler. Je n'ai pas insisté. Ceux qui se retournent trop longtemps sur la route n'avancent pas. Je me suis construit un univers dans lequel j'essaie de survivre. Que mon sang coule ou non dans tes veines, ça ne change rien, tu es ma fille.

Il porta la main à son cœur et emprisonna la sienne de force. Tu es toujours là, et tu y resteras jusqu'à ma mort.

Sans montrer de résistance, Laura fixa ses yeux sur les siens.

- Tu ne détiens aucune certitude.

- C'est vrai. Mais avec le recul, en réfléchissant à ses tendances à la persécution, je me dis que Sandrine a pu inventer cette histoire, même si pendant dix ans, elle n'est jamais revenue sur cet aveu. C'est ton droit de vouloir vérifier. Je ne me défilerais pas.

Laura dégagea sa main et se dirigea vers la fenêtre. Son air buté avait disparu.

- Maman a souffert de ton absence, j'en suis convaincue. Elle n'a pas voulu l'admettre. Murée dans sa fierté, rongée par l'entêtement et la rancune, elle a dû se retrouver face un dilemme, à un conflit inextricable dont la source résidait, je pense, dans sa culpabilité.

- La mienne porte sur mon retard à lui écrire. Je conservais l'espoir qu'elle tire leçon de mon silence. Mon orgueil n'avait d'égal que ma bêtise de croire à une réconciliation. Si je n'ai pas réussi à comprendre ta mère, je n'avais pas l'intention de me plier à sa volonté. Sa lettre m'avait remonté. Les fêtes pascales se profilaient. Je me préparais à rentrer en France pour m'expliquer et passer du temps avec toi. La fatalité en a décidé autrement...

Immobile, Laura regardait le jardin. Toutes les familles ont un secret, certaines plus sombre que d'autres. La sienne méritait l'oscar. Pas une seconde elle n'avait envisagé les choses sous cet angle. Ces nuits où elle avait erré dans de fausses pensées... Sa raison se rebellait contre mamie Jane qui avait cautionné. Sa grand-mère, si terre-à-terre, comment avait-elle pu se laisser influencer de la sorte ? Se prêter à ce jeu était aux antipodes de sa logique. Quant à lui, son père, il aurait dû revenir au lieu de se terrer dans ce coin. Il avait fait preuve d'un égoïsme épouvantable en la laissant dans l'ignorance. Malgré les nuances que pouvait recéler son explication, rien ne lui permettait de l'accuser d'user de sophismes. Il pensait avoir trouvé la solution en menant une existence d'anachorète. Une histoire de dignité, un combat absurde menait contre sa conscience, mais qui le regardait. Laura, qui éprouvait la gêne de ses rejets d'adolescente, détourna la conversation.

- Tu ne trouves pas le temps long dans cette grande maison ? Le chauffage et l'entretien doivent coûter une fortune.

Elle pivota sur place pour écouter la réponse. L'isolation avait été revue. Ici, l'hiver marquait sa saison. La montagne noire à une trentaine de kilomètres faisait chuter les températures. Il avait fait installer la Rolls des chaudières. À l'étage, le parquet était neuf dans les chambres dont deux donnaient sur les champs et la montagne. Lui n'occupait que le rez-de-chaussée. Quelques travaux d'extérieur restaient à achever. Rien d'important. C'était une affaire saine qu'elle n'aurait aucune difficulté à vendre ou louer après sa mort. Elle était sa légataire. Tout était en ordre depuis une bonne décennie. Que croyait-elle ? Il n'avait pas un silex à la place du cœur. Si ça lui chantait, elle pouvait commencer la visite en passant derrière les plantes où ses cinq ouvrages étaient rangés, par ordre de parution, sur les étagères qui couraient le long du mur.

Quand la tentation le berçait d'espoirs interdits, il avait souvent eu envie de rompre le silence. Pourquoi interdits ? Parce qu'il était en sursis. Son corps allait mal. Il trouvait indécent d'imposer à un être que l'on aime la laideur d'une décrépitude. Son handicap ne l'avait pas empêché de surveiller son parcours : sa période de mannequin, son talent de conteuse, son mariage. Il aurait aimé la conduire jusqu'à l'autel, bien droit. Le plus rude avait été l'année 95, quand il avait appris son échec au baccalauréat. Il avait été tenté d'appeler Jane.

- Je bouillais de déception. Mais si j'avais surgi au bout de sept ans, pour t'obliger à poursuivre tes études, en te bassinant avec le bien-fondé de mes arguments de père, tu m'aurais détesté. Au moins, tu ne pourras pas m'accuser d'avoir voulu contrôler ta vie.

- Je te l'accorde !

- Si j'en juge par le résultat, tu ne t'en es pas mal sortie. Alors, poursuis ton chemin, consacre-toi à l'homme que tu aimes. À n'en pas douter, il tient à toi. Ne le laisse pas se détourner. Oublie jusqu'à cet instant. Aucune raison sérieuse, aucune morale n'exigent que tu mêles ton existence à la mienne. J'ai déjà un pied dans la tombe.

Gérard Cantelro avait dit cela avec un pauvre sourire qui séchait sur ses lèvres. Près de la fenêtre, les bras croisés sur sa tristesse, Laura l'écoutait. Oublier, il en avait de bonnes !

Elle n'aurait su dire à quel moment elle avait craqué ni comment elle s'était retrouvée en larmes, sa chevelure répandue sur les bras qui l'enserraient. Longtemps elle avait sangloté, bercée par l'oscillation du siège. Gérard l'avait réconfortée avec ces mots qui jadis faisaient taire ses peurs d'enfant. Elle n'avait rien trouvé pour effacer les années perdues. Les yeux à peine secs, elle s'était relevée pour le suivre dans la cuisine, une grande pièce où les poutres s'imbriquaient autour d'une hotte à l'ancienne.

Laura regardait son père mettre le couvert. Ses

allées venues étaient si bien rodées qu'on en oubliait la trottinette. Il avait mis le feu sous la marmite. L'odeur qui s'en échappait lui évoqua celle des jours où ils formaient un trio soudé.

Il l'interrogea sur son quotidien, son époux, son denier livre, sa belle-famille. Ce dernier sujet autorisa Laura à blâmer sa grand-mère paternelle. Roselyne ne prenait plus de nouvelles depuis qu'il avait déserté le foyer. Gérard évita de mettre en cause la responsabilité de Sandrine dans cette scission entre les familles, mais avoua ne retirer aucune gloire à avoir encouragé ce climat de banquise qui convenait à sa situation à sa sortie de l'hôpital.

Encore bouleversés, ils déjeunèrent d'une blanquette de veau arrosée d'un vin du Lot. Entre le fromage et les fraises, Gérard évoqua leur vie à Argelès. Il était capable de dater les étapes de l'évolution de sa fille : ses premiers pas, son adolescence, sa période dans la mode. Il se souvenait d'une robe en dentelle écrue qu'elle portait sur la couverture d'un Marie-Claire, de ce collier de la couleur de ses yeux. Il avait été plus près d'elle qu'elle ne le pensait. Les coudes sur la table, son menton dans les mains, Laura l'écoutait remailler un passé où il n'avait pas tenu de place. Elle observait ses iris plus foncées que les siens, ses postures de guingois sur son siège, son égalité d'humeur sous laquelle filtrait une souffrance sous-jacente. L'amour n'était plus qu'un souvenir entre eux, pourtant il brûlait encore au fond de leur cœur. Quand elle voulut parler de son infirmité, il fit un geste vague et son visage se ferma. Il avait oublié ses gélules sous le bord de son assiette. À l'exception d'un cachet jaune, il les enfourna dans sa bouche et éclusa son verre. Que dire de sa vie ? Il concourait à creuser le trou de la Sécu. L'aide-ménagère venait cuisiner chaque matin. En fin d'après-midi, c'était le tour du kiné qui mobilisait son corps. S'il en éprouvait l'envie, il pouvait aller se promener au bord du Canal du Midi. Il lui suffisait de prévenir l'auxiliaire médicale avant midi. Deux fois par mois, l'ambulance l'emmenait à Toulouse pour les examens. Son cas n'était pas si tragique. Des milliers de personnes vivaient avec des déficiences motrices incurables. Statistiquement, il devrait être entièrement paralysé.

Sa chance était d'avoir su exploiter une idée lucrative, un concept qui lui avait épargné le soutien de l'ANPE. Son job lui donnait l'impression d'être utile, il l'appréciait. Laura demeura sans réaction, puis son émotion l'emporta.

- Tu n'as pas essayé autre chose ? La science ne cesse de progresser. Il y a des paralysies qui rétrocèdent.

- Suivre la filière des hôpitaux et s'encombrer d'espérances débiles, non merci.

- À ton âge, tous les espoirs sont permis, tu n'as pas soixante ans. Donne-moi une bonne raison de laisser tomber.

- Les comptes rendus des chirurgiens sont plus soporifiques qu'enthousiasmants.

- Il faudrait peut-être en voir d'autres.

- C'est fait. Les diagnostics concordent.

Laura sentait que ses questions l'embarrassaient.

- On va se revoir souvent, Papa. Tu viendras retremper tes forces dans l'air du Roussillon.

Au bord de son élan d'affection, sa fille le touchait et l'irritait à la fois. Avait-elle écouté ce qu'il venait de lui dire ? Ni pitié ni charité. Il releva la tête avec une expression de battant.

- Tu auras tort de gâcher ton temps, mais je ne peux pas t'en empêcher.

Avant qu'elle ne saisisse le sens de sa phrase, il enchaîna :

- Voyager m'est interdit. Mon cas relève d'une médication lourde, chimio et rayons X. Je suis atteint d'une leucémie myéloïde. J'en ai pour quelques mois, peut-être un peu plus.

Cette saloperie s'était greffée sur son état, elle couvait en gagnant du terrain. Une lutte régulière à disputer à l'anémie, la fièvre et autres syndromes. Court silence de Laura.

- Qu'en disent les médecins ?

Ils lui avaient prescrit des médicaments, pas un miracle. Mais la mort ne lui procurait aucune appréhension. Il plaisanta sur les tentatives ratées de la dame noire. Il craignait de lui donner du fil à retordre, de mettre longtemps à se quitter.

Nouveau silence de Laura. La face très pâle de son père accusait la fatigue. L'idée de tracasser sa fille avec ses problèmes de santé le déprimait. Il fut tenté de lui interdire de poursuivre sur ce terrain. Un *merde* d'agacement lui échappa tandis qu'il plaquait son avant-bras sur son estomac. Une douleur fulgurante venait de lui percer le foie. Il glissa sous sa langue le cachet jaune et, sans transition, avança l'idée de reprendre du café. Voyant son père s'écarter de la table, Laura quitta sa chaise pour aller chercher la cafetière. Une tristesse indicible flottait dans la cuisine. Seize heures. Elle allait le quitter sans la certitude de le revoir.

Ils regardèrent un vieil album de photos. Elle s'attarda sur un cliché de sa mère qu'il lui suggéra d'emporter. Des souvenirs heureux lui revinrent de ses parents, des situations reléguées dans un coin de son esprit lorsqu'elle s'était sentie abandonnée.

Ils devisèrent de la région, du village, de son

église classée grâce à son retable, de politique : l'impuissance de l'État, le terrorisme. L'humanité n'était pas une valeur montante ces derniers temps. Un jour, quand son histoire aurait franchi la barrière de l'oubli, elle lui raconterait. Elle s'approcha des écrans en quête d'explications. Il bossait pour des particuliers, et des sociétés qui ne disposaient pas de moyens pour engager un informaticien à plein temps. Grâce à son système, il prenait le contrôle à distance de l'ordinateur du client et opérait.

Laura termina par le tour du propriétaire, offrant une oreille attentive à son guide. Lors de la visite de l'étage, il l'attendit au bas de l'escalier équipé d'une chaise élévatrice.

Les chambres revêtaient des teintes murales à prédominance beige. La décoration était sobre : un grand tapis au pied de chaque lit, quelques bibelots exotiques et des tableaux qui représentaient la mer. Une des pièces possédait une alcôve. Sur un bureau Louis-Philippe trônait la photo de Sandrine, la réplique du cadre du salon. La nostalgie régnait. À imaginer sa mère volant jusqu'ici, perçant les murs, rasant ses portraits et inventoriant la demeure, Laura s'appropria son raisonnement : ces pièces portaient l'empreinte d'un homme. Nulle part, on n'y voyait trace d'une femme. Elle perdit l'image de Sandrine et redescendit.

- Tu as de la place à revendre là-haut !

Les traits moins éprouvés qu'ils ne l'étaient au dessert, Gérard acquiesça en souriant.

- Il va falloir que j'y aille, papa.

Elle avait bien dit « papa ». Il soupira, secrètement comblé. Sans doute serait-elle restée encore un peu si Max ne l'attendait avant la nuit. Elle promit de dépasser l'épisode de son enfance, à condition qu'elle puisse revenir. Il y consentit, en émettant des réserves. Ils convinrent d'entretenir le cordon par téléphone ou webcam interposés.

En se penchant pour lui dire au revoir, elle crut déceler dans son étreinte l'aveu d'un désarroi qu'il ne voulait pas s'avouer.

XXV

À la sortie du village, Laura contrôla ses messages et appela Max. Il était dans tous ses états. Au cours de l'après-midi, il avait saturé sa boîte vocale. Elle l'exhorta au calme et refusa de commenter la journée. Un casse-tête que de résumer en trois minutes un moment d'exception. Dans moins de trois heures, elle serait là pour dîner. Il s'essayait à la cuisine : avec la préparation de rougets en papillotes selon la recette de Mathilde. Il avait acheté des huîtres. Elle mesura le temps qu'il allait lui falloir pour rendre à la pièce son aspect initial.

Durant le trajet, elle songea aux difficultés que son père avait dû rencontrer. Elle le plaignait.

Dieu sait qu'elle l'avait haï. S'il avait commis des erreurs, il les payait cher. Elle n'avait pas relevé lorsqu'il avait parlé du test de paternité. Se soumettre à cet examen constituerait une terrible épreuve pour chacun. Et si L'ADN était différent, rechercher ses racines serait pire que la quête du Graal. Certains liens sont plus forts que ceux du sang.

Se réfugier dans le fortin de sa vie, retrouver l'homme qu'elle chérissait et cette passion qui les avait repris était son seul voeu. Elle lui avait mené la vie dure, marquée par ce père qu'elle imaginait coulant des jours heureux. Le processus s'était inversé : exposée à l'éventualité que la maladie le lui reprenne, elle était déterminée à aimer Max d'un amour sans réserve. En ne perdant pas de vue ses priorités, elle ne commettrait pas les mêmes erreurs que sa mère. Garder le cap, telle était sa résolution.

Laura trouva son mari dans la cuisine. Il n'entendit pas le bruit de la porte. Dans le séjour, la télé diffusait les actualités régionales. Il sirotait un verre de pastis en ouvrant les huîtres. Il lâcha son instrument pour s'essuyer les mains et la prendre dans ses bras. Le couvert était dressé, les photophores placés sur la table ronde. Lui qui n'avait jamais mis le nez dans les casseroles, sauf pour dire que ça sentait le cramé. Elle lui octroya une série de petits baisers sur la bouche et s'éclipsa dans la salle de bain pour téléphoner à son père. Tourneboulée par cette nouvelle dépendance, elle l'informa de son arrivée saine et sauve. Max glissa la tête dans l'entrebâillement de la porte au moment où elle refermait son portable.

- Va bene ?

Il s'approcha et l'enlaça pendant qu'elle s'examinait dans la glace. Son regard portait l'énigme de sa journée, mais il résista à l'envie de l'interroger. Il lui renversa la tête en arrière et l'embrassa longuement avant de la laisser prendre une douche.

Laura réapparut dans une robe violette, sa chevelure resserrée en queue de cheval. Elle alluma les bougies des photophores et se servit un verre de muscat. Max la considéra, en surveillant d'un œil la cuisson des poissons qui pétillaient dans leurs papillotes. Elle se sentit fondre.

- Il ne manque que la rose dans le soliflore, lança-t-elle en s'étirant sur sa chaise.

- Je ne te connaissais pas ce côté fleur bleue, je croyais que tu préférais un élément moins éphémère, un truc à facette qui brille. Bon raconte !

Elle le fit sécher d'impatience tandis qu'il remettait son propre verre à niveau.

- Tu m'as caché l'infirmité de mon père ?

- Je ne voulais pas que tu élabores une stratégie pour l'affronter.

Elle commença à dérouler l'écheveau de sa journée en gobant ses huîtres.

- Je me suis toujours accrochée à l'idée que c'était mon père qui avait déraillé…

Elle parlait la bouche pleine, les yeux plantés dans les siens. Il attendit la fin de ses révélations pour donner son avis.

- Tu ne dois pas en tenir rigueur à ta mère. Chacun, en son âme et conscience, est déterminé à donner le meilleur de lui-même à ses enfants. Même si la manière est discutable, elle ne remet pas en cause la bonne foi des parents. Ta mère t'aimait. Le pire serait d'ajouter une dose de culpabilité à ton père, de lui montrer qu'à présent tu en veux à ta mère. Ne lui fais pas regretter de t'avoir dit la vérité.

Laura partagea son point de vue auquel se mêla, plus intense qu'elle ne l'aurait supposé, son anxiété pour le sort de Gérard.

- Il ne tient pas à ce que je perde mon temps en allers-retours. Le regarder avec compassion ne ferait que le convaincre de sa déchéance. Je me sens si impuissante, même si…

- Même s'il n'est pas ton père biologique, je te comprends. La situation est complexe. N'en tire aucune conclusion. L'organisme est plus résistant qu'on se l'imagine. Mais respecte ses desiderata, ton père a le droit d'aller au terminus comme il l'entend.

Laura parla de la succession dont elle bénéficierait. Cette perspective éveillait en elle plus de scrupules que de tentantes possibilités.

- C'est étrange, non, cette conjonction d'événements, cette alternance de faits dramatiques et agréables qui se succèdent et chamboulent notre vie. Que réserve la prochaine étape ?

Il se leva de table pour sortir le dessert du réfrigérateur.

- L'avenir est porteur de sécurité matérielle. Tu n'as plus d'excuses pour ne pas tomber enceinte. Je me demande si ce n'est pas un signe auquel nous devrions prêter attention.

- Depuis quand tu t'intéresses aux signes ?

Max dont la pommette avait repris une teinte normale se fendit d'un sourire.

- Champagne ?

- Pas ce soir, à cause des bulles.

- Je t'autorise à être impressionnée. Que penses-tu de mon dîner ?

Elle libéra ses cheveux et ses yeux à la transparence d'une gemme, se plissèrent.

- Les rougets, bien. Ton image de macho vient d'en prendre un sacré coup ! Tu vois, quand tu veux t'en donner la peine. La crème brûlée est trop liquide, mais j'aime, même si ma casserole a morflé. Les émotions creusent l'appétit, et ces émotions, je te les dois.

Elle tendit la main vers lui. Il fit semblant de la mordre avant d'en baiser la paume.

- J'espère que tu as éclairci la zone d'ombre de ton passé.

- J'ai découvert que la rancune était délébile.

- Tant mieux. Il faut que je te dise... durant ton absence j'ai reçu la visite des gendarmes.

- Et ?

- Rien. Ils ont alpagué les responsables des vols du Hameau. Une bande d'ados qui possèdent un dossier chargé en fraude et escroqueries en tous genres. Les brigades du coin essaient de regrouper des témoignages. Imagine, les képis vont avoir de quoi s'occuper s'ils veulent établir un lien entre ces trous du cul et la barque.

- Qu'est-ce que tu leur as dit ?

- De retrouver les enculés qui ont mis le grappin sur l'embarcation et de les coffrer.

- Tu ne manques pas d'air !

Laura laissa la cuisine dans l'incurie. Elle avait bu un peu trop de muscat et n'avait qu'une envie : s'allonger.

Au-delà des fenêtres, la mer luisait par longues traînées argentées. Elle ferma les volets à l'espagnolette pour permettre à l'air de circuler dans la chambre, enleva sa robe et se laissa choir sur le lit. Elle avait beau avoir résolu le mystère qui depuis dix-sept ans polluait ses pensées, sa mémoire n'était qu'une gare de triage. Max prenait toujours son temps sous la douche. Ce soir, c'était une sensation très douce que de l'attendre. Son sifflement lui parvenait comme un écho lointain. Elle étendit les jambes et son regard partit vers le meuble de chevet. La lumière en provenance du couloir découpait les contours du visage de mamy Jane. De jour, Max retournait la photo vers le mur chaque fois que l'envie lui prenait de faire l'amour. Un matin, il avait fait dégringoler le cadre, le verre s'était étoilé sous le choc. Tirant avantage de la situation, il avait pesté contre le portrait et s'était empressé de le porter sur l'étagère de la bibliothèque du salon, à côté de la photo de Sandrine.

Laura lui avait balancé une série de vacheries et la fête des sens s'était achevée avant d'avoir commencé.

Max entra dans la pièce et l'arracha à ses pensées. En se couchant, son pied heurta l'arme sous le sommier. Il la positionna et la crosse du Beretta crissa en accrochant le parquet. Laura grinça d'agacement. Chaque fois qu'elle se penchait ou passait près du lit, elle voyait l'acier du canon briller, ce qui ravivait des souvenirs.

- Cet engin me donne la chair de poule.

- C'est parce que tu es encore à cran. Ne le regarde pas ou pense qu'il symbolise notre survie.

- Les gendarmes rôdent, je n'aime pas ça ! S'ils venaient à passer au crible la maison ? Imagine les emmerdes à la clé. Pour le coup, ta mère serait aux anges.

- Tu nages en plein délire. Je n'aurais jamais dû faire allusion à cette visite. Pour quel motif ils procéderaient à une fouille ? S'ils venaient fourrer leur nez dans la chambre, et là, nous sommes en pleine fiction, je prendrais une amende pour détention d'arme de guerre. Point final.

- Tu as réponse à tout. Pardonne-moi. C'est légitime de paniquer, non ?

- Sans doute, tu es une femme.

- J'ai compris infâme.

- C'est ce que je viens de dire. Cesse de te retourner sur le passé. Pense à la femme de Loth changée en statue de sel pour avoir regardé en arrière.

- Et que ferais-tu de ma statue, je me le demande ?

- Au moins, je serais assuré de ne jamais te perdre.

Elle posa la tête sur sa poitrine et réalisa combien la force qu'il dégageait était apaisante. Avant de s'endormir, ils évoquèrent ces retrouvailles avec son père.

Gérard Cantelro reprit place dans l'existence de Laura. Au milieu du mois de juin, elle retourna dans l'Aude avec son mari. Les deux hommes sympathisèrent. Gérard évoqua l'issue fatale. À l'instar de Sandrine, il souhaitait que l'on disperse ses cendres sur l'eau. Il paraissait avoir appelé à l'aide son système immunitaire. Son état se stabilisait. Rien ne lui donnait autant le moral que ces instants où il discutait avec sa fille au téléphone. Laura savait en son for intérieur que lorsque la maladie tenterait un ultime assaut, elle s'organiserait pour être à ses côtés.

XXVI

Un matin, Laura tenta une expédition dans les magasins avec l'argent qu'elle avait subtilisé dans le sac. Dans la commode de la chambre, parmi ses sous-vêtements, deux liasses de dix mille euros attendaient enfouies dans un collant en lycra. Si elle avait pu prévoir le coup de sang de Max, elle se serait mieux servie. Cette somme constituerait un dédommagement, son pretium doloris au désastre imprévisible qui leur était tombé dessus.

Elle préleva une part de son larcin et mit le cap sur Perpignan. Lors de ses premiers achats, ce fut la peur au ventre qu'elle passa à la caisse avec les billets de la drogue. Ce genre d'opération comportait de sérieux risques, tout pouvait tourner à la catastrophe. Elle se procura tant d'émotions à l'idée d'être rappelée par la vendeuse ou suivie par un policier en sortant des boutiques, qu'en passant d'un trottoir à l'autre, une voiture manqua de la renverser. Laura avait entendu son mari dire que l'arnaque aux fausses coupures était rarissime chez les narcotrafiquants, cette hypothèse subsistait néanmoins. Au fil des heures, la liberté de dépenser sans grever son budget l'emporta sur ses craintes.

En dépit de son retour tardif, Max l'aida à débarrasser le coffre du Rav. En matière de tolérance, il allait vers un mieux. Elle invoqua les soldes de l'été comme prétexte. Quelques-unes de ses acquisitions portaient sur la décoration : double-rideaux, voilages, etc., et deux fauteuils en cuir qu'on lui livrerait dans la semaine. Ils remplaceraient ceux où une crapule s'était vautrée. Max se dispensa d'ouvrir le feu sur ses dépenses. Elle fut même tentée de croire qu'il se doutait d'une ruse de sa part. Après avoir déposé les sacs de vêtements dans le dressing, elle lui montra l'enduit qu'elle avait déniché pour les murs du séjour.

Ils avaient pris la décision de passer les vacances à La Mouette. Les événements avaient saboté leur voyage en Grèce, combiné en mars, période où leur relation partait à vau-l'eau. Laura avait exploré les sites du Net en estimant qu'elle n'avait rien à perdre à se distraire en sa compagnie. Son choix s'était porté sur un séjour dans les Cyclades. Elle avait élaboré, peaufiné le programme, et, en mai, changé d'avis. Ce n'était que partie remise. Max voulait voir venir, surveiller les facéties du hasard. Aller chercher une mer plus bleue que celle de la crique ne lui semblait pas un bon dérivatif. La mémoire ne peut engranger de belles images si l'esprit se hante de souvenirs morbides.

Dès juillet, la crique se parsema des vacanciers. La plupart venaient du lotissement du Hameau. Ce dédain des estivants avec leur progéniture qui avait valu à Laura de cinglantes réflexions de sa belle-mère se convertissait en cordialité. Il lui arrivait d'entamer la conversation avec une mère de famille ou de parler de la politique locale à un touriste qui en ignorait les rouages. Elle patinait son bronzage une bonne heure et remontait à la villa. Face à l'écran de l'ordinateur, son inspiration lui revenait. Parfois une image indésirable s'intercalait et les mots s'emmêlaient. Max, en congé, acheva de la déconcentrer.

En août, la chaleur atteignit son point culminant. De jour comme de nuit, ils profitèrent de leur oasis, s'immergeant à satiété dans une eau qui frisait les vingt-sept degrés. Ils retrouvaient l'un près de l'autre, un bien-être, une alchimie inespérée dont la cause revenait, c'était dur de l'admettre, à l'irruption de trois baltringues criminels.

Un après-midi, la présence d'un individu sur la grève fit rechuter Laura dans l'angoisse. Un homme entre deux âges, de taille moyenne, plutôt musclé, avec une chevelure grisonnante. Il était arrivé autour de quinze heures, vêtu d'un pantalon de toile et d'une chemisette à carreaux, sa serviette de bain à la main. Il s'était installé sur les galets, entre une famille des environs et un couple d'homosexuels qui, depuis une semaine, semblaient apprécier le coin, à tel point que Laura se demandait s'ils ne couchaient pas sur place. Assis face à la mer, l'homme les épiait sans en avoir l'air, en fumant une cigarette. De temps en temps, il soulevait ses lunettes de soleil, consultait l'écran de son portable, et se tournait à nouveau vers leur parasol. Alertée par son manège, Laura se pencha vers Max qui somnolait sur le ventre pour l'en informer. Arraché à sa torpeur, il se souleva pour jeter un regard dans la direction de l'inconnu. Son soupir de consternation ne la rassura qu'à moitié.

– Il attend que tu enlèves le haut de ton maillot, c'est tout.

Les paroles de sa femme n'en pénétrèrent pas moins sa conscience. Le lendemain, il l'abandonna au soleil afin d'aller relever le numéro des plaques minéralogiques des voitures garées le long de la route transversale. L'homme était revenu, à pied, semblait-il, et lisait son journal au bord de l'eau. À cent mètres à la ronde, il n'y avait d'autre véhicule que celui des homosexuels et le SUV d'un couple résidant au Hameau. Max retourna donc s'étendre auprès de Laura, la forçant à reconnaître que, chaque fois qu'un mec viendrait bayer aux mouettes, il ne serait pas animé d'intentions crapuleuses. D'ici quelques semaines, il lui donnerait une protection rapprochée. La chienne berger allemand d'un collègue devait mettre bas en septembre. Il s'était entendu avec lui pour qu'il lui réserve un chiot.

La tramontane se leva dans la nuit et se dépassa en puissance au cours de la journée. Dans la crique, ses rafales balançaient des brassées d'eau mélangées au sable qui écartèrent les estivants. Laura décréta que l'individu n'habitait pas au Hameau des Pins. Elle connaissait de vue les propriétaires des villas. Il s'agissait sans doute d'un maître chanteur ou d'un truand que Sanchez avait mis au parfum. La peur était sa pire ennemie.

- Pourquoi pas un espion ? Regarde sous tes semelles s'il n'y a pas de micros, fit Max, en s'efforçant de lui chasser de l'esprit le spectre de l'agression.

Si le type se pointait de nouveau, il serait toujours temps de le filer pour savoir d'où il venait et comment. Une manoeuvre délicate, en raison de la route en terrain découvert, mais il trouverait une solution.

Pour ne pas participer aux suppositions, il clôtura fermement le sujet. Laura se vengea, excluant tout rapprochement charnel, mais lui remettant en mémoire la nécessité de manier le pinceau sur les murs du rez-de-chaussée. Il répondit que rien ne pressait. Ses caprices l'énervaient. Il n'était pas un toutou qui répondait au sifflet. Sur la terrasse, à l'abri des courants d'air, il tira sa flemme sur un transat, le nez plongé dans un livre de science-fiction.

Le lendemain, du bruit le réveilla, l'attira dans le séjour. Laura avait roulé le tapis et rassemblé les meubles au centre de la pièce. Équipée de gants de caoutchouc, elle touillait avec un morceau de bois dans le pot d'enduit. Il expédia son café et s'attela à l'ouvrage.

La maison parée de nuances automnales recouvra son âme, Laura sa bonne humeur. Le vent fut remplacé par des orages. Août touchait à son terme. L'inconnu n'était pas revenu. Max remit de l'ordre dans l'appentis et en cadenassa les portes. Il appela un électricien qui vint installer une alarme. La villa fut aussi bien gardée que la Banque de France.

XXVII

Max qui avait repris le collier, rentra un soir très excité. Son patron avait pris la décision de prendre sa retraite et de lui céder son entreprise. Il tenait à épauler son fils qui démarrait sa société d'accastillage.

- C'est la cerise sur le gâteau, bébé ! Je vais finir par croire au destin. Avant la fin de l'année, le garage m'appartiendra.

- Il n'y a plus de gâteau. Où vas-tu trouver l'argent ? Tes primes ne suffiront pas à régler l'acompte.

Max pesa ses mots.

- Ne te tracasse pas. C'est une affaire rentable,

j'obtiendrais les crédits que je veux.

- Je ne sais pas si c'est une super idée.

- Comme rabat-joie, Laura, tu te poses là ! Le fric auquel tu fais allusion ne m'aurait pas empêché de m'endetter, ne serait-ce que pour la fiscalité.

- Mon avis ne compte pas de toute manière.

Il concevait son inquiétude. Elle avait déchiré l'ordonnance qui permettait le renouvellement de sa pilule. Construire un avenir avec un enfant et un remboursement d'emprunt à l'horizon n'offrait pas une parfaite quiétude. Il tourna et retourna dans sa tête la phrase qui lui aurait permis de la rassurer avant de décider que ça n'était pas le moment.

Rassurée, Laura ne l'était pas à cent pour cent. Elle avait reconquis du terrain sur sa peur. Le lien tissé avec son père y avait contribué. Elle s'était remise au footing. Un jour sur deux, elle suivait le chemin qui conduisait à la départementale. Quelques mètres avant l'embranchement, elle enfilait la voie d'accès au Hameau des Pins. Le lotissement formait une boucle qui la ramenait sur ses pas. Un matin, en regagnant ses pénates en sueur, un étourdissement faillit lui faire perdre l'équilibre. Elle s'arrêta en bordure d'une forêt. Les pins semblaient tournoyer autour d'elle. Sur un tronc d'eucalyptus sectionné par la foudre, elle fit une pause, en luttant contre cette impression de rotation. Depuis deux mois, elle n'avait pas vu trace de ses règles. La nature de son vertige était facile à identifier. Le temps de recouvrer ses esprits, elle rentra, se changea et se rendit à la pharmacie.

De retour avant midi, elle se précipitait dans les toilettes. Le test confirma. Hallucinant de découvrir sa grossesse le jour de son anniversaire de mariage. Elle imagina le sourire triomphant de Max et la parade d'amour un brin machiste qu'il allait exécuter autour d'elle. À l'avenir, les sujets de discussion ne manqueraient pas de contradictions. Lui qui avait fait ses premiers pas en cuisine, allait devoir apprendre à changer les couches.

Pour célébrer la nouvelle, elle se confectionna

une boisson vitaminée avec des fruits, et une collation constituée de pain de seigle, de charcuteries, de fromages et de chocolat qu'elle dévora en regardant les informations de treize heures. Des infos, elle passa paresseusement à un film, et du film à la salle de bain. Plus que jamais, elle avait besoin d'entretenir l'élasticité de sa peau, parce qu'elle le valait bien. Des pieds à la base du cou, elle s'imposa le supplice du gant de crin et finit par un gommage aux huiles essentielles sous la douche. À dix-sept heures, le carillon de l'entrée résonna alors qu'elle finissait de se sécher. Elle préféra ne pas répondre. Max venait de lui envoyer un message sur le portable : *« Fais-toi belle, on dîne à l'extérieur »*. Ce n'était pas lui. Il persécutait la touche du carillon quand elle n'ouvrait pas dans la seconde.

Mathilde en serait pour ses frais si elle avait choisi ce jour pour régler leur conflit. Laura enfila son peignoir et passa sans bruit dans le séjour. Des pas résonnaient sur les pavés de l'allée qui longeait le mur en façade. Elle se posta derrière la porte-fenêtre. Un homme regardait vers le chemin. À travers le voilage, elle distinguait mal son visage. Les mains dans les poches, il portait un sweat-shirt kaki, un peu ample. Lorsqu'il se retourna, elle crut sentir son sang se retirer de ses veines. L'individu qui les épiait en août sur la grève était là, à quelques mètres. Une nausée l'étreignit à la pensée qu'il avait pu rôder toute la journée dans le coin en épiant ses allées et venues. Le carillon retentit à nouveau. L'idée la frappa d'aller chercher le pistolet dans la chambre à coucher, mais son cerveau ignora cet ordre et le pas hésitant du visiteur sembla se fondre dans le chant du ressac. Ses jambes la portèrent devant la fenêtre de la cuisine. Le nez collé à la vitre, elle laissa courir son regard sur la haie de lauriers-roses et le portillon ouvert sur le chemin. L'intrus avait dû repartir. Max n'allait plus tarder. Une guêpe heurta le carreau dans un bourdonnement, lui imprimant un mouvement de recul. Au même instant, deux mains robustes s'accrochèrent aux barreaux de fer forgé.

- Madame Santelli, j'aimerais vous parler.

Laura paniqua.

- Qu'est-ce que vous voulez ? Allez-vous-en !

- Désolée de vous avoir fait peur, je suis votre voisin d'à côté.

Cette apparition massive dans l'encadrement de la fenêtre empêcha Laura de se contrôler.

- Allez-vous-en ou j'appelle la police ! cria-t-elle à percer les murs.

Derrière la vitre, le type leva les mains en signe de capitulation. Il tourna le dos à la fenêtre et coupa à travers la pelouse en marmonnant des excuses.

Derrière la fenêtre, le regard rivé sur le chemin, Laura ne parvenait pas à remettre ses idées en place. Quand son stress déclina, elle se flagella d'avoir hurlé. Si l'homme était réellement leur voisin, elle s'était rendue ridicule. Il allait la prendre pour une cinglée. Elle se remémora sa physionomie, ses sourcils épais, ses yeux rapprochés, et sa dernière phrase. Mais il avait pu lui mentir afin de s'introduire chez elle. Ce type ne lui inspirait aucune confiance. Pourquoi s'était-il faufilé dans son jardin comme un voleur pour la surprendre ? Plus que la frayeur, l'incertitude l'épuisa en conjectures.

Un détail remonta dans sa mémoire. En juin, un matin, en revenant des courses, elle avait remarqué la présence d'un camion de déménagement devant la maison du père Travers. Elle en avait déduit que le cousin du vieux pêcheur s'installait de façon définitive dans le coin. Pas un instant, elle n'avait pensé à un changement de propriétaire. Elle ne tarderait pas à en avoir le cœur net. Si elle s'était trompée, Max n'avait pas fini de lui seriner qu'elle demeurait coincée dans un engrenage qui la raccordait à l'agression.

Elle entrouvrit la fenêtre, dirigea la guêpe à l'extérieur, puis se retira dans la salle de bain pour effacer de son visage les ombres de la peur. Le temps d'un masque de beauté, elle s'apaisa en se concentrant sur ses sensations de future mère.

XXVIII

Ce même jour, autour de seize heures, en feuilletant le journal L'Indépendant dans son bureau, un article dans la rubrique des faits divers accrocha le regard de Max.

Le corps de l'homme de race blanche retrouvé le 16 juillet dernier à une trentaine de mètres d'une crique près de Puerto de Llansá (Espagne) par un couple de touristes anglais vient d'être identifié. En dernier recours, la police espagnole a fait appel à son homologue français. Le tatouage d'une tête de canidé sur le biceps droit du cadavre en décomposition a permis son identification. Âgé de trente-trois ans, le dénommé Vincent Mabille travaillait dans une entreprise de fruits et légumes. Fin mai, ses parents avaient signalé sa disparition. Cinquante-quatre jours après cette découverte, la police semble opter pour un règlement de comptes. L'homme était fiché dans leurs services pour tentative de viol sur mineur et détention de substances psychotropes. Notre correspondant de presse précise que l'affaire ne saurait tarder à être classée.

Max s'égara dans ses pensées. En juillet, le premier article avait dû lui échapper. L'évocation du Chacal lui nouait l'estomac. Il se projetait encore l'irruption des scélérats et le suicide d'Omar Kaleb. Le cocon où dormaient ces images crevait en lui comme un orage quand il s'y attendait le moins. Il se disait que le temps finirait par écarter leur souvenir jusqu'à ce qu'il sorte de sa mémoire.

Si Laura n'allumait pas la télé à l'heure des informations, elle n'en saurait rien. Surtout ne pas l'entendre remettre cet épisode sur le tapis. Il ressentit l'envie d'un café. La machine au fond du couloir refusa de le servir. Il fit un tour à l'atelier.

Le patron discutait avec le mécanicien qui descendait en flammes la politique du ministre de l'Intérieur dans les banlieues.

- On ne peut pas laisser ces minorités de glandeurs terroriser les gens, s'énervait l'ancien.

- Tiens, demande à Maxou ce qu'il pense de ce bordel !

- Que tout le monde doit faire des concessions pour vivre en société. Ce n'est pas gagné…

Il répéta cette phrase en rejoignant sa voiture. À l'angle du boulevard, il s'arrêta au bar de l'Étoile pour prendre un café. Les consommations portaient d'ordinaire sur un rosé de pays bien corsé. Il se retrouva devant une coupe de champagne. Le cafetier annonçait à qui voulait l'entendre son remariage à soixante-cinq ans avec sa serveuse de vingt ans sa cadette. Déclic dans la cervelle de Max absorbé par les formalités du rachat de l'entreprise. Un coup d'œil à sa montre lui confirma l'heure : seize heures trente, et le jour : huit septembre. Pour lier leur destin, Laura avait choisi ce chiffre qui renfermait la puissance des deux quaternaires complets, signe de force et d'harmonie, et par sa forme, de continuité, de postérité et d'éternité. « Amen » laissa-t-il échapper in petto.

Comme prévu, il passa à sa banque déposer un document et fila au centre-ville.

En flânant un soir dans les rues avec sa femme, il avait remarqué la fascination qu'avait exercée sur elle une superbe aigue-marine dans la vitrine d'un joaillier. Il retrouva la bijouterie. La bague avait disparu de la devanture. Par chance, elle se trouvait à l'intérieur. La pierre montée sur platine était sertie de diamants. Renonçant à voir d'autres modèles, il régla et se dépêcha de rentrer.

Laura lui ouvrit avant qu'il n'actionnât le carillon, puis elle retourna peaufiner son brushing. Max lui rappela qu'il l'emmenait dîner avec la sensation qu'elle n'était pas dans son assiette. Si l'intermède de dix-sept heures avait effondré son enthousiasme, elle s'arrangea pour lui prouver qu'elle était aussi normale qu'une femme peut l'être un jour comme celui-ci.

Elle n'avait pas oublié. Hier encore, elle n'aurait pas imaginé pouvoir défier la légende des sept ans. Elle entamait sa huitième année avec lui. Ce qu'elle avait oublié, c'était d'acheter un billet de loterie.

Se rendait-il compte que depuis la fête organisée sous leur toit, début mai, ils ne fréquentaient plus personne ? Replonger dans la vie, sortir avec leurs amis de Canet leur ferait un bien fou. Le couple avait téléphoné la semaine dernière. Max avoua à sa femme ne pas souffrir de l'isolement.

- Pourquoi tu me parles de ça aujourd'hui ? dit-il en grappillant des grains de raisin dans le compotier.

- Quelque chose me fait réaliser que nous vivons trop en marge.

- Comme la visite du nouveau voisin, je présume Laura ?

- Tu es au courant ?

- En m'engageant sur le chemin, j'ai cru voir le cousin du noyé affairé sous le capot de son break.

Je me suis arrêté pour le saluer. Je ne m'attendais pas à tomber sur le type aux lunettes noires.

Après les présentations, il s'est confondu en excuses pour t'avoir flanqué la trouille. Il a l'air sympa. Il nous attend dimanche à l'apéritif avec sa femme. C'est un commercial en articles de pêche. Début juin, il a racheté la maison au frangin du vieux, et même sa voiture. Le jour de la signature de l'acte de vente, il a grillé le moteur de la sienne en rentrant chez lui, à Montpellier. De fait, le break derrière la clôture m'a induit en erreur tout l'été. Je pouvais toujours chercher d'où et comment arrivait ce fameux individu.

- La troisième quinzaine d'août, la maison était fermée et la voiture n'y était pas, je te signale Max.

- Lui non plus. Tout se recoupe.

- Cet abruti a passé quatre jours à buller sur la grève, à moins de quinze mètres de nous, sans venir se présenter. Avoue que sa conduite est singulière.

- Je ne suis pas sûr qu'il faille le qualifier d'abruti.

Il n'aura pas osé nous déranger, c'est tout. Que s'est-il passé au juste ?

Laura lui déroula l'incident, en minorant sa poussée d'adrénaline. Elle n'avait aucune envie de l'assombrir avec sa réaction quand l'individu avait surgi derrière la fenêtre. Elle voulait lui prouver qu'elle était capable de se remettre d'un instant de panique.

Max se retint d'exprimer le fond de sa pensée. La voyant s'évertuer à discipliner ses cheveux, il partit se doucher. Lui-même était sur le qui-vive depuis la nuit meurtrière, ses réflexes avaient changé. Ce lien avec le passé, s'il n'en voulait plus, il ne parvenait pas à le briser. Il lui arrivait de regretter de ne pas avoir prévenu la police.

Laura se maquilla et se glissa dans un fourreau en jersey de coton noir au décolleté en forme de cœur, souvenir de sa virée dans les boutiques. La robe épousait son corps. D'un œil exercé, Max l'observa en coin tandis qu'il enfilait son costume gris cendré sur une chemise rose. À propos de cette tenue, elle se rappela lui avoir dit un jour qu'il portait beau, mais pensait peu. Ce qu'elle trouvait assez injuste.

Ils dînèrent à Collioure, dans un petit restaurant à l'ambiance feutrée. Le patron leur avait réservé une table à l'abri des regards. Ils n'avaient pas un goût particulier pour les endroits clinquants où se démenait une armada de serveurs. Au dessert, Max sortit le cadeau de sa poche. Laura s'extasia. Elle essuya une poussière imaginaire sur la pierre et une larme aux coins de ses yeux avant de glisser la bague à son annulaire. Elle la retira. À son majeur, elle s'emboîta parfaitement.

- Ce n'est pas raisonnable, Max, en ce moment, avec le rachat de l'entreprise, les factures de fin d'année. Moi aussi j'ai un cadeau pour toi, un peu spécial.

Elle se pencha vers lui et il goûta sa langue parfumée au tiramisu. Ses yeux, un peu cernés, sublimaient sa beauté. Il s'y perdit un instant, pressé d'en finir avec le dessert pour avancer l'heure de l'amour.

En sortant de l'établissement, la brume marine les empêcha de s'attarder sous les pins. De retour à

La Mouette, Max s'impatienta.

- C'est quoi ce cadeau dont tu m'as parlé ? Un avantage en nature ?

- Laisse-moi me démaquiller. Je t'en parlerai au lit.

Il reprit l'offensive dès qu'elle entra dans la chambre. Laura remonta la couette sur ses épaules et se roula en position de fœtus.

- j'ai lu que les couples avec un enfant vivaient plus longtemps que les couples sans enfant.

Subodorant où elle voulait en venir, il entra dans son jeu.

- Et les couples qui en ont quatre vivent moins vieux que ceux qui n'en ont qu'un, parce que c'est épuisant, non ?

- Je ne suis pas sûre. Les disputes dans une famille sont éprouvantes pour les gamins, comme les divorces.

- Tu m'étonnes ! Ces vieux trucs sont toujours d'actualité. Tu me balades loin de mon cadeau là !

- Pas tant que ça. Si je te parle d'un test positif, tu

penses à quoi ?

- Je ne sais pas moi : ADN, sida, grossesse… Tu te fous de moi, tu es enceinte, bien sûr.

Comme elle retenait sa respiration, il alluma la lampe de chevet. Elle jeta ses bras autour de son cou et partit d'un éclat de rire. Alors, il embrassa son ventre, ses seins, et encore son ventre, y posa sa tête. Un petit bout de lui s'y développait. Déjà il avait l'impression d'une présence. L'espace d'une seconde, il envisagea de changer, de freiner son impatience de la prendre, afin de ne pas déplaire à cette vie qui germait en elle. La douceur de sa peau emporta ces velléités.

- C'est fantastique. Pourquoi avoir attendu pour me l'annoncer ? C'est la meilleure nouvelle de mon existence.

- Il fallait que je m'y fasse.

- Tu vas t'y faire, amor. Il faut que tu te ménages, que tu consultes, demain. Deux certitudes…

- Valent mieux qu'une, je sais. Demain, c'est samedi. Et je ne vais pas m'arrêter de vivre. Je ne suis pas malade.

Elle noua ses jambes autour de ses reins. Ce qu'il avait à lui apprendre attendrait. Trop d'émotions en une seule fois ne seraient pas raisonnables. Une satisfaction ineffable lui fit choisir de l'amener au plaisir plutôt que de discuter.

Deux jours plus tard, en revenant de l'apéritif chez leur nouveau voisin, Laura reconnut que ses appréciations sur autrui lui inspiraient des réactions exagérées. Simon Flescher n'avait rien de menaçant. Elle avait cru déceler toutefois une pointe de cynisme dans sa voix lorsqu'il avait évoqué sa visite impromptue. Il avait poussé la curiosité jusqu'à lui demander si, dans le coin, elle n'avait pas eu de problèmes susceptibles d'expliquer sa nervosité. Max avait éludé. Il avait répondu qu'ici, on risquait surtout d'être cambriolé. Il fallait tout prévoir. Ils avaient parlé sport, pêche, et par extension, du métier de Flescher qui l'obligeait à parcourir la côte. Son épouse, une brunette avenante, mère de deux enfants d'une première union, n'avait guère pris part à la conversation. Un couple en apparence sans histoire.

Le lundi, Laura oublia ses voisins. Elle téléphona au cabinet de son généraliste à Canet. La secrétaire l'insérera entre deux rendez-vous. Après examen, le médecin lui apprit qu'elle était enceinte de trois mois. En sortant de l'immeuble, elle se hâta d'ouvrir son portable pour certifier la nouvelle à Max. Dans la voiture, elle appela son père. Cantelro ne fut pas surpris. Il avait rêvé que sa fille donnait naissance à un garçon.

Les jours suivants, sous le couvert des vitamines que le docteur lui avait prescrites, Laura surveilla son poids et la courbe de son ventre. Sa grossesse fut prétexte à mettre l'écriture en veilleuse, à sortir, à revoir d'anciennes amies, à se trouver une foule d'occupations. Pour une fois, Max approuva. Il fallait qu'elle arrachât son esprit au passé.

L'échographie concrétisa le rêve de son père. Laura vitupéra le destin qui lui refusait une alliée pour tenir tête à son homme. Ce dernier pataugea dans son orgueil, résolu à mettre tout en œuvre pour que son fils se fasse une place au soleil. Il parlait de lui enseigner le code de l'honneur, et surtout l'amour de la mer. Avec une mère attentive à son éducation, non un courant d'air comme ses femmes contraintes, la plupart du temps, d'intégrer le monde du travail, le gamin aurait plus de chances de filer droit.

Sur le thème l'épouse au foyer, Laura ne s'essoufflait plus à le contredire. Sans lui donner raison, elle s'estimait privilégiée de pouvoir s'organiser à sa convenance, s'exonérer de rapporter une paye chaque mois. Elle n'avait jamais considéré le travail comme un idéal féminin. Elle aimait se sentir protégée. Ils s'étaient retrouvés autour d'un drame, maintenant, ils allaient former une vraie famille.

Max, aux prises avec un surplus de responsabilités au garage, avait conclu un accord avec le patron sur la transmission de l'affaire. Avant de signer, il attendait l'avis de son conseiller juridique qui avait apporté quelques retouches au contrat. Ensuite, il demanderait à

Laura de faire sa valise. Ils s'envoleraient trois jours, loin d'ici, pour fêter l'événement. L'échéance était proche.

Un soir, il rentra avec sous le bras un carton qu'il déposa derrière la porte du séjour. Laura se renseigna sur son contenu. Il s'agissait de documents et de factures qu'il devait vérifier à tête reposée. Il embrassa sa femme et fit courir ses mains sur son ventre.

- Cela fait cinq mois que tu es habitée et tu ne grossis pas. Je parie que tu te prives quand je ne suis pas là.

- Tu plaisantes ? Je mange comme quatre.

Une lettre, au nom de son édition, traînait sur la table. Le comité de lecture avait apprécié son manuscrit. Elle n'avait plus qu'à attendre les épreuves. Max craignait qu'elle ne prenne ce travail trop à cœur, au point de négliger sa santé. Ce n'était pas bon pour la circulation de rester assise des heures devant un écran. Son ton de réprimande exaspéra Laura.

- Quand cesseras-tu de détester mon occupation ?

- Tu dis n'importe quoi ma pauvre chérie !

- Reconnais-le, tu ne taris pas d'observations désagréables lorsqu'il s'agit de mes ouvrages.

Max esquissa un sourire contrarié.

- C'est uniquement parce que je n'aime pas te partager avec l'ordinateur quand je rentre. Mais je suis fière de toi.

- Quand le bébé sera né, je continuerai d'écrire. Ton esprit possessif et tes éternels soupçons m'ont donné cette opportunité. Tu vas devoir t'y faire.

Il refusa de s'acheminer sur ce terrain. D'une réflexion maladroite naissaient des fâcheries qui leur gâtaient l'existence.

- C'est ridicule de nous bagarrer pour des broutilles. Je te trouve très soupe au lait aujourd'hui.

Laura marqua une hésitation avant de répondre :

- Y a de quoi ! Cet après-midi, je me suis retrouvée face à Mathilda-Hari chez le dentiste.

- Vous vous êtes empoignées ?

- Non. Ta mère a émis des regrets sur fond

d'humilité. J'ai failli tomber dans le panneau jusqu'au moment où elle m'a accusée de t'empêcher de lui rendre visite.

- Qu'as-tu répliqué ?

- Qu'aucune laisse ne te retenait, elle devait s'en prendre à elle-même. Heureusement, la secrétaire est venue la chercher.

Comme il lui prêtait une oreille distraite, elle le suivit dans la chambre.

- Appelle ta mère, c'est mieux. Elle n'a pas l'air en forme.

Son irritation, encore vive, Max n'était pas prêt à faire comme si rien ne s'était passé. Mathilde attendrait. Laura comprit qu'il ne souhaitait pas s'étendre sur ce chapitre. Elle ne serait pas affligée si sa belle-mère mijotait jusqu'à la naissance du bébé sur le feu de malveillance qu'elle avait allumé. Au moins, elle ne mettrait pas son grain de sel à chaque étape de sa grossesse.

À la fin du repas, une envie de glace au chocolat traversa Laura qui se rabattit sur un flan au caramel. Elle avait des exigences que son mari comblait quand il était d'humeur. Il sautait alors dans sa voiture pour se rendre au supermarché. À son retour, il ne pouvait s'empêcher de critiquer la prévisibilité de son épouse en matière de courses.

Il lui adressa les mêmes reproches en se préparant un café. L'instant d'après, il fermait les volets, une certaine malice dans le regard.

- Mis à part le chocolat, aurais-tu une autre envie Laura ?

Elle le regarda quitter la pièce, éberluée, tandis qu'il revenait et déposait le carton sur ses genoux.

- Une envie de cette nature.

Laura considéra une seconde le carton sans y toucher. En l'ouvrant délicatement, elle sentit vaciller sa raison.

- Pince-moi, je rêve. D'où vient cet argent ?

Elle souleva une liasse, puis deux, le temps que son esprit bondisse dans le passé et revienne.

- Ne me dis pas que c'est le fric que tu as balancé à la flotte ?

- Non.

- Non quoi ?

- Je n'ai rien jeté. La valise ne contenait que des cailloux.

Elle se débarrassa du carton sur la table et quitta sa chaise en furie.

- Tu m'as laissé croire à ce simulacre ! Il se trouvait où cet argent ?

- Là où il a toujours été, dans sa planque habituelle. J'ai remplacé la mallette par un caisson en fer.

- Tu es un crétin hors pair. Toi qui prônes la franchise à tout bout de champ, tu m'as dupée, poignardée dans le dos !

Max se défendit.

- Tout de suite, les grands mots !

- J'aurais dû me douter que ce fric te collait encore aux doigts.

- Les tiens ne se seraient pas refermés sur quelques liasses, au risque de nous attirer de sérieux ennuis ? Je te l'avais interdit, bordel !

Sur sa dernière phrase, il avait haussé le ton. Les bras croisés sur la poitrine, Laura contre-attaqua :

- C''est le cas, j'ai fait mon prélèvement, et je m'en félicite. Toi tu passes ta vie à mentir !

- Toi, tu es parfaite. Tes manigances sont celles d'un ange.

Vexée, elle passa aux larmes. Maintenant qu'il lui avait rendu la monnaie de sa pièce, il n'était pas obligé de la jouer despote. S'ils continuaient à gangrener leur relation avec cette saloperie de magot, le diable serait le grand vainqueur. Les mains en protection sur son ventre, elle tenta de sortir de la pièce à pas mesurés. Il la rattrapa et resserra les bras autour de sa taille. Laura fit mine de résister avant de se laisser aller en reniflant contre sa poitrine. Il avoua que le complot monté avec sa copine l'avait mis hors de lui. Comme il fallait oublier le pactole, plusieurs mois, il avait saisi l'occasion.

- Aujourd'hui, je croyais te faire sauter de joie. Qu'est-ce que tu trimballes !

- Tu as tout du macho, vraiment incurable. Je

déteste ça.

Max pointa son menton en direction du carton.

- On le brûle ou on dispose de ce fric ?

Son courroux désamorcé, Laura marmonna :

- Ça va, je vais m'y faire. Mets à exécution tes projets.

Elle resterait une énigme.

XXIX

Huit jours plus tard, au moment de se coucher, Max se rappela qu'il devait mettre en charge son portable resté dans la Mercedes. Profitant de l'absence de Laura qui n'en finissait pas d'oindre son visage et son corps de crème hydratante dans la salle de bain, il gagna la cuisine et attrapa une bière dans le réfrigérateur. Il sortit la boire dans le jardin privé d'éclairage. L'ampoule de l'applique au-dessus de la porte-fenêtre était grillée. Il regretta d'avoir différé son remplacement. La nuit était d'encre. La lune entamait à peine son premier quartier. En extirpant la clé du garage de sa poche, il l'échappa dans l'allée bordée de lavandes et faillit aller chercher la torche pour la retrouver. Au moment où il se relevait, un frémissement attira son attention à proximité du mur latéral de l'appentis. Il avança vers les hibiscus qu'abritait le bâtiment et perçut un nouveau bruit : des brindilles que l'on écrase. Quelques secondes, il resta immobile. Sa première pensée fut pour un animal. Sans doute un chien en maraude. Comme réponse à cette déduction, une ombre se découpa sur la parcelle qui séparait La Mouette de la maison des Flescher. L'infime luminosité que dispensait la lune lui procura la vision d'une silhouette masculine slalomant entre les aloès et les rares touffes de végétation. Max courut jusqu'à l'extrémité de la clôture en fouillant des yeux les ténèbres. L'image fugace de l'individu s'était imprimée dans son esprit, l'impression qu'il s'agissait de son voisin. Le doute et la colère montèrent en lui. Pourquoi rôdait-il autour de chez eux ? Avait-il réussi à s'introduire dans le jardin ? Pour les espionner, les voler ? Était-ce vraiment Simon Flescher ? Demain soir, il passerait le voir au retour du travail pour sonder sa réaction.

Son esprit bourdonnait d'une histoire qu'il n'aurait jamais dû vivre. Il revint vers le garage, l'ouvrit et entra récupérer le cellulaire. En sortant, il poussa jusqu'au chemin où il n'entendit que la vague éclater contre les rochers.   Il se dépêcha de rentrer. Si Laura découvrait qu'il s'était aventuré dehors sans éclairage, avec une canette en guise de défense, elle le traiterait de cinglé. Elle redoutait que cet argent ne tarisse la source de leur sérénité. La fatalité rôdait. À tous moments le passé risquait de les rattraper. Jamais ils ne pourraient relâcher leur garde. Avec ses intuitions… Max se disait que ces pensées l'avaient moins dérangée lorsqu'elle avait subtilisé une poignée de billets dans le sac.

Demain il prendrait rendez-vous avec le maire. Il le convaincrait de lui vendre le lot de terre adjacent pour le rattacher au sien et le ceindre d'une clôture infranchissable. Demain, il irait chercher le chiot qu'il avait retenu et le ramènerait à Laura. L'animal serait vite en mesure de montrer les dents.

En attendant, il ferait quelques rondes de nuit à l'improviste. S'il le fallait, il trouverait une autre cache pour le pactole. Pas de quoi s'alarmer. S'ils avaient réussi à survivre à ce qui leur était arrivé, la suite ne saurait être insurmontable.

Du même auteur

Le diable écoutait aux portes

Collection Aconit (Thriller)

Le grand dictionnaire des Rêves

Trajectoire

Capter l'énergie de ces pierres si précieuses

Trajectoire

S'initier facilement au Tarot de Marseille

Trajectoire